中公文庫

内なる辺境／都市への回路

安部公房

中央公論新社

目次

内なる辺境

都市への回路

内なる辺境／都市への回路

内なる辺境

ミリタリィ・ルック

べつに、すべての軍服が、ファシズムに結びつくなどと思っているわけではない。しかし、あらゆる軍服の歴史を通じて、やはりナチス・ドイツの制服くらい、軍服というものの神髄にせまった傑作も珍しいようだ。あの不気味に硬質なシルエット。韻を踏んでいるような、死と威嚇の詩句のリフレイン。実戦用の機能を、いささかも損うことなく、しかも完全に美学的要求を満足させている。

もっとも軍隊というやつは、本来国家権力を支える背骨なのだから、その美学が権力の示威に熱心だからといって、べつだん驚くにはあたらない。しかし、近代的な軍隊の場合、急激な火器の発達が、古典的な警戒色型軍服の影をひそめさせ、かわって実戦本位の保護色的デザインの進出をうながしたという事情がある。さらに、その美学についても、近代国家の偽善に見合ったいかにも散文的な装いが求められはじめたのである。「王」の軍隊には、それにふさわしい虚飾と誇張の軍服を、「近代国家」の軍隊には、それにふさわしい実務的な制服をというわけだ。じっさい、戦力ゼロにひとしいバチカン衛兵の華麗な軍装にくらべたとき、世界最強を誇るアメリカ軍の制服でさえ、まるで作業着を思わせるほどのそっけなさである。現代の軍服の進化と、美学的完成度とは、互に逆比例するものだという法則をつい立ててみたくなるほど、この散文化はいまや一般的な傾向になっているのである。

では、ナチスの制服の場合、あれほど見事な示威効果をあげるために、一体どんな工夫がこらしてあったのだろう。ガラガラ蛇の尻尾の瘤か、それともライオンのたてがみか。いずれ量産型の制服なのだから、そう演出効果ばかりをねらった、無駄や誇張が許されるはずもない。総勢わずか百名のバチカン衛兵——今なおミケランジェロのデザインになる軍服が使用されているという——などとはわけが違うのだ。機能の重視という点では、最近のアメリカ式軍装とくらべても、おそらく一歩もひけを取るものではないだろう。鉄かぶとの裾のあたりに、多少プロシャ軍風の名残が感じられなくもないが、それだって視界を損わずに、じゅうぶん頭部を保護するのがねらいだと思えば、どうしてなかなか合理的な形体なのである。

にもかかわらず、アメリカ式の作業服スタイルとの差異は、一見して誰の目にも分る、はっきりしたものだ。もっとも、その相違を、量的に言い現せと言われてもむつかしい。ケニヤの草原の戦士の、頭の羽飾りのように、本質よりもむしろ属性に表現の重点を置く警戒色型の衣裳ならいざ知らず、機能本位の制服（のみならず工作物一般を含めて）は、油が水をはじくように、既成の形容句をはじき返してしまうからだ。たとえば、風洞実験によって決定された最新型超音速機のデザインを、過不足なく表現しうる形容詞がありえないようなものである。自分で自分を形容する以外には、どんな形容も不可能な、まったく新しい形容詞の原型そのものなのだ。どうやら、ナチスの制服についても、それがナチス風であるというよりほかに、適切な言いまわしなど無さそうにも思われる。

だが、アメリカの制服について、それをアメリカ風だと言う場合とは、文脈はそっくり同じでも、何処かちょっぴり、ニュアンスに違いがあるような気もするのだが……


現代の軍服を代表する、アメリカ式デザインの散文性は、前にもふれたとおり、一見作業着を思わせるその機能主義にある。しかし、意地悪く勘繰ってみると、その「一見作業着を思わせる」というあたりに、かえって何か意図めいたものを感じられなくもない。ナチスの制服が、一見何的でもなく、純粋に制服的だったのにくらべると、目立って日常性が強調されすぎている。

作業着の定義は単純である。とにかく実用に徹することだ。しかし現代の職種は種々雑多であり、それに応じて作業着のデザインも、多種多様にならざるを得ない。能率、安全、低価格、といった条件さえ満たされれば、とくに作業着固有のデザインが考案されなければならない必然性は何もない。作業着のイメージを左右するものとしては、むしろ好みや習慣の方が、はるかに大きいはずだ。けっきょく一種の日常感覚なのである。日常感覚のスクリーンに投影された、労働のイメージなのである。

つまり、アメリカの軍服は、機能主義の名をかりて、その中にアメリカ人の日常感覚をこっそりしのび込ませた、じつに巧妙なデザインだと言えそうだ。いかにも「近代国家」の偽善性にふさわしい、仮面の軍服なのである。ケニヤ戦士の羽飾りとは逆の意味で、アメリカの軍服の散文性も、軍服の本質というよりは、むしろ本質を覆い隠すための属性かもしれないのである。ある種の歌手が、民衆性を誇張するために、わざと声帯をつぶして声をにごらせるように……

それにくらべると、ナチスの制服は、そうした一切の偽善をかなぐり捨てた、純粋制服だったと言えるだろう。まさに日常性の拒否が、あのデザインの特色である。現代では、すべての現実が、国家という構造に即して、生産され、消費される。したがって個人に日常性を保証するのも国家なら、それを取上げ、回収してしまえるのもやはり国家なのだ。原理として、民主国家では、個人の運命と国家の同一視を否定はしているが、こと軍隊に関する限り例外とみなされるらしい。法律でさえ、一般市民とは別のあつかいを受けるのだ。つまり、良き兵士は、国家に直属すべく、彼の市民的日常を放棄しなければならないのである。だとすれば、真に軍服らしい軍服が、日常性からの断絶であるのは当然のことだし、国家権力の意志表示を臆面なくさらけ出すものであっても、なんら不思議はないはずだ。そして、航空機の風洞実験の成果が、ほとんど常に美学的感興をよびさますように、ナチスの純粋軍服がそれなりの美学的効果を発揮したのも、じつに理にかなったことだと言わなければなるまい。まさに百パーセント兵士の軍服だったわけである。

いまぼくの手許に、二枚の写真がある。一枚は、スターリングラードに突入寸前の、ナチスの兵士たち数人の姿。ある者は片膝をついた姿勢で、自動小銃のねらいを定め、別の者は上体を浮かせて、半壊した建物の割れ目に手榴弾を投げ込んだところらしい。薄い冬の日差しが、彼等の鉄かぶとをにぶく光らせ、ほこりだらけの服の皺をしめっぽく引きつらせている。おそらく疲労の極限にあるにちがいない。しかしまぎれもない、ナチス・ドイツの兵士たちなのだ。彼等は、その写真の中で、場数を踏んだ俳優たちのように、いつまでもじっとナチスの軍服にふさわしい役割を正確に演じつづけている。

さて、もう一枚は、たぶんそれから数か月後の写真。場所は違うが、やはり壊れた建物の間から、こちらに向って歩いてくる二人のナチスの兵士たち。一人は、両手を頭の上に組み、数歩おくれてもう一人が、白いハンケチを顔の前にかざしながら、おずおずとした足取でカメラの方にやってくる。カメラの手前にいるのは、たぶん赤軍の兵士だろう。つまり彼等は、降服したナチスの兵士なのだ。いや、もっと正確に言えば、ついさっきナチスの兵士であることを止めた、二人のドイツ人なのである。

この二枚の写真の間にあるものは、しかし、単に数か月の距離だけではない。その間に起きた兵士たちの変化は、なんとも印象的なものである。まるで、楽屋に戻った俳優が、化粧といっしょに、扮していた役柄まで洗い落してしまった後のような、生々しい素顔。ぼくはその素顔に意表をつかれてしまう。ナチスの兵士を、兵士でなくしたものは、おびえでもなければ、虚脱でもなく、じつにその素顔のせいだったのだ。一人はどこかのドイツの片田舎の農夫の息子といった感じの、実直そうな青年。いま一人の顔はよく見えないが、たぶん見習工かなにかだろう。とつぜん舞い戻ってきた、日常の素顔に、制服のほうがとまどい、まごついている。化粧を落した俳優に、ハムレットの衣裳がそらぞらしいのと同じことである。

と言うことは、同時に、ナチスの制服が、いかに完璧に彼等の素顔を消し去り、日常を拭い去っていたかの、証拠にもなるだろう。敗北が彼等から奪ったのは、単なる闘志や戦意だけではなかったのだ。彼等が奪われたのは、まさに制服の意味であり、制服の思想であり、制服を制服たらしめていた、国家そのものだったのである。

この二枚の写真は、ある軍服の死についての、貴重な記録というべきだろう。それはまた、一つの国家の死の記録でもある。動物の死の兆候が、まず心臓にあらわれるように、国家の死の兆候は、こんなふうにして軍服の上にあらわれるのかもしれない。

そしておそらく、この国家と軍服の関係は、なにもナチス・ドイツだけに限られた、特殊事情というわけではないだろう。程度の差こそあれ、国家と軍隊の関係には、ある普遍的な法則があるはずだ。木造だろうと、鉄筋コンクリート造りだろうと、牢獄だろうと、宮殿だろうと、建造物はいずれ建造物であるように、社会体制や国情に違いはあっても、国家が国家である以上、なんらかの共通項があるはずである。そして、軍隊というものが、その国家権力によって、日常性から隔離された武装集団であることを考えれば、民兵やゲリラ部隊でないかぎり、あらゆる軍服が、いずれはこの二枚目の写真のように死んで行くにちがいないのだ。さもなければ、一枚目の写真のように、生きつづけていくかである。生きる以上は、そのどこかに、大なり小なり美学的衝動をひそませながら。

いくら作業服スタイルで、日常性に寛大なふりをしてみせたところで、組合の結成を認めた軍隊の話はまだ聞いたこともないし、勲章を廃止した軍隊の話も聞いたことがない。国家が国家であるかぎり、軍服に求められるものは、結局より良き軍服ということらしいのだ。だから、兵士の服装を口やかましく監視することが、どこの軍隊においても、つねに軍曹殿の重要な役目の一つになるわけである。

ところで、ミリタリィ・ルックなるものの流行の噂を耳にしたのは、たしか数年前のことだ。率直に言って、苦々しい思いを隠すことが出来なかった。これ見よがしの週刊誌の記事によれば、あるデパートの一角には、ミリタリィ・ルック専用のコーナーまでがもうけられ、ナチスの鉤十字の腕章などが、人気の的だという。なるほど、ナチス亡き後、あれほど純粋な美学的軍服は、すっかり跡を絶ってしまった。軍事力そのものは、はるかに強大になりながら、政治的配慮のせいか、どの軍服もひどく遠慮勝ちである。そんな偽善への反撥が、より純粋な軍服へと、苛立った青年たちの心情をかりたてたのだろうか。

青年に反抗がつきものであるくらい、百も承知のことである。不満だから反抗するのではなく、反抗するために、不満の種を見付け出すと言ってもいいくらいのものだ。それは青年期に特有な、一種の落伍者意識に由来するものだろう。落伍者意識というと、聞えが悪いが、べつに否定的な意味合はなく、しだいに自覚されてくる自分と世界との関係へのおびえであり、自分の可能性を客体化しながら拡大していくためにも不可欠な感受性のことでもある。完成をよそおっている既成の秩序に対する疑惑であり、異和感であり、正統よりも異端にアンテナを向けることで、社会の燃料補助タンクの役割を果すことにもなるわけだ。青年の未来が無限定なものである以上、その反抗が「理由なき反抗」であっても、とくに不思議というほどのことはない。

だから、ぼくが苦々しく思ったのは、なにもミリタリィ・ルックの流行そのものに対してではなく、鉤十字の腕章で象徴されるような、美学的軍服が、あたかも現代における異端であり、青年の反抗心をくすぐる旗印になりうるかのような、馬鹿気た錯覚を植えつけた世間の側に対してだったのだ。ミリタリィ・ルックが流行する以上、怒れる若者たちの目には、平和が現代の大勢を支配している正統派として映っていたということになる。

なるほど、そう考えてみると、最近のいわゆる進歩派の論調には、たしかに平和の正統性にあぐらをかいてしまった嫌いがある。そして、それに呼応するかのように、保守派の論客たちが、少数派めかした悲劇的なポーズで遠吠えをしてみせるのだ。その両方をつき合わせてみると、ちょうどうまい具合に、一枚の絵になってくれる。現状を支えているのが、平和勢力という多数派であり、その隙をうかがっているのが、痩せさらばえた数頭の狼だと言わんばかりの、ポンチ絵が。

もしそれが事実だとしたら、ミリタリィ・ルックも大いにけっこうだろう。なんであろうと、あぐらをかいた正統派には、ゆさぶりをかけてやる必要がある。それに、彼等が反抗しているのは、いずれ「平和」の概念に対してであって、平和そのものに対してであるはずがない。反抗とはもともと、無力の自覚であり、その矛先もせいぜい概念どまりがおちなのだ。反抗左翼が保守権力にとって、無害であるのと同様に、反抗右翼も、さして実害はともなわないはずである。

だが、現在、果して平和にどれほどの正統性が約束されているだろう。なるほど戦争がそれ自体で肯定される事態は、もう終ったようでもある。もし、戦争のための戦争という主張でもあるなら、それはたしかに異端の名に価いするかもしれない。しかし、必要悪としての戦争なら、現代はもううんざりするほど、その破壊の食卓に坐りっぱなしなのだ。日本はたまたま、直接火薬の臭いをかがずにすませた、例外的な国の一つであるというにすぎない。平和のための戦争。戦争の口実としての、平和の正統性。額面ばかり大きくて、決済の日付は書き忘れたままの、あてにならない長期手形。皮肉なことだが、平和の正統性が、同時に戦争の正統性の裏付にもなっているというのが現実なのである。

仮に明日、ベトナムの戦争が終って、地上で戦火に倒れる者が一人もいない日が来たとしても、その平和は、けっきょく休戦の別名にしかすぎないのだ。さらにその平和が、そのまま十年つづいてくれたとしても、おそらく長い休戦以上のものではありえまい。ミリタリィ・ルックが反抗になりうるような条件は、あいにくまだ何処にも見当らないはずなのである。

そのせいかどうか、けっきょくミリタリィ・ルックは、大した流行もみないうちに、どこかに消えてしまった。一説によると、日本では、ちょうどツイッギーのミニ・スカート旋風に押しまくられ、流行のチャンスをとり逃したのだそうだ。しかしそれは女性の流行の話だろう。ぼくが問題にしているのは、男の流行の方なのだ。もっとも最近の流行メーカーたちは、男と女の区別にあまりこだわらず、コミで作戦を立てる傾向だそうだから、別々に考える方が世間知らずなのかもしれない。いずれにしても、案ずるほどのこともなくミリタリィ・ルックの流行は、掛け声もそこそこにして、さっさと退散してくれたようだった。

ところがつい最近、かなり季節外れの今頃になって、思いがけなく本物のミリタリィ・ルックにお目に掛る機会を得たのである。場所は新宿、人通りのはげしい地下街の一角。とりあえずその風体の紹介から始めると——上衣はむろん詰襟、色はネイビィ・ブルー、それに黄土色の肋骨の縫取り。形式は十八世紀頃のヨーロッパの軍服らしいが、実際の印象としては、むしろキャバレーのドア・ボーイからゆずり受けた古着である。ところきらわず貼りめぐらせた、各種各様のワッペン類。左肩にたらした金モール。右腕には臆面もなく、鉤十字マークのナチスの腕章。ズボンは両脇に赤の縫取りのある、黒のラシャ地。加えて足には、靴のかわりに、ゴム草履。そして頭は、のばしほうだいのヒッピー・スタイルという組合せ。

とっさにぼくは、先見の明の無さを、すっかり恥入っていた。ミリタリィ・ルックの流行、もしくは流行の意味について、どうやらひどい誤解をしていたらしい。これがミリタリィ・ルックだというなら——もしくは、そのパロディだというなら——ぼくにもじゅうぶん理解できるし、納得もいく。おおよそ、ちぐはぐな風体だったが、そのちぐはぐさ加減に、ちゃんと表現が感じられるのだ。もしこれで、純粋軍服をイキがっているのだとしたら、精神病院を逃げ出してきた分裂病患者以外にはありえない。しかし、分裂病患者には、とうていこれほどの批評は不可能だろう。勲章がわりのワッペンを、思い出すままに並べただけでも、たとえばスキー大会の記念章、タバコをくわえた大きな赤い女の唇、デパートの商標の切り抜き、あるいは日本自動車連盟の会員章、等々……。さらに勘繰ってみれば、あのゴム草履だって、あんがいベトコン・ルックのつもりかもしれないではないか。

なんとも人を食った茶番である。ナチスの鈎十字と聞いただけで、真面目に首を傾げたりしていた、ぼく自身、知らずにからかわれていた連中の一人だったというわけだ。

考えてみれば、量産不可能な、こんなスタイルが、ネクタイの幅や、スカートの長さみたいに、そうやすやすと流行したりするはずがない。流行というのは、まず他人と違った格好をすることによって、自己主張したいという気持に取り入ることから始め、次に、自己主張している連中の仲間入りすることで、時流に遅れまいとする気持をあおり、やがて陳腐化するまで、徹底的に売りまくることである。反抗心と、追従心の、巧みなカクテルが、流行メーカーの腕の見せどころであり、催眠作用はあっても、覚醒作用などとは、およそ無縁のものなのだ。それに、ナチスの制服の運命でも見たとおり、国家から切り離された軍服は、もはや軍服の形式ですらない。とくに、軍服が偽善の仮面をつけるようになってからは、かろうじて実物の軍服があるだけで、軍服らしいものなど、パロディとしてしか存在の余地がないのである。昔、日本にもまだ軍服が生きていた当時、鉛の兵隊などという、兵隊人形を見掛けたこともあったが、それさえもっと以前の、警戒色時代の兵隊を真似たものだった。まして、パロディでは、人形にもなりえない。パロディが流行するということは、とりもなおさず、流行自身のパロディ化であり、論理的にも成り立ち得ないことなのだ。ミリタリィ・ルックの、立ち枯れは、べつにツイッギーに負けたせいではなく、むしろ自分自身に敗れたと考えるべきなのではあるまいか。

けっきょく、ぼくが見たのは、流行でもなんでもなく、いささかシーズンオフに現れた、ミリタリィ・ルックの狂い咲きにすぎなかったのかもしれない。狂い咲きなら、パロディであっても、べつに不思議はないわけだ。

だが、そうすると、ビートルズのことは一体どう考えればいいのだろう。ビートルズこそ、ミリタリィ・ルックの元祖だという説もあり、日本でミリタリィ・ルックの息の根を止めたというツイッギーが、あっけなく消え去った今もなお、ビートルズの名はいぜんとして健在なままなのだ。

たとえば、SGT.PEPPER'S LONELY HEARTS CLUB BAND というレコードにしても、

題名はもちろん、そのジャケットまでが、まさにミリタリィ・ルックそのものである。まず中央に、もっともらしい表情で、軍服姿のビートルズたち。と言っても、警戒色時代の、あの派手でごてごてしたやつだ。しぜん、表情のもっともらしさは、喜劇的な効果を生む。手前に、マリワナの花で飾った花壇があり、後ろに群がっているのは、マルクス、マリリン・モンロー、アラン・ポオ、マーロン・ブランド、チェ・ゲバラ、アル・カポネ、等々といった現代の英雄群像。これは相当に人を食った構図である。

内容も、そのジャケットにおとらず、ひとひねりも、ふたひねりもしたものだ。さあさあ、みなさんお聞き下さい。いまを去ること二十年前、サージャント・ペパー、すなわち、癇癪持ちの軍曹さんに、手とり足とり教えてもらった、わが「淋しい心の友クラブ」のバンドです。さて、いまからお聞かせするは、かの名高き「去勢用ナイフ」さんの歌……と言った調子の、すこぶる剽軽《ひょうきん》なもので、けっきょくは孤独な鬼軍曹殿が抱いていたらしい、理想や夢などが、全体としてそっくりパロディ化されてしまうことになる。

つまり、ミリタリィ・ルックは、べつに新宿の町に流れついてからパロディになったわけではなく、そもそも元祖のビートルズのときから、はっきりパロディとして準備されていた。パロディを、覚醒であり、流行の反対物だと考えれば、どうやらこれは、反流行の流行ということになる。たしかに、従来の理屈ではあり得なかったことが、現にこうしてはじまってしまったのだ。むろん、大流行などということはありえまい。反流行の流行なのだから、狂い咲きていどが頃合いだ。しかも、パロディを承知の上で、パロディを着こなすということは、喜劇役者にしても、かなりの場数を踏まなければ出来ない、高等技術なのである。

すると、現代の青年のなかには、すでに時代を喜劇として受取るほどの、なにか新しい予感が育ちかけているのだろうか。パロディとしてのミリタリィ・ルックという観念は、単に軍服の茶番化にとどまらず、平和の正統性とひきかえに、軍服の正統性を維持しつづけようとする、国家そのものの茶番化にもつながるものだ。もっとも、いずれ反抗なのだから、大したことはない。大したことがないから、ビートルズは勲章をもらったりもしたのだろう。それにしても、彼等の悪ふざけの中には、勲章でも薄めきれない毒が感じられる。ぼくの思いすごしかもしれないが、異端をパロディにすることで、正統の根拠を同時にパロディ化しようとする、不敵な知恵があるような気さえするのだ。

ともかく、どうやら、悲痛な異端の時代はすでに過ぎ去ったらしい。本物の異端は、たぶん、道化の衣裳でやってくる。

（一九六八年八月）

異端のパスポート

いまから数百万年前、他の類人猿たちとは明確に区別されうる、二足歩行のアウストラロピテクスが出現した。直立歩行は、大脳の発達の条件を与え、また両手、両腕を、自由な空間にむかって解放することになった。彼等はすでに、石器を使用していた。彼等こそ、われらの祖先である最初の先行人類だったのである。

ところが、それから百万年ほどして、ロバート・ブルームによってパラントロプスと名付けられた、別種の二足歩行属の出現を見ることになるのである。そして、アウストラロピテクスと、このパラントロプスの併存は、その後百万年ちかくものあいだ続けられたらしい。だが、なにかの理由で、その後パラントロプスは急速に絶滅してしまう。生きのびたアウストラロピテクスは、そのまま進化をつづけ、五十万年ほど前になると、ついにホモ・エレクトス（直立原人）として、われら人類と同じ、ホモを名乗るにいたるのである。

いったい何が、この似通った二種の猿人の一方を滅し、他方に進化の機会を与えた、最大の理由だったのだろう。発掘された化石によれば、両者の相違は、おおむね次のようなものだったらしい。第一は、パラントロプスがアウストラロピテクスにくらべて、かなり大柄であったこと、第二は、頭骨と顎がよく発達し、どちらかと言えばゴリラに近いものであったこと。

第一の点について言えば、アウストラロピテクスも、時代とともに変化して、後期にはパラントロプスとほとんど同程度の大きさにまでなっているのだから、大柄であることがパラントロプスにとって、特に不利な条件だったとは思えない。また、第二の点についても、容貌がゴリラに近いというだけで、いきなり下等だときめつけるのは、あまりにも擬人法的な速断にすぎるだろう。ゴリラに近いということは、単に顎の筋肉が発達し、臼歯が大きいといった程度の、形態上の特徴にしかすぎない。そしてこの形態上の特徴は、要するに、草食動物を意味しているというだけのことなのである。

しかし、奇妙なことに、怪奇物語やサイエンス・フィクションに登場してくる、ゴリラの面相をした獣人たちは、ほとんどきまって牙をむき、口から鮮血をしたたらせることになっているようだ。進化だとか、高等だとかいう観念に対して、人間がいかに身勝手な偏見を抱いているかのいい例だろう。肉食が好きなのは、ゴリラではなく、人間自身の方なのである。ゴリラにかぎらず、すべての霊長類のなかで、ただ人間だけが肉食の習性を持っているのである。もし肉食に野蛮と下等のしるしを見、草食に洗練と気品を見るなら、口から鮮血をしたたらせている獣人は、まさに人間自身の姿にほかなるまい。ゴリラ的容貌のほうが、じつははるかに柔和で気品に満ちたものかもしれないのだ。

事実、霊長類の一般的規準からすれば、パラントロプスの草食型容貌に退行現象を認めるのはむつかしい。それどころか、直立歩行という、まぎれもない進化を示しているのである。むしろ、直立歩行に加えて、とつぜん肉食という食習慣の大異変をみせた、アウストラロピテクスの顎や臼歯に、部分的退行現象が見られると言い替えてもいいくらいなのである。

正統と異端に分けるとすれば、亡び去ったパラントロプスこそ、原始類人猿からの正統な子孫であり、わが祖先アウストラロピテクスは、あいにく同胞の知らぬ生肉の味をおぼえてしまった、非道の異端であったというわけだ。

孤猿という言葉がある。いかにも超俗的な、もっともらしい響きを感じさせるが、その実体は、要するに心ならずも群を追われた、落伍猿というにすぎないらしい。人間にとって、牢獄がそれ自身刑罰であるのと同様、猿にとっても、拘禁と隔離が、もっともひどい神経症の原因であるそうだ。群をつくる種属という点では、肉食の子孫も、草食の子孫も、大した変りはなさそうである。

だが、その群の性格や内容には、かなりの相違があったと考えざるを得ない。肉食のアウストラロピテクスは、ねらう獲物が動物である以上、しぜん移動性にすぐれ、編成も小集団だったに違いない。それに対して草食のパラントロプスの方は、はるかに定着性が強く、その縄張を維持し防衛するために、集団も食物の量が許すかぎり大編成だったはずである。編成が大きくなればなるほど、集団の構造も複雑になるわけだから、あるいは社会化の面でも、ゴリラ型パラントロプスの方が一歩先んじていたかもしれないのだ。

にもかかわらず、パラントロプスは亡び去った。百万年もの間、ほとんど変化も見せず、豊かな森に住みついたまま、あっさり歴史から身を引いてしまったのである。なぜだろう。あまり楽しい想像ではないが、彼等の辿り着いた場所が、けっきょくはわれらが祖先アウストラロピテクスの胃袋の中でなかったという保証は何処にもないのだ。何かのはずみに、この両グループが顔を合わせた場合のことを想像してみるといい。一方の目には、相手が単に追い払うべき邪魔者として映っているだけだが、その邪魔者の目には、思わず唾を飲み込むような御馳走が映っているのである。勝負は最初から決まったようなものだったに違いない。

(むろん、似たような体形の持主である場合、必ずしも肉食動物が草食動物よりも強いとは限らない。肉食動物の攻撃性に対して、草食動物はその優れたチーム・ワークで、じゅうぶんに対抗できるのである。しかも、直立猿人は、すでに石器の使用者だったのだ。果実をもいだり、木の根を掘ったりする作業よりも、野獣との闘いに際してのほうが、石器の利用価値もはるかに高かったに相違ない。狩猟家アウストラロピテクスの方に、石器の使用技術習得の頻度も高く、それが彼等の大脳皮質を刺戟して、つねに相手の防禦陣の裏をかく、巧妙で危険な戦術家へと成長させる機会にめぐまれていたはずだ。）

だが、誤解のないようにあらかじめ断っておくが、ぼくはべつだんこのパラントロプス敗北の例を一般化して、暴力による平和の破壊、獣性による社会性の征服が、人類の本性だなどと言いはるつもりは毛頭ない。ただプロレスリングの悪役に、「殺人ゴリラ」などという名前をつけて、疑おうともしない、あまりにも人間主義的な偏見への解毒剤として、パラントロプスの臼歯に対する、わが祖先たちの犬歯をちょっぴり強調してみたまでのことである。事実、猿人アウストラロピテクスも、さらに原人ホモ・エレクトスへと跳躍進化して行くためには、石器に加えて、火の発見をしなければならなかったのだ。ぼくの想像だが、火の発見は、単に肉を美味く加工するためのものではなく、急速な腐敗という、肉食のもっとも不利な条件を克服するのに役立ったのではないだろうか。そして、肉の保存が可能になったとき、わが狩人たちにも、暫時の休息が許される。永遠の放浪者という、肉食動物の宿命から逃れ、定着に伴う便利と余裕を、あわせて享受できることになったのだ。定着は罠の工夫を育て、また、大型の獲物をねらう必要から、集団の結合や大型化をうながす。必然的に、交換や分配のルールが生れ、狩人の天性とは相容れなかった社会化

——それだけに多分、自然発生的なパラントロプスの社会などよりも、ずっと流動的で意識的な——が推し進められることになったというわけだ。

現に化石も、百万年もの間ほとんど変化をみせなかったパラントロプスにくらべ、めざましい進化と変貌を証拠立てている。草食という、数千万年もの伝統をもつ霊長類の食習慣を、とつぜん破ったこの異端のグループには、もともと変質し進化しやすい要素(多様な遺伝子プール)が内在していたのかもしれない。開かれた歴史というものは、いつだって、均一性よりは多様性に、定着よりは移動に、保守よりは進歩に、正統よりは異端のために用意されているものなのだ。いたずらな秩序と安住の前には、歴史はただその幕を閉ざすだけである。だから、最後のパラントロプスが、めぐまれた温暖な森のほとりで消え去った頃、わが異端の息子たちはすでにホモ・エレクトスとして、氷河をのぞく、全世界のいたる所に、その狩りの手をひろげて行けたのである。

パラントロプスとともに亡びたのは、単なる社会性や非暴力ばかりではなく、定着しか知らぬあまりにも保守的な社会だったということだ。そして、そこからはみ出した異端の群だけが、人類の歴史にむかって急進撃を開始したのである。この異端性と、移動本能こそ、われわれの心臓に深く刻み込まれた、未来へのパスポートなのかもしれないのだ。

だが、特別の例をのぞけば、洋の東西を問わず、人々の心臓にひびくのは、むしろ「母なる大地」という言葉であり、観念であるようにも思う。狩猟の名手、ピグミー族は、いまでも周辺の黒人農民たちを見下し、軽蔑しているそうだが、そんな軽蔑に気を病んだりする者はまずいまい。当然だろう。ホモ・エレクトスの時代に尺度を合わせれば、わずか最後の百分の一にも足りない期間だが、それでも五千年以上という、体験的尺度からすればば目くらむばかりの、長い農耕の歴史をすでに持ってしまっているのだ。農民を社会の土台と考える郷土神話が、人々の心臓を芯まで染めあげてしまっているのである。

この世界では、定着があくまでも美徳であり、掟である。連帯と共同作業が不可欠なため、縄張の内側では比較的寛容な法の観念が、外に向ったとたん、手のひらを返したように、残忍性をむき出しにするのだ。原始農耕民でさえ、「共同体内部の平和維持という根本的な規定のために、犯罪者に同質の罰を与える復讐法——目には目を、歯には歯を——はけっして認められない。犯罪のなかで最も重い殺人のときでさえそうである。決闘も行われるが、しかし死ぬまではやらない」（ユリウス・リップス『生活文化の発生』）と、いうくらいなのだが、許可のない越境に関するかぎり、待ち受けているのは問答無用の死なのである。死刑マニヤに近い牧畜民が、ほとんど境界線の意識を持たず、領地への侵入にもべつに罰則らしいものは設けていないのと較べると、なんというあからさまな農民根性だろう。こうした定着のモラルは、ごく身近なところで、たとえば日本の江戸時代に入っても、そのまま受け継がれている。移動によって生計をたてる職人などは、最下層の存在とみなされ、流れ者、浮浪人は、犯罪者と同義語のあつかいを受けていた。さらに、「ところばらい」という刑罰さえあったくらいで、定着の放棄は、そのまま生存権の放棄すら意味していたほどなのである。

すると、異端のパスポートは、すでに時効にかかり、もはや通用しなくなってしまったのだろうか。国家という次元の縄張で、地球がくまなく分割されつくした現在、人類はやっとその旅を終え、約束の土地に辿り着いたと考えるべきなのだろうか。異端性や移動性も、すでに役目を終え、いまはパラントロプス以前の、あのゴリラの安息に戻るだけだというのだろうか。

あいにく同意しかねるのだ。そう素直には、「母なる大地」の有効性を信じることが出来ないのである。案外、とんだ贋造紙幣なのかもしれない。地方主義……都会嫌い……標準語反対論……民話主義……県人会……郷土料理店……方言研究会……愛国心教育……そして、万国博覧会にまでのさばり出てきた、《お祭り広場》。ちょっぴり正統派の紋章をちらつかせながら、「母なる大地」を擁してひしめく、超イデオロギー的軍団。はては文学理念にまで口を出し、作品のヘソの緒の有無を問うたりする。ヘソの緒の有無など、卵生か胎生かの識別以外には、なんの基準にもなり得ないように思うのだが。

たしかに、原始農耕民族の場合だったら、「母なる大地」にも、それなりの根拠と必然性があったことは察しがつく。彼等の定着は、みずから選んだ定着だったのだ。しかもその選択は、同時に闘いでもあったにちがいない。それは外部に対する闘いであると同時に、内部に対する闘いでもあっただろう。現存する移動型未開種族が、いかに農耕を嫌うかは、しばしば報告されている事実である。ぼく自身も、以前スロバキヤ地方を旅行した際、ジプシーがどんなに立派なアパートを与えられ、定職を保証されても、繰返し集団夜逃げをこころみ、役人たちをてこずらせたという話を聞いたことがある。移動から定着への移行は、すでに定着してしまったわれわれが想像するほどには、たぶん容易ではなかったのだろう。狩猟民族の放浪性は、食料獲得のためのやむを得ざる手段といった、受身なものではなく、それ以外の行動形態は想像することも出来ないほど、すでに常態化してしまった基本的な生活様式だったのだ。われわれが永遠の放浪に対して、「死」に近いイメージを浮べ、恐怖するのと同じく、狩猟民は定着に対して、やはり「死」の恐怖に似たイメージを持っていたように想像されるのだ。

しかし、あるとき、彼等の一部が、その恐怖を乗り越えて定着に踏み切った。どんな動機が、彼等にそんな決心をさせたのか、諸説あって、正確なところはよく分らない。ただ、古代ギリシャから十九世紀に至るまで、当然の常識として信じられてきた《三段階説》——狩猟から牧畜へ、牧畜から農耕へ、という連続的発展説——は、その後実証的な調査が進むにつれて、しだいに都合の悪いものになってきたようだ。移動民族が定着に対して、想像以上の心理的抵抗を示すことが、多くの実例によって明らかにされはじめたのである。古典的《三段階説》の誤ちは、どうやら移動民の内面を、定着民の規準でしか測れなかった点にあったらしい。農耕の知識を与えられさえすれば、狩猟民族が、すぐにも農耕民族に変るというほど、事情は簡単なものではなかったのである。

ユリウス・リップスは、この間の事情について、次のような仮説を立てている。従来考えられていたように、農耕技術の発見によって、狩猟民族の定着化がはじまったのではなく、逆に定着の先行という条件があって、はじめて農耕と動物の家畜化も可能になったのではないかと言うのだ。そして、定着化をうながした中間項に、収穫民の概念を導き入れている。収穫民とは、農民のように畠をたがやしはしないが、狩猟民や採集民のように、手に入れた物を直接胃袋におさめてしまわず、欠乏にそなえて、ある期間保存することを憶えた、狩猟と農耕の中間に位置するグループのことだ。いますぐ食べるためにではなく、保存のための収穫となると、必然的に大量収穫が可能な土地に対する関心が強まる。次には、保存のための貯蔵場所。生活の安定に伴なう、家族数の増加と、より大量の収穫のための、集団作業の組織化。さらには、収穫地の占有を保証するための、部族連帯の強化……と、しだいに土地に対する結びつきを濃くしながら、農耕民となるためには、あともう一歩、種をまく行為が残されているだけという所まで、彼等の内部ではすでに定着化の準備がととのっていたはずだと言うのである。

　ぼくもこの考え方を受入れることにしたい。わが祖先アウストラロピテクスは、肉食によって定着型霊長類と袂を分ち、永遠の放浪者としてはるかな未知の歴史にむかって旅立ったわけだが、しかしただ暗黒の森や平原をさまよい歩く、血に飢えた野獣と化しただけではなかったのだ。前にもふれたとおり、火の発見によって、肉の保存が可能になったとき、石器という第二の牙を持った、この地上で最強の狩人たちは、さらに大型の獲物を手に入れるべく、いくつかの群の協力を余儀なくされたに違いない。一度は社会の破壊者だった彼等が、再び社会化の道を歩みはじめるのだ。だが、それはもうかつての草食霊長類時代のような、閉ざされた社会へではなく、はっきりとした目的意識によって結ばれた、分業的な再組織への道だった。結合力だけで測れば、あるいはサルの社会の紐帯よりも脆いものだったかもしれない。が、大事なのはそれが開かれ、柔軟性をもった、意識的な社会だったということだ。証明するものは何もないが、たぶんこの第二の社会形成の過程が、同時に言語形成の過程でもあったのではなかろうか。

　この社会化は、狩猟本能とは本質的に矛盾しあう定着を、一時的にもせよ生活体系の中に組入れ、利用することで、より狩猟の可能性をひろげようという、かなり知的なものだったはずだ。移動本能と、定着の意志のバランスは、もっぱら保存の量と長さに左右されたものと思われる。多くの動物たちを死滅させた、あの氷河期の襲来に際してさえ、人類だけがむしろ進化し、数を増して行けたのも、狩りの名手であったことに加えて、冷凍による肉の長期保存というチャンスにめぐまれたせいもあったに違いない。

だとすると、リップスのいう収穫民が、人類の歴史にとって画期的な跳躍台だったという説も、うなずけるような気がする。焼いた肉にくらべると、乾燥させた食用植物——たとえば、穀類やイモなど——は、はるかに長期の保存に耐えうるが、しかしそのままでは食用に適さない。粉にひくとか、水を加えて煮るとか、かなり高度な加工技術が求められるのである。だが、いったんその技術の習得がなされてしまえば、保存能力は革命的に増大するはずだ。あるとき、移動と定着のバランスが逆転させられたとしても、べつに不思議はないだろう。——かと言って、それで彼等がアウストラロピテクス的異端を去り、パラントロプス的正統に戻ったとは言えないはずである。逆転は要するに逆転にすぎず、べつにそれ以上の意味はない。いかに大脳が発する定着の信号音が、心臓の打ち鳴らす移動のリズムを上まわったとしても、その大脳に血を送っているのは、いぜんとして心臓なのであり、心臓が動くのを止めれば、大脳だって活動を停止するしかないのだから。

「母なる大地」……そう呟いて、激しい内面の葛藤と闘いながら、じっと沃土に犂《すき》の柄をやすめて立つ原始耕作民の視線は、おそらくつねに遥かな地平線へと向けられていたに相違あるまい。地平線の彼方、父なるものへの、深い畏怖と憧れの思いをこめて。

何年か前、面白いアメリカの西部劇を見たことがある。題名は忘れたが、インディアン相手の、おきまりの戦争劇ではなく、すでに生活を始めているカウボーイの中に、農民の開拓者が入り込んで来て、利害のちがう白人どうしが、土地をめぐって相争うという、辺境の経済学を地で行くような、新趣向の西部劇だった。当然のことだが、カウボーイたちは颯爽としていて、物分りがよく、土地に対してもはなはだ自由な考えを持っている。反対に農民たちは、頑固で田舎くさく、土地に対してもすこぶるエゴイスチックで占有欲が強い。それにちょっぴり、経済学にも優れていたようだ。さて、ロメオとジュリエットまがいのロマンスなどもあったようだが、それはさておき、問題の要点は、まず西部の法感覚と、アメリカ合衆国の法律との間には根本的な相違があり、国の法律というものは、土地に対する限り、とにかく閉鎖的な農民の側に立っているという、動かしがたい事実があったことである。正義――農民の方がすでに金を払って、土地の登記をすませていたという事実――によって、カウボーイは敗れ去る。だが、そこでドラマが終ったわけではない。思いがけないカタストロフがちゃんと用意されているのだ。見渡すかぎりの牧野に、農夫たちが鍬を入れ、幾筋もの長い畝《うね》の列に変えたとき、国法がさだめた正義さえ手のとどかぬ、自然の正義が行われる。かろうじて地表の被覆となっていた、牧草の根がはぎ取られたために、原野がみるみる砂漠化しはじめたのだ。もうもうたる砂塵の中に、農夫たちはただ呆然として立ちすくむ……

これはむろん、二十世紀に入ってからの話だろうが、しかしこの辺境における対立のドラマは、最初の原始農耕民が「母なる大地」に立ち、はるか地平線の彼方を仰ぎ見たとき以来、数千年にわたって様々なかたちで繰返されて来たことなのだ。もっとも、中世的農民たちにとって、そのドラマは、ひどく内攻的な形をとってしまうことになる。自分自身を地平線の誘惑からまもるのと同時に、家族や仲間の脱走をふせぐ心配もしなければならなかった。彼等はたがいに、「母なる大地」の恵みについて語り合い、放浪の苦難を強調し対比させることで、定着の美徳をたしかめ合ったことだろう。ついには、地平線の彼方にあるのが、死霊や妖怪の国でもあるかのような、恐怖の幻影をみずからの内に育てあげるまでに……

しかし、歴史の次のページをめくると、幻影にすぎなかったはずの地平線の彼方の死霊や妖怪たちが、生きた現実の敵になって、姿を現しはじめるのである。

たとえば、中国辺境のアルタイ遊牧民。メソポタミア辺境のスキタイ族。ローマ帝国辺境のゲルマン民族。……と、いささか年代を無視した例のあげ方だが、いま問題にしようとしているのは、辺境についての一般法則——辺境がどのようにして形成され、またその形成をめぐって、移動と定着の対立がどのように作用し合ったかという、ごく大づかみな力学的認識——なのだから、年表的配列のことなどは一応無視させていただくことにする。

さて、遊牧民族は、いつ、何処から、どんなふうにして出現したのだろう。「狩猟=牧畜＝農耕」の三段階説が事実に反することは、前にもふれたとおりである。直接的な食物としての動物を、間接的な家畜として考えるためには、心理的にも、物質的にも、保存能力にかなりの余裕がなければなるまい。飼料や水に、それだけの余剰があることは、農耕もかなり進んだ段階だということだ。定着によって失った肉の味を、定着のままでもう一度取戻すことが出来たのだから、彼等の家畜に対する執着は、さぞかし大きなものだったに違いない。そうは言っても、牧畜と農耕には、土地の利用をめぐって避けがたい矛盾がある。耕地を犠牲にせずに、しかも家畜の数を増す何か名案はないものか。耕地の外での放牧という方法は、おそらくその矛盾の解決策として生れた新技術だったのだ。次に、分業がはじまり、牧畜担当者が専門化する。家畜が増えるにしたがって、遊牧の行動半径も増大し、ここに第二次移動民の誕生をみたというわけだ。

もっとも、この新移動民と、農民が、最初から敵対関係にあったはずはない。牧童たちは、あくまでも農民の別動隊にすぎず、共同体内の同じ成員として認められていたはずである。だが、ある時、なにかの理由で、両者の絆が断ち切られ、それぞれ独立した社会を形成することになった。どんな理由か、よくは分らないが、分離が一般的現象だったところをみると、その理由もやはり一般的なものだったに違いない。あえて想像を逞しくすれば、たとえば、農耕社会がある段階までの展開をして、階級分化を起しはじめたような場合である。農耕社会での支配原理は、もっぱら土地の私有を通じて行われるものだから、耕地を捨てた遊牧民にまでは及ばない。遊牧民が、経済的利害の不一致を理由に、服従を拒み独立を宣言したとしても、農耕貴族たちに出来ることといったら、せいぜい領土の境界線を強化して、遊牧民との間に法の壁を築くくらいのことだったろう。遊牧民の分離、辺境の形成、国境の確立、この三つはほとんど平行して行われた出来事だったように思われるのだ。

だとすれば、遊牧民族は、農耕民族の領土宣言——定着の国家的完成——と同時に生れた、反領土的異端民族でもあったわけである。

しばらくの間は、両者とも、ふくれっ面のまま、しぶしぶ交易をつづけていたことだろう。遊牧民族は、決して貧しくはなかったが、生産物が単純なので自給が出来ず、農耕社会との交易にたよらざるを得なかったし、農耕社会の方でも、その保守性から、国境が犯されでもしないかぎり、べつに交易を拒む理由はなかった。

ところが、紀元前一千年頃になって、とつぜん事情が変る。中央アジア草原の遊牧民族が、騎馬の技術を身につけたのだ。騎馬の使用によって、遊牧民族の体質は一変した。行動半径の拡大によって、家畜の管理能力が飛躍的に向上し、部族の組織化も進み、社会的単位として無視できないものになる。たとえばスキタイの遊牧民は、紀元前八世紀頃には、すでに部族制を脱して王をいただく国家体制をとっていたらしい。(もっとも、遊牧民国家には、国境がない。現在彼等の騎馬の蹄が踏んでいるその場所がすなわち領土なのである。国家概念の規定のしかたによっては、こんなものを国家と呼ぶわけにはいかないかもしれない。だが、考えようによっては、国家と国境を同一視して疑わないことこそ、むしろ定着的思考に固有な盲点なのかもしれないではないか!)さらに、騎馬の効用として、軍事力の強化ということがあった。すばらしい機動力と、馬上から矢を射る騎馬戦術は、遊牧民族全体を恐るべき軍団に仕立て上げることになる。最初の遊牧帝国スキタイも例外ではなく、南ロシア平原から東ヨーロッパ全土にかけてを、その支配下に置き、ユーラシア大陸一帯から出土する有名ないわゆるスキタイ金属器は、ギリシャ植民都市から納めさせた貢物だと言われている。それ以来、入れかわり、立ちかわり、強力な騎馬兵団が相ついで現れ、東は中国、西はヨーロッパの心臓部に至るまでを、その蹄の下にじゅうりんしてまわるのだ。そして、十三世紀のチンギス・ハーンのモンゴル帝国を頂点に、最後の遊牧帝王ナディル・シャー(一七四七年暗殺)の末裔、テケ・トルコマンの戦士三万が、大砲と機関銃で装備されたロシア軍に打ち破られ、名実ともに歴史の座から退場させられてしまう、今からほんの百年ほど前までの長い年月、この辺境における移動と定着のドラマは、休みなく続けられていたのである。

　だが、二十世紀、辺境はもはや何処にもない。南極をのぞき、地球はすべて定着国家によって分割され、国境の向うには、やはり同じような定着国家があるばかりだ。すべての心臓が、もう移動のリズムを必要としなくなったのだろうか。調子っ外れの心臓に、まごつかされたりするような不器用者は、もう一人もいなくなったというのだろうか。

「連中は仲間といっしょに、年中ふらふら、うろつきまわっている。飲み食いも、外ですませて、もともと帰る家など持っていないらしい。もっとも、一応の縄張はあって、何処に行けば誰に会えるというようなことは、口伝で分るようだ。出入り、けんかが大好きで、すぐに徒党を組む。しかし負ければ一目散、べつに逃げることを恥じてはいないようだ。損得勘定にはうるさいが、エチケットには欠けている。差入れがあったり、稼ぎがあったりすると、まず現役の若い者がうまいものを取り、おいぼれには残り物をめぐんでやる。なんと言っても、強い者勝ちの世界なのだ。くたばった奴のスケは、親兄弟のスケでも、かまわずさっさと頂戴してしまう。」

べつに新宿のフーテン族のことを言っているわけではない。現代若者気質を誇張して言ってみたわけでもない。じつは、司馬遷の史記列伝から、匈奴《きょうど》に関する記述の一節を、ちょっぴり変形して書いてみただけのことだ。

匈奴というのは、紀元前三世紀頃、モンゴル高原から姿を現し、東では秦の始皇帝をして長城を築かしめ、西ではトルキスタンの半ばを手中におさめた、アルタイ系最初の大遊牧民のことだ。また一説によれば、紀元四百年頃、ロシア平原からハンガリーを降し、さらに法王の都ローマにせまってその心胆を寒からしめた、かの悪名高きフンと同一族だとも言われている。

それはともかく、固有名詞や、狩猟用語や、家畜の名前を省略しただけで、たちまち現代風俗批判に変ってしまった、この司馬遷によるアルタイ遊牧民の紹介文にはなかなか含みがある。もしかすると、新宿あたりをうろついている、あの連中、あんがいそのまま匈奴の生れかわりなのかもしれない。そう思ってみると、そんな気もしてくる。家畜のかわりに、夢を追って歩くというのは、ちと心もとないが、世間の境界を無視してうろつきまわるという所だけは、いかにも移動民らしい。すると、しかし、国境の外にあったはずの辺境が、こともあろうに都会のまん中に引越して来てしまったというのだろうか。驚くことはない。ありそうなことだ。考えてみると、昔から、都市には内側の辺境といったおもむきがあり、家出人、犯罪人などが、好んで隠れ家に使ったものである。それに、ドーナッツだって外と内とは完全に連続した面でつながっている。外に向って走りつづけていれば、いずれはぐるりと廻って、内側に辿り着くというわけだ。

かと言って、フーテン族に、何か歴史を動かすほどの異端ぶりを期待しているというわけでもない。単なる定着へのアンチテーゼだけで、何かが出来るというような甘い時代は、とうに過ぎてしまったのだ。仮にチンギス・ハーンその人を、あの世から連れ戻して来たとしても、新宿の雑踏の中に置けば、せいぜいパチンコ屋の景品買いの親方くらいがおちだろう。移動専門の山岳ゲリラだって、定着のシンボルである農民との結合がなければ、まず絶対に勝目はないのである。

いや、草原の常勝騎馬軍団が、疾風のごとく大陸の端から端までを席捲していた、モンゴル帝国時代にだって、彼等遊牧民が実際に残しえたものは、破壊の跡と死者の数をのぞけば、何ほどのものでもなかったのではあるまいか。戦果のはなばなしさの割に、歴史に与えた影響は、意外に小さかったように思うのだ。あるいはそれが、定着を拒んだものの宿命だったのかもしれない。敗れた王国でさえ、壊れた城跡を残しえたのに、勝った彼等は、天幕の一枚も残さずに消え去った。

だが、この破壊狂の騎兵隊にも、ただ一つだけ、誰もがなしえなかった、大きな功績があったように思うのだ。それは彼等が、ある場所を占領しつづけている間、そこには決して国境がつくられなかったということである。定着国家の占領のように、国境線の引き直しの必要を認めなかった彼等は、壊した国境を、そのまま壊しっぱなしにしておいた。それまで、国境、すなわち地の涯、と信じ切っていた定着民の前に、とつぜん無限に遠のいて行く、本物の地平線が現れたというわけだ。国境の中では、空間も時間も、すべて国境の中だけの独自な法則で、存在し、流れているのだと思い込んでいた定着民たちにとって、外の空間でも、やはり同じ時間が流れていたのだという発見は、どんな品物の交易や、知識の交流よりも、衝撃的な体験だったに相違ない。

遊牧民は、勝利と宝物を手に入れ、定着民は、敗北と時間認識を手に入れた。時間、普遍への最初の半歩……それからもう半歩……空間的特殊性にしばりつけられていた鎖がゆるみ、いまべつな世界でも流れているにちがいない、この同じ時間への愛を感じたりする……

ましで、今日、われわれの住む大都市では、たぶん世界大戦という、全空間の同時共鳴の余韻がまだ響きつづけているためもあるだろう、時間の共有感覚はすでに日常のことである。フーテン族でさえ、新宿に逃げ込んで来たアメリカ脱走兵と、すぐに友達になってしまったということだ。学生たちが、世界中の都市で申し合わせたような行動を起しても、誰一人その空間的偶然性に驚いたりする者はいない。誰もが同時代の感覚を、いつか知らずに身につけてしまっていたからだ。育ちすぎた国境が、内部で辺境の卵を孵化させてしまったらしいのだ。

（一九六八年九月）

内なる辺境

べつにユダヤ問題を論ずるのが、この章の目的ではない。また、人種や身分をめぐる、差別や偏見を取上げるのが目的でもない。ただ、多くのユダヤ系作家の作品に、現在のぼくの主要なテーマである、「内なる辺境」の思想とでもいうべきものが、集中的に表現されているような気がするのだ。

そう書きながら、今ぼくが思い浮べているのは、たとえばフランツ・カフカなどのことである。むろん、カフカの作品を、ユダヤ的な特質からだけ解明しようとするのは、いささかこじつけに過ぎるだろう。最近よく見かける、カフカにおける「父」の概念——すなわちユダヤ的特質——と言ったたぐいの論法には、一見カフカを高く評価しているように見えながら、実はその現代的普遍性を、あえてユダヤ的固有性に引戻そうとする、セクト主義的な臭いを拭いきれないものがある。それはちょうど、マルセル・プルーストを、チャーリー・チャップリンを、ベルグソンを、ユダヤ的特性で割り切ってしまうのと同じくらい、非現実的な態度だろう。

　にもかかわらず、カフカがユダヤ人であることを否定するのも、同じくらい非現実的なことだ。カフカが自分をユダヤ人として自覚し、その自覚を正視しようと努めていたことは、日記にもはっきりと書かれている。問題は、彼がユダヤ人であったことと、その作品のもつ現代的意味とのあいだに、なんらかの関連があったと考えるべきか、それとも、そんなものはまるっきり無かったとみなすべきか、文学上の好みや我田引水はしばらく措き、「ユダヤ系作家」という肩書のもつその微妙な含みについて、もう一度先入観なしの検討を加えてみる必要がありそうに思うのだ。

　もっとも容易な解答は、とりあえずその中間をとり、両者の要素を折衷することだろう。多分にユダヤ的特質にしばられながら、にもかかわらず、その限界を超えた才能のおかげで、ついに現代の普遍的表現たりえたのだと。ぼくもべつに、その解釈を全面否定するつもりはない。雨が降れば天気が悪いのは、文脈に関するかぎり、誰にも否定しえない事実なのだから。

　しかし、一見反論の余地のないこの折衷案も、誰か他の民族的色彩の強い作家（非ユダヤ系作家）の場合に当てはめ、比較してみると、かなり違った響きを持ってくることがすぐに目につく。

《カフカは、ユダヤ人の心で書いたが、それを超えて人類の魂に呼び掛けるものを持っていた。》
《トルストイは、ロシア人の心で書いたが、それを超えて人類の魂に呼び掛けるものを持っていた。》

べつに意識して、ユダヤ人の相手役にロシア人を持ってきたわけではない。フランス人だろうと、ドイツ人だろうと、アラブ人だろうと、日本人だろうと、大した違いはないのである。ただ、その民族的個性といい、思想性といい、世界的名声といい、トルストイならば非ユダヤ系作家の代表選手として、まず文句のつけようはないはずだと思い、たまたま選んでみたまでのことである。

さて、双生児のような右の二つの命題を、どこかで微妙に色分けしているものの正体は、いったい何なのか。この命題をさらに要約すれば、けっきょく「特殊を通じて普遍へ」という例の定式（文壇批評家諸氏のお好きな合言葉）に行きつくわけだが、おそらくその「特殊」という同じ言葉で言いあらわされている内容に、カフカとトルストイでは、何か質的な相違がありそうだ。

トルストイのロシア的特殊性については、われわれ日本人にも、かなりのところまで理解することが出来る。むろん、完全な理解は不可能だろうが、その不可能性まで含めて、一応の推測が可能なのだ。理由はおそらく、「土地」というものに対する共通な――互に翻訳可能な――心情が媒介になってくれているせいだろう。トルストイが終極的にたどりついた、「善き人」の象徴も、けっきょくは母なる大地への祈りを知った「善き農民」にほかならなかったわけである。風俗、習慣に多少の違いはあっても、農耕技術には各国共通の要素が強く、しぜん農民意識にも似通った部分が多い。ロシア的特殊性といっても、べつだん他国民と断絶した特殊性だったわけではなく、もともと農民性という普遍性を内に含んだ、ロシア型変種にすぎなかったとも言えるわけだ。なんらかの形で、大地信仰が生きつづけているかぎり、こうした特殊性の追求が、そのまま普遍に通ずるのは、むしろ当然のことと言えるだろう。そして、すべての近代国家が、その形成の歴史的背景に、聖なる大地の記憶を抱きつづけているのである。

だがカフカの……いや、カフカとはかぎらず、一般に……ユダヤ的特殊性となると、いささか事情が違ってくる。ユダヤ的という言葉から、われわれが思い浮べることが出来るのは、ほとんど具体的なイメージを伴わない、もっぱら文字だけを通じて見聞きした、ごく抽象的な観念にしかすぎないのだ。とくに、ユダヤに対する偏見の歴史も持たず、他の白人との外見上の区別もろくに出来ない、日本人にとっては、すべてが非ユダヤ系ヨーロッパ人の言動のみを通じて得た、間接的な虚像の範囲を一歩も出るものではない。旧約聖書のなかのユダ……シェークスピアのヴェニスの商人に出てくるシャイロック……偉人伝の何章めかにかならず登場してくるアインシュタイン博士……せいぜい身近なところで、アウシュヴィッツに象徴される、人種偏見と大量虐殺の不幸な犠牲者たち……なるほど、犠牲の羊という特殊性も、たしかに特殊性の一つにはちがいない。しかしこの特殊性は、いくら徹底させてみたところで、ロシア農民から農民一般をひきだすような具合には、簡単に普遍化できそうにないのである。いずれまた聞きの知識なのだから、ためしにもう一度、加害者自身の口からユダヤ的特殊性についての見解を述べてみてもらうことにしよう。

「われわれは、あらゆる方向で、農民精神を育まなくてはならない。」
「大都市の大衆にはもはや何もない。消えつくしてしまったところでは、再び目覚めさせるわけにはいかないのだ。」
「南部が、あらゆる歴史的論理と精神的健全さにもかかわらず敗北した市民戦争以来、アメリカ人は政治的民族的に没落の途上にある。当時、敗北したのは南部ではなく、アメリカ国民そのものなのだ。」

この道徳家めいた、一見ナロードニキ風説教師の声こそ、ほかでもない、ユダヤ人大量虐殺の張本人であるヒットラー自身の声なのである。ヘルマン・ラウシュニングの『永遠なるヒトラー』（船戸満之訳・天声出版）という本から、適当に書き抜いてみた、ヒットラー自身の言葉なのである。

つまり、ヒットラーにとってさえ、ナチス権力の最上部を占めるべきドイツ新貴族のイメージは、やはりせいぜい農民的土地所有者どまりだったということだ。断っておくが、べつにこのことから、ヒットラーとトルストイに類似点が認められるなどと、つまらぬ詭弁を弄したりするつもりは少しもない。農民の力が、歴史に対してつねに否定的に作用するとは限らないように、つねに肯定的に作用するとも限らないのである。日本の農村は保守党の地盤だが、中国では農村が革命の拠点になった。キューバで農民にたすけられたゲバラが、ボリビアでは逆に手ひどく裏切られてしまう。農民的なものに近親感をおぼえたというだけで、ただちにヒットラーの仲間あつかいをするわけにはいかないのと同様、トルストイやホイットマンの同志とみなすわけにもいかないと言うことだ。

それはともかく、よきドイツ農民層のなかに、血統正しきドイツ民族の存在を認めたヒットラーが、憎むべきユダヤ人のなかに、都市的なものを見ていたとしてもべつに不思議はないだろう。じっさい、ヒットラーのユダヤ人像は、都市が多様であるように多様であり、都市が複雑であるように複雑をきわめているのである。極端な言い方をすれば、農民的なもの以外の一切が、すなわちユダヤ的なものだと考えていたのではないかと疑いたくなるほどだ。

もう一度、ラウシュニングの本から引用してみよう。

「……両者は、人間とけものの間ほども互に隔たっているのである。ユダヤ人をけものと呼ぶわけではない。ユダヤ人は、われわれアーリヤ人以上に、けものと隔たっているのである。ユダヤ人は、自然とは疎遠な存在なのである。」

これは明らかに反自然＝人工的なものに対する、病的な憎悪である。また、農村をむしばむキリスト教を攻撃しながら、同時に都市の無神論者に対しても、ユダヤ的根なし草の思想だとして非難の矢を向ける。都市に毒された労働者階級は、初等教育の機会を与えず、文盲にすべきだと主張し、またインテリゲンチァ、技術者・専門家など、なんらかの形で抽象的知的作業にたずさわる者には、徹底した嫌悪感を抱きつづけていたらしい。

けっきょくヒットラーにとって、ユダヤ人とは、役所に巣くう薄汚い小役人であり、小うるさい啓蒙主義者であり、リベラリストであり、高利貸であり、医者であり、相場師であり、発明家であり、ロマン派の作曲家であり、大財閥であり、弁護士であり、労働運動の指導者であり、自然科学者であり、大学教授であり、屋根裏部屋の文士であり、マルクス主義者であり……つまり、ドイツ農民以外のものにならなんにでも自在に化けられる、都会の魔物のようなものだったらしいのである。

もっとも、ユダヤ人を都市的なものに投影する発想は、なにもヒットラーが発明した専売思想というわけではなさそうだ。サルトルの『ユダヤ人』（安堂信也訳・岩波書店）によれば、フランスの反ユダヤ主義者においても、事情はほとんど同じらしい。

「たとえば反ユダヤ主義者にとって、知性はユダヤ的なものである。（中略）自分の故国に根を下し、二千年の伝統に支えられ、祖先伝来の叡智を受けている本物のフランス人には、知性など、必要がない。」

「なぜ自分が、（ラシーヌを）理解することが出来るのであろうか。それは、自分が、ラシーヌを所有しているからである、ラシーヌと、自分の言葉と、自分の土地を所有しているからである。」

いったい、ユダヤ的なものが都市的なのだろうか、それとも逆に、都市的なものがユダヤ的なのだろうか。ついそんな反問をしてみたくなるほど、ユダヤ的なものと、都市的なものとの間には、深い結びつきがあるようだ。そして、まさにその点に、「内なる辺境」というぼくのテーマとも関り合ってくるものがあったわけである。

もし、単に犠牲者としてのユダヤ人問題だけだったら、その特殊性をきわめる対象としては、むしろアメリカにおける黒人の方が適していたかもしれない。現に、黒人作家のなかからも、国際的な評価に耐えうる作品がいくつも出ているわけだし、特殊から普遍への法則は、ここにもちゃんと見られるのだ。しかも、黒人に対する偏見には、反ユダヤ主義などよりも、はるかに激しい、虚無的なものがひそんでいる。ナチスは、ユダヤ人を殺さなければならなかったが、アメリカの農場主たちは、殺す必要さえ認めなかったのだ。

最近読んだ、『マンディンゴ』という小説は、その意味ですこぶる不吉な、恐ろしいものだった。ある部分の描写は、もし語られているのが生物だと知らなかったら、おそらく買いたてのスポーツ・カーのことでも論じ合っているのだとしか思えないだろう。そのうち、手足や、歯のことなどが出てきて、どうやら生物のことらしいと分っても、よほど血筋のいい高価な猟犬か何かが話題にされているのだと信じるのが、せいいっぱいだ。彼等は清潔に、合理的に、しかも注意深い愛情をもって飼育されている。また彼等の方でも、主人たちに、忠実な犬にも劣らぬ愛と恐れをもって報いている。むろん彼等は犬なんかではない。ここは黒人奴隷の飼育を専門にしている農場なのだ。純血種の立派な女が手に入れば、同族の男がいる他の農場まで連れて行って、種つけをする。多産系の女には、適当な管理によって、休みなく産ませつづける。まれに鞭をふるうことがあっても、けっして傷が残るような打ちかたはしない。ちょっとでも具合の悪い者が出れば、すぐに獣医を呼ぶ。こうして、じゅうぶんな高値をよぶ年頃になるまで、慎重に保護し、育ててやるというわけだ。

どんな憎悪よりも、どんな大量虐殺よりも、この冷やかで非人間的な相互依存は、はるかに無残で残酷だ。ぞっとする思いで読み終え、さて後書をのぞくと、このカイル・オンストットという作者、じつは職業作家ではなく、畜犬業が本職で、他に『優秀な犬の育て方』という本もあるという。思わず吹き出し、すぐにまた、いっそうやりきれない気分になってしまった。偏見と差別の極が、かならずしも敵対関係ではなく、こうした信頼関係の形をとって現れることもありうるという、この指摘には、あらためて人間関係の意味を問い返さずにはいられない、危険な皮肉の毒矢が感じられる。仮に、犬の飼育の経験をもとにして、それに黒人を当てはめただけの、架空なつくり話だとしても、この設定にはじゅうぶんなリアリティもあれば、説得力もある。なにぶん、ヒューマニズムにもとづいた平和運動なるものが、あたかも動物愛護協会のスローガンのような調子で語られ、べつに怪しむ者もないほど、人間関係が弛緩してしまった時代なのだ。差別しつつ愛し、愛しつつ差別されるという、新形式の人種偏見は、あんがいそのまま、国際的普遍性をもっているのかもしれない。われわれすべての内部に巣くう、愛すべき犬たちの問題として……

そう言えば、カフカの『審判』の主人公、ヨセフ・Kの最期も、たしか犬のような死だった。だが、犬のように死ぬことと、犬として死ぬことには、大きな違いがある。だから、ヒットラーですら、仇敵ユダヤ人を、アメリカ南部の黒人のようにはあつかいきれなかったのかもしれない。この事実は、べつに、黒人とユダヤ人の優劣を判断する規準になるものではなく、単に歴史的、社会的な、立場の相違を示しているだけのことである。じっさい、最近の黒人たちは、アメリカでのみならず、世界的規模において、とうに愛すべき優秀犬の面影など、その痕跡さえとどめなくなってしまった。交流ある差別から、断絶した平等へと、導火線をくすぶらせながらまっしぐらに駆け降りる、黒い巨大なダイナマイトだ。

古典的な差別は、むしろ各軍事ブロック内の友好国同士のあいだで、つくり笑いとともに生きのびている。

さて、そこでもう一度、問題をユダヤ的特殊性の解明に引き戻せば……どうやら、単に偏見や差別の次元でよりも、むしろ農民的ならざるもの、ラシーヌを理解しえないもの、土地から切り離されたもの、すなわちもっぱら都市的なものとしての烙印を押されたユダヤ人の側面に、ことの本質が隠されているような気がするわけだ。

ユダヤ人の都市的性格は、排外主義的なデマゴーグの手による悪意に満ちた手配写真であると同時に、歴史的な裏付をもった事実でもあった。いかに寛大な国王や領主でも、永遠の他国者であるユダヤ人が、その聖なる農村地帯に足を踏み入れることだけは絶対に許せなかった。ただ都市にだけ居住権を認め（ゲットー）、キリスト教徒にとっては不浄の行為とみなされていた金融業——不浄ではあっても、すでに国家経済のなかで不可欠の要素になっていた——に従事させたりすることで、けっこう持ちつ持たれつの関係を維持させていたのである。やがて、経済の発展につれて、実物経済に対する貨幣経済の比率がしだいに増大し、国家経済の中で占めるユダヤ人の役割も必然的に増大していく。土地を所有できなかったかわりに、商業、貿易、医者、弁護士などといった、信用経済の分野に力をひろげ、いやおうなしにその都市的性格をはぐくまざるを得なかったわけである。

だが、ユダヤ人にとって、都市といえどもやはり安住の地ではなかった。封建領主たちの目に、当初は領地の辺境にあるただの市場としかうつらぬ猥雑な都市だったが、思わぬ金の卵を産むガチョウであることが分った以上、黙って指をくわえているわけにもいかない。制限から、差別へ、差別から、拒絶へと、しだいにユダヤ人に対する圧力が加えられはじめる。おそらくこの辺に、反ユダヤ主義の発生の根拠があり、またそれへの対抗策としての、ユダヤ人の宗教的、精神的結束の強化も始まったのではなかろうか。

誇り高きシオニストからは、当然強い抗議を受けることだろう。彼等にとって、ユダヤ人の民衆的自覚は、そんな受動的なものではなく、エルサレムを追われて以来二千年にわたる長い伝統でなければならないのだ。流浪が二千年なら、迫害も二千年でなければならず、その劫火をくぐりぬけて今日イスラエルの建国に辿り着いたという、この事実の重みこそ、彼等が「選ばれた民」であることの何よりの証しだというわけだ。……べつに反論するつもりはない。さし当りいま必要なのは、客体としてのイスラエル人よりも、非ユダヤ人の内部に巣くう、虚像としてのユダヤ的特質のほうなのだから。

それよりも腑に落ちないのは、すでに巨大な工業国になり、政治、経済、文化にいたるすべての主要分野が、都市に集中してしまった先進資本主義国においてさえ、なおも農本主義的思想が繰返し再生産され、都市の内部においてすら、都市的なものへの疑念と偏見が後を絶たずにいるという、この現実の奇妙さだ。

なるほど統計によれば、一九六一年の時点において、全世界のユダヤ人の三分の一が、ヨーロッパとアメリカの、人口百万以上の十五都市に集中していたという。この傾向は今でもおそらく変るまい。金融の主導権も、貿易の主導権も、すでに本物の土着民族ブルジョアジーの手に奪い取られてしまったが、都市とともに成長し、形成された、都市的人格とでもいうべき彼等の歴史的特質だけは、いぜんとしてそのまま生きつづけているらしいのである。

やはりこの際、「本物の国民」は、「本物の文化」の保護のために、反都市的＝郷土的なものの力を借りなければならないのだろうか。われわれの文化のためには、母なる大地に素足で立って、都市的な穢れを祓い清めなければならないのだろうか。

だが、「十字軍」の時代ならいざ知らず、国家はすでに都市の完全占拠をなしとげたはずだ。国家と都市の対立など、いまは何処にもありはしない。それどころか、都市は国家の心臓であり、大脳であり、欠かすことの出来ない中枢的な役割を受け持たされている。本物主義者の都市アレルギーには、もはやなんの根拠もないのである。ユダヤ的なものに、都市的な傾向が認められるとしても、都市的なもののすべてを、ユダヤ的とみなすのは、いささか被害妄想にすぎはしまいか。いや、仮にそのとおりだとしても、都市がすでに対立物ではなくなった以上、（ユダヤ的なものを含めて）都市的なものへの偏見そのものが、いまや過去の亡霊になったとみなしてもいいはずだ。

「じっさい、文明はみな、都市が生んだものである。（中略）ヘレニズム期の君主たちも、明らかに都市という基盤の上に、ギリシアとオリエントの融合を進めるのである。そして、ローマ帝国の隆盛期は帝国内に多くの都市ができた時期にあたっている。これに反して、ローマ帝国の末期に、《農園》に貴族たちが力をいれるようになると、ラテン文化は消滅する。」（シャリエ『都市と農村』有本良彦・田辺裕共訳・クセジュ文庫）

しかし、アウシュヴィッツは、まだつい昨日の出来事なのだ。いくら工業化が進み、都市と国家の和解が成立したように見えても、都市憎悪という名の火山は、一時活動を休止しただけのことで、いぜんひそかに爆発の機会をうかがっているというのが、けっきょくは近代国家の実態なのかもしれない。たしかにナチスの台頭には、第一次世界大戦による痛手や、相対的な後進性など、当時のドイツに固有な事情のために、観念上の都市への偏見が、現実の都市の機能を上まわって作用するといった、特殊な条件も考えられなくはないだろう。もしも、あのガス室が、単に大地信仰という過去の悪夢にうなされた未熟児の発作にすぎなかったとしたら……そして、その悪夢が、今世紀にとって最後の悪夢だったと信じることさえ出来れば……ぼくもアウシュヴィッツを、不幸な例外と認め、国境の中の都市の未来に、まだ多少の希望をよせることも出来るのだが。

例のチェコの自由化の直後、ユダヤ人であり、カフカの研究家でもある、ゴールドシュテュカーが、チェコ作家同盟の議長に選ばれたというニュースに接して、ぼくは一瞬、かなり楽天的な明るい気分になったりしたものだ。じつは数年前、プラハの作家同盟の一室で、彼と会って直接話を聞く機会を持ったことがある。偶然出会ったのではなく、ぼくの依頼によって、わざわざ出向いて来てくれたのだ。しかし、その割には、あまり冴えない話しぶりだった。カフカが孤独であったように、その研究家もまた孤独なのだと訴えてでもいるような、いかにも侘しげな影が全身につきまとい、東欧圏におけるカフカとユダヤ人の運命を、そっくり暗示しているようにさえ思われたものである。それだけに、ゴールドシュテュカー新議長の登場は、確実なカフカの復権であり、ユダヤ的なものとの実質的な和解であり、どうやら本物主義から解放された新しい社会主義の時代が始まったのかもしれない、と、思わず心をはずませたりもしたのだが……それももう終った。真偽のほどは知らないが、彼は公職を解かれ、地下にもぐったらしいと何処かのニュースが伝えていた。

サルトルは、反ユダヤ主義者を除去するには社会主義革命が必要であり、またそれで充分だ、と書いている。原理的には、たしかにそのとおりかもしれない。じっさい、ソ連の憲法には、一切の人種差別を禁止し、特定の人種に対する優遇も、差別も、これを法によって罰する、とはっきり定められている。また、ミシガン大学のB・J・チョシードも、その『ソ連文学におけるユダヤ人』という報告のなかで、多くのユダヤ系の指導的作家が現れたという指摘にあわせ、様々な文学作品のなかに描かれるユダヤ系登場人物が、年代を追ってどのように変化して行ったかの分析を通じ、「小さなユダヤ人」式の民族的特殊性から、しだいに目覚めた共産党員という普遍性に向って行ったことを、はっきりと跡づけて見せてくれている。

もっとも、年代を追って「社会主義英雄」化していったのは、なにもユダヤ系市民ばかりではなかったのだ。それは登場人物すべてに対する、社会主義リアリズムの強い要請でもあった。だからといって、べつに困ることもない。ユダヤ人がスパイとして描かれたのとは、わけが違うのだから。それよりも問題なのは、この報告が、いちばん新しいところで、四五年までの作品しか扱っていないという点だ。じつを言うと、ぼくが案じているのは、その翌年、いわゆるジダーノフ批判と呼ばれている大整風運動で幕が開けられた、第二次大戦以後の彼等の運命なのである。社会主義とはおおよそ無縁だとしか思えない、世界に冠たる大ロシアという、手離しの愛国主義と排外思想が荒れ狂い、多くのユダヤ人が、国外に親類を持っているというだけで疑いを掛けられ、ときには収容所送りになったこともあるという。それから「雪どけ」までの、あの長い夜、彼等ユダヤ系登場人物たちは、一体どんな扱いを受けてきたのだろうか。

だが、その前に、すこしユダヤ系作者のほうも見ておく必要がありそうだ。作者のほうが、生身であるだけに、やはり嵐の影響も一と足早かったようである。三六年、ショスタコヴィッチの西欧的傾向に対する攻撃をきっかけに、「形式主義」批判が開始され、それはやがて血の粛清をともなう、苛酷な異端審問の様相さえおびてくる。

――コスモポリタニズム……根無し草……モダニズム……プチブル趣味……西欧的頽廃……ブルジョア的客観主義……自由主義……デカダンス……ニヒリズム……「形式主義」に向けて乱射された、これら罵倒の語録集が、ふと、ヒットラー愛用の語録集ともそっくりであることに気付いて、薄気味悪くなる。だが、早まってはいけない。それだけの理由で、スターリンとヒットラーを同一視したりしては、まるで「ナチスはユダヤの陰謀だった」式のデマゴギーを平気で使う、アメリカのネオ・ファシストも変らないことになる。二人がそれぞれ、何を攻撃し、何を掩護しようとしたのかを、事実に即してよく考えてみることだ。

ヒットラーなら、攻撃目標は最初からユダヤ人だし、掩護目標は「本物のドイツ農民」にきまっているだろう。

では、スターリンの場合は……消去法によって、これら語録集を一つの平均像に収斂させていってみると……たとえば、浮んでくるのは、「民族」という概念だ……社会主義リアリズムを規定して、「内容は社会主義的な、形式は民族的な」と言う場合の、あの「民族」である。どこかおかしな気がしないでもないが、とにかくスターリン自身の言葉なのだ。そう信じていたと考えるよりほか仕方がない。

しかし、散文小説における民族的形式というのは、一体どういうことなのだろう。郷土芸能や、民俗舞踊ならいざ知らず、もともと民族的形式などという次元を超えて、より自由な形式を求めたところに生れたのが、散文の精神ではなかったのか。形式の固定は、それだけ散文の可能性をせばめることになる。いや、多分、それほど神経質に考えることはないのだろう。第一スターリンが、ヒットラーのように、「民族」をとくに限定的な意味で使ったりするはずがない。社会主義革命は、同時に民族の形式からの解放でもあったはずなのだ。それにロシアでは、せいぜい遡ってみたところで、政府公認のプーシキンどまり、べつに決った型があったわけではないのである。

だが、あいにくなことに、そういう考え方こそが、まず槍玉にあげられるべき思想として、狙いをつけられていたのだ。まったくの不意打ちだった。無理もない、プーシキンにそんな火薬がしかけてあるなどと、いったい誰に想像できただろう。

「ついに（ジダーノフの）巨砲が火ぶたを切った時、標的はヌシノフ教授だと判明した。《旅券なき放浪者》ヌシノフは、プーシキンの作品に、コスモポリタンの尺度をあてがうことによって、そのロシア民族的独自性を奪い去ったと宣告された。……さらにジダーノフは、次の点を強調した。プーシキンの作品は、シェークスピア、ゲーテ、バイロンなどとの共通点ではなしに、むしろ相違点のゆえに価値があるのだと。」(シモンズ編『ソ連文芸の新思潮』藪内章訳)

革命以前にまでさかのぼって、スラブ民族の優秀性、独自性が主張されるようになっては、もはやユダヤ系作家の居残れる場所はない。スラブ民族の歴史の形成に参加していないユダヤ人に、民族的形式など分るわけがないではないか。ユダヤ人は、ユダヤ人であるというだけで、すでに形式主義者なのだ。こうして多くのユダヤ系作家が、批判され、口を封じられ、粛清されていく。

ピリニャーク、エレンブルグ、バーベリ、オレーシャ、マンデリシダム、ヤセンスキー、さらに作家ではないが、メイエルホリド、エーゼンシュタイン、等々……

そして、やっとスターリンが死に、スターリン批判がはじまり、エレンブルグが「雪どけ」の兆しを語りだすまでの、あのあまりにも永い凍結の季節の不毛ぶり。ユダヤ的なものの圧殺が、いかに文化にとって致命的であるかのいい証言でもあるだろう。誰もが傷ついた。被害者ばかりでなく、加害者もまた、深く傷ついていた。

民族的差別の禁止を、はっきり憲法にうたっているソ連で、なぜあのようなナチスまがいの狂気が発生しえたのか。

つまり、全体主義だからさ、と、平均的アメリカ人なら、得意気に答えることだろう。全体主義の憲法なんて、最初から真に受けるほうが何《ど》うかしているのさ。

しかしそういうアメリカ合衆国においても、事態はさして変らないらしいのである。もともと歴史も浅く、人種の標本箱のようなアメリカで、しかも一方に黒人問題という活火山まで抱えている条件では、反ユダヤ主義もなかなか起きにくいはずなのだが、潜在的には、けっこう同じような病状が慢性的に進行しつつあるらしいのだ。ウェンタールとグターマンの『煽動の技術』（辻村明訳・岩波書店）という本は、アメリカナイズされたファシストの横顔を、次のように巧みにスケッチして見せてくれる。

「ナチの宣伝は、〈アーリヤ人種〉という合言葉のもっている否定的で反動的な性格を、生物的な人種の観念や、包囲された国民という観念をくりひろげることによって隠そうとした。しかしこのような観念は、明らかにアメリカの生活にとっては不適切であり……」

そこで煽動のテーマは、こんなふうに始められるのだ。

——素朴で、平凡な、誠実な、羊のようなアメリカ人が、自分たちの公共問題を外来者、共産主義者、盗賊、亡命者、背教者、社会主義者、白蟻、売国奴によって牛耳られていることに、いったい何時になったら気づくのでありましょうか。

聞き手が、素朴なアメリカ人なら、呼び掛けている煽動者自身も、それに劣らず素朴なアメリカ人でなければならないというわけである。一見精彩を欠いているように見える、この素朴なアメリカ人が、じつは「ナチによるアーリヤ人種の案出と、同じような社会的威圧の効果を発揮する」のである。これは本来のナチズムのアピールの標準化された簡略版で、「他の国でも、素朴なドイツ人、素朴なフランス人、素朴なイギリス人などとして、用いることができるであろう」普遍的な適用性を持っている。

さて、煽動者は、つづけて自分を次のように説明する。

――私はアカデミックな意味での権威としては、政治学はわかりません。私はヨーロッパの芸術上の傑作品についてもよく知りません。しかしこれだけは断言します。私はアメリカの心を知っていると。(なぜなら)昔ながらの素朴さをもち、切株を掘りだす仕事にたずさわり、自由を愛し、リンゴ酒を仕込んだりする男女の一員であり、(したがって)アメリカ生れの両親と、アメリカ生れの祖父母とをもった、アメリカ生れの市民なのであります。

では、その煽動の目的は?

――遅かれ早かれアメリカの民衆は、いくつかの身代り山羊の群を探し求めることになるでしょう。そしてその数に加えられるのが誰であれ、それはアイルランド人、スペイン人、エジプト人、或いはホッテントットではなさそうです。

「実際どんなグループであれ、ユダヤ人以外のものが身代り山羊になりうるなど、考えるだけでも滑稽である。煽動者はそれ以上明らさまにしゃべる必要のないことをよく承知している。」

そして煽動者は次のような攻撃目標のリストをあげて見せてくれる。

「……ユダヤ人、共産主義者、英国びいき、国際銀行家、ラジオ解説者、ハリウッド・名誉毀損反対同盟、ナチ反対同盟、民主主義の友、ローズ奨学金受領者、ＰＭ、デイリー・ワーカー紙、シカゴ・サン紙、ニュー・マッセズ誌、ニュー・リパブリック誌……」

なるほど、所かわれば品かわるで、「素朴なアメリカ人」ともなると、ぐっとくだけているし、ちょっぴりユーモラスでもある。しかし、「本物の国民」という自己規定や、その雑多な人種の坩堝から、まちがえなくちゃんとユダヤ人をつまみ出してみせる、偏見の質に関しては、ヒットラーの一味とくらべてなんら変った所はない。そこでもう一度たずねてみよう。これら反ユダヤ主義者にとって、ユダヤ人とはいったい何者なのか？

こんな言い方をしたら、地下のジダーノフ氏から、さっそく抗議の声がかかるに違いない。自分は反ユダヤ主義者ではないし、いわゆる差別をした憶えもない。ただ、団結の邪魔をした反党分子を、祖国のために取り除いただけなのだ。もっとも、共産主義者とファシストの区別もつかない程度の頭の持主に、いまさら弁解するだけ無駄かもしれないが……

いや、その程度のことなら、ぼくにもじゅうぶん飲み込めているつもりである。おそらくすべてが、ジダーノフ氏の言うとおりなのだろう。だが、その相違を認めたうえで、重ねてぼくは言いたいのだ。いくら動機に違いがあったにせよ、この一点に関してだけは、誰にも言いのがれようのない一致がある。それは、追い立てられたのが、ユダヤ人だったという点だ。ともかく、犠牲の羊に選ばれたのが、ユダヤ人だったという点だ。いったいユダヤ人とは何者だったのか?

答えは一つしかない。ユダヤ人とは、土地に定着できなかった者のことである。土地に結びつけなかった者が、ユダヤ人だったのだ。言葉を変えれば、「本物の国民」たることが、本来的に不可能な存在だったのだ。むろん「国民」であることは出来る。しかし「本物の国民」にだけはどうしてもなりえない。その、本物という、わずかな皮膜にへだてられて、ユダヤ人と、非ユダヤ人とが、あるとき決定的な対立関係に入るのだ。そして、その関係は、社会体制とは一応無関係に成立つものらしい。すると、どうやら、本物というやつの正体は、領土という空間で代表される国家の条件ということになりそうだ。

だから、本物の国民が、農民的な姿をとって現れもするのだろう。そして、贋の国民は、都市にむかって追い出される。現実には、都市こそ国家の中枢なのだが、この本物という尺度にとっては、都市はたかだか内なる辺境にしかすぎないのだ。それなら、ユダヤ的なるものは、人種としてのユダヤ人の有無にかかわらず、国境に閉ざされ内に都市をかかえた国家の宿命として、たえず無限に再生産されつづけても仕方がない。おまけにユダヤ問題は、ユダヤ人を持たない日本にとっても、同じく現実の問題になってくる。そう言えば、明治維新だって、地方封建領主による、都市の強奪だったという解釈が成立ちそうだ。そして、カフカの特殊性がそのまま普遍化される空間も、何処かすぐ手のとどくそのあたりにあるのかもしれない。どうやらこれは、むしろユダヤ人のいない日本のなかで、「都市的」なものと、「反都市的」なものの葛藤という面から、もう一度とらえなおしてみるべき性質のもののようである。

もう一度くりかえすが、ユダヤ人問題は、単に人種偏見だけでは片付けられない、現代社会に内在する深い病根らしいのだ。たとえば、ほとんどすべての時代にわたって、あらゆる国の反ユダヤ主義者たちが、まず例外なしに「正統な国民」のイメージを農民的なものとして描き出し、逆に都市的なものに諸悪の根元を見ていたという事実……この一事だけをもってしても、ユダヤ人が単なる他者（人種的異物）ではありえないことの、じゅうぶんな証拠たりうるのではあるまいか。

とくに、たてまえとしては人種偏見＝民族差別を、完全に否定し拭い去ってしまったはずの社会主義諸国において——むろん、あからさまに反ユダヤ主義的言辞を弄したりすることはないが——国民としての正統性をやはり農民的なものに置き、都市的なものに西欧的退廃の烙印を押す、あの無菌培養的発想の産物として、血まつりにあげられたいわゆる反革命分子のきわめて多くの部分が、結果的にはユダヤ系市民たちであったという、この動かしがたい事実も、偶然にしてはあまりにも出来すぎているように思うのだ。

たとえば、チェコ事件に関するモスクワ会議に出席したチェコのユダヤ系代表が、シオニストのレッテルを貼られてボイコットされたという例の事件。またポーランドでも、学生運動の主謀者がユダヤ系だったというキャンペーンがはられ、自由化の抑制や、チェコ出兵の合理化に利用された形跡があると言われている。あるいは、そのとおりだったのかもしれない。だが、彼等がユダヤ系ではなく、仮にフランス系やスウェーデン系の市民だったとしたら、それでもやはり、思想的糾弾に加えて、その民族名をまで指摘されていたかどうか。

ともかく、反ユダヤ主義なるものの根拠が、ユダヤ人の存在そのものよりも、むしろ「本物の国民」という正統概念の要請の内部にひそむ、一種の自家中毒的症状だと考えて、まず間違いはなさそうだ。ユダヤ人の存在が、反ユダヤ主義を生んだのではなく、正統概念の輪郭をより明瞭に浮び上らせるための、意識的な人工照明として、ユダヤという異端概念が持ち出されてきたらしいのだ。ユダヤ人は存在していたのではなく、存在させられたのである。この原因と結果の倒錯の責任が、異端の異端性にではなく、もっぱら正統の正統性に帰せられるべきものであることは、いまさら疑う余地のないことだろう。

それにしても、異端の対象として、なぜユダヤ人が——ユダヤ人だけが——とくに選び出されなければならなかったのか。単に宗教上の理由からだけなら、回教徒や仏教徒に対する偏見以上のものである必要はなかったはずだ。いや、それ以上に、おそらくユダヤ人以上に広く存在しているはずの、無神論者をこそ、まず打ちのめすのが順序というものだろう。それとも、彼等ユダヤ人の無国籍性のせいだったのか。それならジプシーという、より本格派もいることだし、ジプシーでは敵として不足だというのなら、ほかの他民族系市民も十把ひとからげに槍玉にあげてしまうべきだ。たとえば、フランスの国籍を持ち、フランス語で書く、アイルランド系のベケット、ルーマニヤ系のイヨネスコなど、まさか敵として不足などとは言えないはずである。ついでに、すべての翻訳小説を国法で禁止するくらいの決断があってしかるべきだろう。さらにヨーロッパ諸国では、王家の中にさえ、しばしば他民族が大きな顔をしてまぎれ込んでいるのである。

だが、異端はつねにユダヤ人でなければならず、ユダヤ人以外のものであってはならないのだ。単なる異教徒、異民族という以上の、選ばれた（もしくは呪われた）異端性。この互換性のきかない、ユダヤ的特性を、いったいどのように理解すればいいのだろう。

一部の誇り高きユダヤ人、とくにイスラエル系ユダヤ人——この言い方は奇妙に聞えるかもしれないが、建国以来わずか二十年のイスラエルにおいて、すでに「本物」のイスラエル人という概念が形成され、在外(?)ユダヤ人に対してのみならず、おくれて帰化して来たユダヤ人に対してさえ、多少の「贋物」あつかいをする傾向が現れているということだ。その「本物」のユダヤ人——は、その辺の事情を、次のように説明してくれている。

「……その後ユダヤ人たちは、アレキサンドリア、バビロン、ローマなどの文明の中心地へ去って、ヨーロッパの未開発諸国へ向うのである。彼らには学識があり、権力がある。だから、彼らは自分たちを、卓越した民族だと考えて、不測の《拒絶》に対して《挑戦》をもって抵抗する。(中略)さらに自分が《優れた者》と感じているユダヤ人は、文芸復興の時代まで西ヨーロッパで、そしてその後は東ヨーロッパで、半ば野蛮な社会のなかで消滅することを拒絶したのである。」(ドブ・バルニール『ユダヤ民族とシオニズム』加藤行立訳)

さらに、そのユダヤ人の民族的卓越性の根拠を、ユダヤ教の高い倫理性と、形而上学的な深さと、強い思弁的傾向によって説明しようとする者もいる。……だが、そうした論法でいけば、反ユダヤ主義を育てた責任の、少くも半分は、ユダヤ人自身にあったことを、みずから認めてしまうことになるわけだ。けっきょく、劣等民族の、優秀民族に対する劣等コンプレックスだったということにもなりかねない。それでは反ユダヤ主義者の思考形式の裏返しにすぎないことになってしまう。自分を偏見の持主と同次元に引き下してしまう、おおよそ逃避的なやり口だ。第一、二千年の伝統が、なお今日的な有効性を維持しつづけているという発想自体、あまりにも幻想的であり、歴史というよりはむしろ神話の世界に近いものだろう。——少くもぼくには受入れがたい論理である。

ぼくとしては、やはり、「ユダヤ人という他者の観念の鏡によって、ユダヤ人が形成される。この自明の理こそ出発点だ」というサルトルの見解にくみしたい。先にのべたバルニール一派にとって、こうしたサルトル流の「反国民」的規定は、すこぶる不満らしく、「それでは、多くのユダヤ人がイスラエルでの再会を約束して、二千年後にその地で相まみえるべく、世界の百二十ヵ国からやって来たという事実を説明することにはならない」などと強弁しているが、もし本当にユダヤ人が二千年来の約束にしばられつづけて来た民族だったとしたら、それは彼等の卓越性どころか、おそるべき停滞と保守性の証拠以外の何ものでもないだろう。二千年のあいだには、多くの民族が国をつくり、そして亡び、消え去って行ったのだ。文化的には今なお健在な古代ギリシャでさえ、わずかに石の遺跡を残すのみである。なぜユダヤ人だけが、二千年もの間、ただ手をこまねいて、しかも建国の夢を抱きつづけて来たのか。というより、抱きつづけることが出来たのか。

機会が与えられなかった、などという釈明は、まず言い逃れにしかすぎまい。昔の国境線は、現代とちがって、はるかに融通性にとんだ曖昧なものだったはずである。ながい間、ヨーロッパ自体が、広大な「辺境」にとりかこまれた一つの地方にしかすぎなかったのだ。

なにも伝説の土地だけにしか、国家が創れないというわけのものではないだろう。現に、アメリカ合衆国が、新大陸に――なんの思い出も、執着もない、新大陸に――これまた伝説も伝統もない新国家を誕生させたのは、今からわずか二百年足らず前のことに過ぎないのである。ユダヤ人がいまさら、二千年などという、山の形から、海岸線の位置まで変えてしまうほどの年月をさかのぼって、神話なみのパレスチナを持ち出して来たりするのは、かえって彼等の主体性の無さ、もしくは寄生的性格を、みずから告白するようなものではあるまいか。

たとえば、ごく身近なところで、明治百年をめぐる各人各説、賛否両論の駆け引きをみても、封建制度の崩壊というあの大事件でさえ、今日にとってかならずしも内発的な関心事ではないことがよく分る。つまり、伝統によって現在が枠づけられるのではなく、逆に現在によって伝統が規制されるのだ。次の百年後にしたって、多様で複合的な現代のヴェクトルの中から、何が伝統として認知されるかは、もっぱら百年後の世界にかかわる事で、現代自身にはなんの決定権もありはしないのだ。現実的な拘束力をもつ過去は、せいぜい三世代前までがいいところだろう。そして多分、その長さは環境の停滞性に比例する。

だが、いくら停滞していようと、二千年の記憶というのは、いささか話が大きすぎる。一世代三十年として、ほぼ七十世代もの昔なのだ。一世代ごとに、片親から受け継ぐ要素が半減すると考えれば、彼等の中に残っている三十世代前の祖先の血は、ざっと三百九十億兆分の一にしかすぎない計算だ。まるで、大海の一滴にもひとしい、そんな歴史の呪縛に、それほど強くしばりつけられているのだとしたら、ユダヤ人の精神構造は、まさにシーラカンスか、サンショウウオなみの膠着症状を呈していると判断せざるをえなくなる。

　だが、そんなことはあり得ない。発掘された過去の遺跡は、たしかに事実かもしれないが、文化的伝統は共同体の構造の様式であり、日常化された現在の別名にほかならないのである。現在によって選ばれた様式が、伝統なのであり、二千年前の約束の地も、現代のユダヤ人の内部構造がうみだした、幻想の結晶体だとみなすのが妥当だろう。言葉を変えれば、それほど彼等が、歴史への飢餓感に悩まされていたということでもある。

　国民としての正統性は、多くの場合、その国家形成の歴史への参加の有無によってはかられる。しかし、現在進行形の歴史のすべてから、ユダヤ人は主体的参加を拒否されてしまったのだ。拒んでいる者の正体さえつきとめられれば、なんとか今日の不幸も耐えられるだろう。そこで、彼等の敵対物である「正統性」への対抗手段として、はるかな約束の地である、「超正統性」を選んだというような事情だったに違いない。それなら納得もいく。約束の地によって、ユダヤ人が存在したのではなく、異端の自覚が、約束の地への道を切り開いたというわけだ。

　サルトルも、ユダヤ人を選ばれた民とみなす、誇り高き「本物のユダヤ人」思想には、きっぱりと反対の態度を示している。

「ユダヤ人の間には、利益共同体も、信仰共同体もない。彼等は同一の祖国を持っておらず、いかなる歴史も持っていないのである。彼等を結びつけている唯一のキズナは、彼等を取巻いている社会に対する敵意のこもった侮りだけである。」（引用、前掲書に同じ）

それにしても、「正統性」に対する、「超正統性」という発想が、結果としてユダヤ人のもっている現代的意義——シオニストが考えているような、ユダヤ民族の復権による、国家悪としての不平等に対する挑戦といった消極的な意義ではなく、より根源的な、現代社会の構造そのものの変革をうながす、触媒としての役割——を、じつは放棄してしまうことになるのではないかというのが、ぼくの何よりの懸念なのである。

「超正統性」も、正統信仰である点においては、「正統性」と本質的に変りあるはずがない。せいぜい、鏡に映した、裏返しの像ていどの違いである。一方の信仰の対象が、具体的な国家であり、もう一方は抽象的な国家の理念にすぎないとしても、正統信仰であるかぎり、磁石の同じ極どうしが反発しあうように、互に排斥しあうのは理の当然だ。せめて、国境という緩衝地帯でへだてられた正統信者どうしなら、まだ救いようもあるのだが、あいにく理念の信者には国境など有って無きにひとしい。

こうした同じ土俵上での対決は、反ユダヤ主義者にますます有利な口実を与えるばかりでなく、その煽動に有効性を与え、民衆の間に滲透する機会を許すことにもなるだろう。当然のことだが、一般民衆が、自然発生的に反ユダヤ思想を持つに至るなどということはありえない。煽動者なしに――その野心的な働きかけなしに――ファシズムが成立つなどということは、絶対にありえないのだ。むろん、何度も繰返したように、ユダヤ人そのものが反ユダヤ主義の直接の原因ではない。しかし、ユダヤ人までが、「正統神話」の熱病に感染し、自分たちの分散性を、分散にもめげぬ不屈の共同体などと、選民意識の裏付けとして吹聴しはじめたとたん、反ユダヤ思想は、絶好の武器を与えられることになる。「本物の国民」に対する「偽の国民」……「国民」に対する「非国民」……「愛国者」に対する「売国奴」……「秩序を愛する善き市民」に対する「秩序破壊者」……と、次第にエスカレートしながら、反ユダヤ主義を感覚的なイメージの包装紙でくるんでいく。本来は、論理に飛躍がありすぎて、あまり理解しやすいとは言えない、反ユダヤ主義を、大衆にもすぐに飲み込める、大衆の言葉に置き替えていく、またとないチャンスをつかませてしまうことになるのだ。表面に現れてくる、煽動スローガンが、おおむね陳腐な反ユダヤ思想の普及版にすぎないのも、たぶんそのせいに違いない。

（もしかすると、盗人にも三分の理で、ヒットラーにですら、多少の弁解の余地が許されてもいいような気さえしてくる。正統信仰という点だけをとれば、ナチスとシオニストとの間には、どこか双児の兄弟を思わせるところが無くもない。もちろん、シオニストの多くは、非暴力主義者者としてだけだろうか。ヒットラーが裁かれなければならないのは、ただ単にアウシュヴィッツの命令者としてだけだろうか。アウシュヴィッツさえ無ければ、世界のいたるところで今なおくすぶりつづけている反ユダヤ思想を政党活動の自由などという名目で、黙認しても差支えないものだろうか。——戦争〈暴力の極限〉が、政治の一形態だと言われているように、集団屠殺を伴おうと、伴うまいと、ぼくには大差ないように思われるのだ。反ナチ・レジスタンスをしたフランス兵の、アルジェリヤでのサディスティックな暴行、エルベの誓いをかわしたアメリカ兵の息子たちが、飽きもせずにアジヤで繰返している、国益擁護のためと称する莫大な火薬の消費……政治と暴力とは、ほんの紙一重なのだ……多少なりとも、国家が国民の「正統性」を尊重し、異端審問を国家主権にとって当然の権利と心得ているかぎり、ユダヤ人は彼等にとってつねに内部の敵であり、心の何処かではヒットラーの蛹に場所を提供して、ひそかに羽化のチャンスを待ち受けていると勘繰られても、いたしかたないのではあるまいか。けっきょく、シオニストと、反ユダヤ主義者とは、兄弟は他人のはじまりという、その兄弟どうしの間柄にあるように思われてならないわけである。)

かと言ってべつだん、誇り高きユダヤ人——本物のユダヤ民族——に対して、けちをつけたりするつもりは毛頭ない。ユダヤ人の受難の歴史について、単に活字面で知っているだけのぼくに、そんな資格がないことくらい重々承知している。ぼくにとっては、エッセイの対象にしかすぎないユダヤ問題だが、ユダヤ人自身にとっては、一刻たりとも目をそらすことが出来ない、現実の苦悩だろう。約束の地によって、「正統信者」の仲間入りをすることも、おそらく解決策の一つだったに違いない。

だが、ぼくにとっての差し当たっての課題は、具体的なユダヤ人問題そのものというわけではないのである。前にも触れたように、反ユダヤ主義という奇妙な異端審問が、現代社会（あるいは時代の構造）の根底にひそむ矛盾と、深くかかわり合っているような気がしてならなかったのだ。つまり、ユダヤ人そのものではなく、ユダヤ的なものの正体——それが非ユダヤ人の心情に触れてひきおこす、不安と抵抗の実体——を探ってみたかっただけのことである。

だから、否定はしないが、「正統神話」をついに恢復しえたイスラエルのことや、外国にいてもイスラエルを精神的祖国とみなしているユダヤ人たちのことは、この際いちおう除外して考えたい。イスラエル問題、とくにイスラエルとアラブをめぐる紛争が、いまのところぼくの手には負えないという理由からだけでなく、イスラエル建国によってついに「本物の国民」になってしまった彼等は、すでにぼくが考えるユダヤ的なるものとは、完全に無縁な存在になってしまったからだ。イスラエル人は、非ユダヤ人にとって、ただの外人にすぎない。反ユダヤ主義者の通俗パンフレットも、彼等にはまったく無効なものになってしまった。事実、アメリカの右翼的政治家も、イスラエルには反対しないどころか、むしろ同情的でさえある。さらに、アラブ支持のソ連政府ですら、ちゃんとイスラエルを承認して大使館を置いているのだ。イスラエルのユダヤ人には、もはやユダヤ人の毒はない。

そう……つまり……ユダヤ人の危険性が、ネオ・ファシストの煽動程度のものだったとしたら、イスラエルの実現によって、あらゆる煽動の口実が封じられ、反ユダヤ主義にも一応の終止符が打たれていたはずである。いくらユダヤ人が陰謀をたくらもうと、その根拠地がすでに所在を明らかにしてしまった以上、カナダ政府がドゴールに対してやったように、国際法にもとづく公式の抗議が可能なわけだ。在外ユダヤ人も、他の外国系市民とおなじく、せいぜい少数民族としての差別と不利をしのべば、それですむはずである。

理屈としては、そうなるはずだったのだが、現実にはいぜんとして、ユダヤ人アレルギー患者があとを絶たない。どうやらユダヤ的なるものの毒素は、イスラエルという解毒剤をもってしても、なお及ばないほど強力なものだったらしいのだ。

そのはずである。その毒素は、ユダヤ人という外からの侵入者によって持ち込まれたものではなく、じつは本物の国民という「正統神話」自身の内部からにじみ出して来た、おのれの体内の毒だったのだから。ユダヤ人アレルギーも、けっきょくは一種の自家中毒にほかならない。国家が、「正統神話」によりどころを求めるかぎり、異端の毒は永遠にでも再生産されつづけることだろう。そして、そこにたまたま、ユダヤ人がいたというわけだ。

だから、いまやイスラエルにおいても、反ユダヤ主義的な思想が形成される可能性はじゅうぶんにある。むろん、反ユダヤなどという呼称を使ったりするわけにはいかない。だが名前にこだわる必要はないのである。ともかく「正統」意識を強化し確認するために、有効な「異端」のイメージがあれば、それでじゅうぶんなのだ。スターリン主義者が愛用した、インターナショナリズムに対する、コスモポリタニズム式の、手のこんだ理論派好みのものから、戦争中日本で乱用された、非国民のたぐいの、単純素朴なものに至るまで、反ユダヤ主義に該当する呼称の変形は無数にある。効果さえ保証されれば、単刀直入に「贋ユダヤ」でもいっこうに構わないだろう。

「異端」の毒素は、ユダヤ人自身の内部においても、また、まったくユダヤ人が存在しない地域においても、国家が国家であるかぎり、どうやら避けがたい宿痾《しゅくあ》のようなものであるらしい。

たしかに、ユダヤ人自身は、「異端」の毒素そのものではない。ユダヤ的という表現も、「正統神話」の自家中毒の産物という点では、非国民、売国奴、拝外主義者、コスモポリタン、根無し草、等々の異端分子にきせられた汚名と、本質的には同じものなのだ。だが、完全に同じかというと、そうも言いきれない。ユダヤ的なるものには、やはり他の表現だけでは置き換えてしまえない、ある独特なニュアンスがあるようだ。その相違は、たぶん、ほかの烙印がかなり無性格で消極的なのに対して、はるかに明瞭な輪郭と、時代に対する積極性を持っている点だろう。

たとえば、ユダヤ文化というものの存在を考えてみると、よく分る。非国民文化だとか、拝外主義文化などというものは、一応批評としては成立ちえても、かならずしも具体的な内容を伴うとは限らない。しかしユダヤ文化は、現実に存在しているのだ。存在しているばかりでなく、もっとも鋭く時代を反映した文化として、現代文化全体のなかでも、きわ立った位置を占めている。

文学者を中心に、なるべく知られている名前を、思いつくまま列挙しただけでも——アーウィン・ショウ、ノーマン・メーラー、ソール・ベロー、フィリップ・ロス、バーナード・マラムード、J・D・サリンジャー、アーサー・ミラー、アーノルド・ウェスカー、ハロルド・ピンター、ゴンブロヴィッツ、ホフマンスタール、フランツ・カフカ、ベルトルト・ブレヒト、フランツ・ヴェルフェル、フロイト、ゲオルグ・ジンメル、カール・レヴィット、エレンブルグ、ヤセンスキー、パステルナーク、その他作家ではないが、メイエルホリッド、エーゼンシュタイン、チャーリイ・チャップリン、マルクス、リースマン、アインシュタイン、等々と、一つの民族（だと仮定して）だけから生み出されたとはとうてい信じがたいほどの、巨大な現代文化の連山が、たちまち浮び上ってくるのである。

考えてみると、これらのほとんどが、強くぼくの関心をひきつける、重要な芸術家たちばかりだ。いや、ぼくにとっての関心事であるばかりでなく、ごく客観的にみても、現代に対して大きな影響力をもつ先駆的な芸術家たちが目立っている。

たとえば、フランツ・カフカが存在しなかったとしたら、現代文学（とくに文学評価の規準）はかなり違ったものになっていたはずだ。ブレヒトと、メイエルホリッドの存在が、今日の演劇の方向を左右する存在であったことは、誰にも否定しえないことだろう。チャップリンなしに、映画の歴史を語ることはほとんど不可能だ。フロイトはすでに、現代芸術の底を流れる地下水の中でも、最大の水脈の一つである。また、ごく近いところをとってみても、ピンターとウェスカーを除いた、現代イギリス演劇など、おおよそ寒々としたものになってしまうことだろう。

もっとも、これらの芸術家たちを、ユダヤ系として十把ひとからげに扱うことには、多少の疑問を感じるむきもあるかもしれない。とくに、狭義のユダヤ的特性について無知な——接触の機会がない以上、当然のことだが——われわれ日本人にとって、たとえば大いに人気を博した、例のアーサー・ミラーの『セールスマンの死』にしても、あれをユダヤ的色彩の強い作品としてよりは、やはりアメリカの悲劇——一般的な夢と現実の分裂——として受取った者がほとんどだったのではあるまいか。

いや、それはそれでも、一向に構わない。日本人が、ミラーの作品を、抵抗なしに自分の問題として共感しえたことが問題なのであって、ミラーがユダヤ系であることを嗅ぎ当てたりする必要は少しもない。しかし、アメリカ人にとっては、あの不幸なセールスマンの現実に対する反応のしかたは、まさにユダヤ的なものの典型そのものなのである。だが、そのアメリカ人にとってさえ、ミラーをアメリカ作家と呼ぶべきか、ユダヤ作家と呼ぶべきかの段になると、多少の動揺はまぬかれないだろう。つまり、例としてはまずいが、ミラーとブレヒトを比較した場合、アメリカ作家対ドイツ作家という相違と、同じユダヤ系という共通性と、そのどちらを採るべきかという問題でもある。これはむろん、作品評価の規準を何処に置くかによって決まることで、どちらか一方に割切ってしまえる性質の問題ではないだろう。ただぼくとしては、その二つの見方を両立させる立場を、正解とみなしたい。

さし当り、ぼくにとって問題なのは、ユダヤ人に対する嗅覚が発達しているはずの欧米人にとってさえ、日本人に対してと同様、その特異性にもかかわらず普遍的な主題として訴えかける力を持ち、また広く受入れられているという、その事実なのである。この受入れられ方は、ユダヤ系作家でさえ、才能がありさえすれば、べつに拒否されることはないといった消極的なものではないらしい。ぼくの知っているアメリカのある有力な編集者も、その点についてはかなり断定的な意見を述べていた。現在アメリカでもっとも活気があり、将来を期待されるのは（文学的にも、商売上でも）、まずユダヤ系の作家群であり、それに南米系と黒人系の作家を加えると、現代アメリカ文学のむしろ多数派を占めてしまうと言うのである。いささか気がかりな発言だったので、その後、他の国の作家や編集者たちにも、いろいろと確かめてみたが、否定的な意見はほとんど聞くことが出来なかった。ユダヤ人の減少こそ、ドイツ文学停滞の原因だという説もあったし、その問題はユダヤ人にかぎらず、一般的に亡命型作家の現代性を意味しているのではないかと言う者もいた。ともかく、ユダヤ的なるものの進出は、こと芸術の分野に関するかぎり、どうやら決定的なのである。

もっとも、こうした現象に対して、彼等根無し草のユダヤ人には、両足で立つべき大地がなく、したがって平均的な多数に受入れられやすい、小手先の芸にすぐれていたせいだとする反対論が出てくることも、予想できなくはない。つまり、ユダヤ系作家の進出の理由は、その真実性にではなく、欺瞞性にあるというわけだ。

しかし実際には、ユダヤ人はますますユダヤ人らしく書いている。黒人が、黒人らしく書くのにも劣らず、ますますユダヤ的感性を強く打ち出している。だから、ユダヤ的特殊性にもかかわらず……ではなくて、ユダヤ的特殊性のゆえにこそ、かえって普遍性に到達しえたと言うべきなのかもしれない。

だが、早飲み込みされては困る。もっとも日本的なものが、かえって外国人にも理解されるのだといった式の、あの特殊性優位説（正統神話）とはまったく次元を異にする事柄なのだ。すでに触れたように、トルストイが、ロシア人の心で書いて、人類の魂に呼びかけることが出来たのは、すべての「正統派」の中に、農民的なるものという共通のモチーフがあったせいであり、ユダヤ人の心で書いたカフカの普遍性とは、おおよそ似て非なるものだったのだ。

ユダヤ的なるものは、イスラエル的なものではない。イスラエル人になら、二千年の受難の歴史と栄光を書いて、正統主義者の仲間入りも可能だろうが、あらゆる歴史への参加を拒まれたユダヤ系作家に出来るのは、ただ今日――永遠の現在――について書くことだけである。それにしても、そんなユダヤ文学が、なぜそれほどまでの普遍性を持つにいたったのか。

もしかすると、「異端」の毒が、毒であるがゆえに愛用されているのかもしれない。毒物に対する嗜好は、たしかに現代の一般的傾向であるようだ。工業社会の複雑化は、混乱の印象をまねくと同時に、その組織化の技術も発達させ、人々を永久に抜け出せない迷路の旅行者のような、不安にかりたてている。その不安が、一方では万一の僥倖をねがう、勤勉さに向わせ、同時に勤労意欲への皮肉な嘲りの気持をもはぐくむのだ。そうした分裂感が、毒物への要求を生んでも、べつに不思議はないだろう。モルヒネ、ヘロイン、コカイン、マリワナ、LSD、ハイミナール、はてはシンナー遊びなどという、いかにも寒々とした散文的な毒にいたるまで……

現象的には、たしかに毒物嗜好的な要素もありそうだ。一部のユダヤ系作家には——たとえばノーマン・メーラーのように——意識的に毒薬効果をちらつかせ、わざわざ読者を挑発する者もいる。だが、そうした毒素と、「異端」の毒とには、かなりの違いがあるようだ。LSDや、シンナーを使ってのぞく天国は、正気に対応する狂気の世界だが、「異端」の毒によってのぞく世界は、逆に覚醒の地獄なのである。これ見よがしに、毒物を示すレッテルが貼ってあろうと、無かろうと、ユダヤ的なものである以上は「異端」であり、「異端」である以上は、毒なのだ。それも、なんの陶酔も伴わない、ただ寒々とした覚醒用の毒だとしたら、いったい誰がそんなものに耽溺したりするだろう。

ではユダヤ系作家の作品の普遍性とはいったい何なのか。

おそらくその秘密は、「正統」概念そのものの中に隠されているはずである。もともと「異端」は、「正統」が自己確認のために創り出した踏み絵であり、「正統」に対する忠誠の誓いのために捧げられた、犠牲の羊なのだから、「正統」自身の内部にひそむ「異端」

をあぶり出してやれば、おおよその見当はつくはずだ。そして、「正統」か「異端」かの資格審査をするのが、国家である以上、国家にとって「正統」が持つ意味を問うのが、まず順序というものだろう。

国家にとって、「正統」が——体制のいかんを問わず——中農的な色彩で描き出されているという事実は、考えてみればひどく奇妙なことだ。もっぱら重工業に、その経済の基盤を置いているはずの、先進工業国においてすら、本物の国民像が、いぜんとして善良なる農夫でなければならないというのは、一体どういうことなのか。地球の表面がくまなく国境で分割され、国家間の競争が国際協定という妥協をうみ、平和という名の一時的休戦が、かろうじて正義として通用しているこの時代に、国家が国民に団結と忠誠を求めたい気持はよく分る。だが、その団結や忠誠が、どうしても農民的なものでなければならないというのは、なんとしても不自然だ。外部から、原料供給国であることを強制されている、半植民地的後進国はべつにして、工業化はすべての国家にとっての必然であり、とくに先進工業国では、その速度が幾何級数的に早まり、人口の都市への流入、都市の爆発的肥大化、さらには国全体の都市化さえ現実のプログラムになりかけているのが実情なのである。そうした背景を前にして、結果として都市的なものに「異端」の烙印をおすことになるのを承知の上で、なおも農民的なものに「正統」鑑札を与えるからには、何かそれなりの勝算でもあるのだろうか。

べつに都市論をするのが目的ではないから、詳しくは触れない。ただ、一つだけ、都市に固有の性格として、空間密度の圧縮ということがあげられるだろう。この集中化は、相対的に、人間の移動効率を高め、人間関係も多角化する一方、無名性も強められる。農村生活の定着性にくらべると、都市生活者のパターンは、驚くほど移動民族的な傾向をおびて来るのである。

おそらく国家は、その都市生活の移動性が気に入らないのに違いない。ながい辺境との闘いを通じて、やっと農耕を恒常化させることが出来た、定着国家の末裔にとって、移動効率をバロメーターにしている都市を規範にするなど、思っただけでもおぞましいことなのだろう。

べつに定着などにはこだわらない、根っからの都市生活者はべつにして、市民の大多数を占めている、まだ定着の習慣から脱けきっていない新住民にとっても、けっこう都市の便利さを享受していながら、同時になにか仮住い的な不安感を抱くことがあるはずだ。そして、その不安に、都市嫌いの国家がつけこんで、「大地信仰」という現実離れした正統概念にせっせと肥料をくれてやることになる。むろん現実に農耕社会に戻ろうというわけではない。都市の機能はそのまま維持しつつ、その上に、幻想の「正統派」共同体を建設しようというわけだ。

そこで国家は、かつて辺境の「異端」と闘い、国境線を守り抜いたように、こんどは内なる辺境(移動社会)の「異端」にむかって、正統擁護の闘いを開始しなければならなくなった。非国民……拝外主義者……秩序破壊者……外国の手先……アカ……全学連……等々。運よくそこに、生来の都市生活者であるユダヤ系市民でもいてくれれば、むろんさっそく、国益を無視する危険なユダ公ども……

だが、幻想はいずれ幻想にすぎず、ますます成長していく都市化現象のなかで、いたずらな「大地信仰」の繰返しは、正統派を自認していた市民たちの間にも、虚しい欠乏感をひろめるだけのことだろう。ユダヤ系作家、もしくは亡命作家が、いまや無視できない影響を世界的に持ちはじめたという事実も、「正統信仰」という国家の大義名分に、そろそろ限界が来はじめたことを暗示している。かつて、外からの移動民族の襲来が、農耕国家の空間的固有性を破壊して、国境を超えた同時代感覚を持ち込み、定着にともなう停滞に新しい跳躍の機会を与えてくれたように、今度は都市という内部の辺境から、国境を破壊する軍勢が立ち現れようとしているのかもしれない。農村的な特殊性に「正統」を認める、国家の思想にかわって、都市的な同時代性に「正統」を認める、辺境派の軍勢が……

その戦闘の文学面での最初の兆候が現れたのは、意外に早く、今世紀の最初の頃だったとぼくは考えている。一九一〇年、トルストイの死とともに、大地信仰の文学は衰退期を迎え、入れ替って、カフカや、プルーストや、ジョイスが、「異端」の旗をひるがえすのない。だが、いくらぼくでも、そんなことくらいで、国家が死滅すると考えるほど甘くはない。文学に出来ることと言えば、せいぜい国家の自家中毒症状を早めてやるくらいのことだ。それでも、手をこまねいているよりはましだろう。せめて、一切の「正統信仰」を拒否し、内なる辺境に向って内的亡命をはかるくらいは、同時代を意識した作家にとっての義務ではあるまいか。

大地をたたえる「祭り」は終り、しかし新しい広場は、まだ暗い。国境を超えたゲバラは死んだし、国境を失ったベトナム人は戦火に身を焦がしている。だからと言って、絶望するのはまだ早い。都市の広場が暗ければ、国境の闇はさらに深いはずなのだ。越境者に必要なのは何も光ばかりとは限るまい。

（一九六八年十一月・十二月）

〈チェコ問題と人間解放〉［談話］

「チェコとぼくとは、関係が深い。三回訪問しているし、延べ三か月ぐらい滞在しました。プラハは十二、三世紀のヨーロッパが生き残っているような感じで、プラハ生まれのカフカが『城』に書いたイメージが、非常にリアリスチックに感じられる町です。『砂の女』『魔法のチョーク』など、ぼくの小説の翻訳もかなり出ている。今回のチェコ事件では、知人の在日チェコ人が、まるで肉親が交通事故にあったように興奮している姿に接して、心が痛んだ。五か国軍隊侵入のニュースを聞いたときの印象は、これはいったい正気のさただろうか、という気持だった」

もちろん親密なチェコへの生理的な同情といったものではない。安部氏は中国の文化革命のときも、三島由紀夫氏らと声明を出したが、今回はもっと深刻であったようだ。『中央公論』に「異端のパスポート」というエッセイを連載しはじめたばかりだが、このエッセイのねらいは、地球が国境線によってすっかり分割しつくされた現在、これを破っていく異端の原理を探ることにあるようだ。だが、国境線を破るといっても、こんどのチェコ侵入のような事態は、論外だ。

今なお民衆不信

「大国主義の干渉という見方では、捕え切れぬ問題だと思う。大国が小国に干渉しなかった例がありますか。国家主権の侵害、内政干渉といった国際政治技術の問題や、人道主義的に許せぬという観念的な問題の出し方では、片付かぬものを含んでいる。ソ連の社会主義がひずみを持っているという予感はあったが、こんどの事件はそのことを暴露したものだ。現実政治の力の働きは悪をふくんでいるが、それを承知の上で、なおぼくはソ連の軍事行動を非難します。革命後半世紀たって、なお言論の自由に弾圧を加えるほど、民衆不信をあらわす事態はないと思う。チェコの民衆は、そこからの脱皮を試みているのだ」

安部氏はさらに、社会主義のイメージの多様化を、次のように強調する。

「ソ連を守ることが国際共産主義を守ることだ、というソ連を頂点とした枝葉のような形の社会主義観や、あるいは、ソ連の擁護のみが社会主義ではない、という消極的な自主路線的な考え方は従来からあったが、人間の解放を守るという本道のもとに、ソ連ぬきの社会主義という考えがあらわれているのが現実だ。チェコにしてもベトナムにしても、軍事力で圧殺されない民衆の動きがある。そういう一連のものが、ひとつのつながりのあるものだという気がする。そこから新鮮な社会主義のイメージが出て来ていると思うのです」

安部氏にとって、当然のことながら、自由化はチェコ国内の特殊な問題ではなくなる。表現の自由という行為でつながった連帯的なものになる。

ゆがんだ権力者

「あらゆる人間は、自分の言葉を虚空に向かってしゃべるのではなく、現実に作用させるのだという強い衝動を持っている。チェコの民衆のそういう要求が、世界の方々で起きている。政治はその声に耳を傾けてくれるのか、という抗議がある。ぼくは作家を聖職者だと考えてはいないが、自由な表現を持つという点で『二千語宣言』の起草者らが逮捕されたように、危険視され、ヤリ玉にあげられる。人間の自由について訴え、人の心を動かし、未来を開くという点では『二千語宣言』のような直接的な、政治的アピールと、文学作品との間には、ほとんど差異はないと思う。ゆがんだ権力者にとっては同じことです。生きた表現であればあるほど、危険なものに見える。自由化というのは、縛られた綱を断ち切ることではなくて、表現の自由の拡張をさえぎるものと戦うことだ」

そういう考えに立つと、国境線を越える原理は、きわめて人間的な、創造的なものになるようだ。言論表現を通しての人間性の解放が根底に存在している。

他人の中に自分を

「仮に外国で餓死しかかっている人間のことを考えるとき、近親者の場合とは、明らかに違うような気がする。黙殺しにくいが……というところだ。近いところだと言葉が届くような気がするが、遠方だと無力な気になる。しかし、実際には同じことなので、そのことに恐れと不安とを同時に感じるほどに、人間は解放されなくてはならないと思う。簡単にいうと、他人のなかに自分を見るということであり、言葉を用いるすべてのなかに、自分が存在すると考えるようになることが必要だと思う」

安部氏にとって、言葉の重みは抽象的なものではない。だから、自由な表現に対する弾圧は、自分自身への死の宣告となるわけだ。不当な死に対する抗議、未来を失うことへの抗議――安部氏はチェコ市民の抵抗に、そういう面から共感と希望とを持つそうだ。

安部氏はいま、小説とエッセイとを一章ごとに組み合わせた長篇を構想中で、小説の部分は自殺を決意したこじきの一日、エッセイの部分は、ボリビアでゲリラ隊を組織した革命家ゲバラ論になる。国境線を越えて生きるゲバラの人間論と、国家の底辺に落ちこんだこじきの話とが、交互に語られる。そこから、現代と人間とをみつめる複眼的な視角を作り出そうというねらいだ。「こういう歴史的瞬間に立ち会えたことに、深い感銘を受けた」という安部氏の次作に、チェコ問題で受けた影響がどのようにあらわれるか、期待されるところだ。

（一九六八年八月）

鎖を解かれた言葉たち［対談］

萩原延壽
安部公房

核心は何か

安部　こんどのチェコの事件は、たまたまぼくが本誌〔『中央公論』〕に連載中のエッセイ〔「異端のパスポート」〕のテーマとも深いかかわり合いがある問題なので、多少順序はずれるのですが——一般論として、言語の時間性と空間性というようなテーマで、四回目あたりにゲバラ論と重ね合せて考えるつもりだったのをあえてこの回で取り組んでみる気になったのです。しかしとにかく準備が不足だ。そこで、その準備不足を、萩原さんとの対談という形で補ってみたらどうだろう……とにかく衝撃的な事件でしたからね……もっとも、いくら準備を重ねてみたところで、ぼくらにはいわゆる政治評論家のようにこの問題を論ずることはできっこない。むしろこの衝撃を、内側から手さぐりで検討してみるといったやり方のほうが一見まわり道に見えても、事件の核心に近づく方法かもしれない。たとえば、言論統制だとか、自由化だとかいわれている。その場合問題になっている「言葉」と、ぼくらが考えている「言葉」との間にある埋めがたいギャップのようなもの……衝撃のすべてではないにしても、重要な一部であるような気がするわけです。

萩原　話のきっかけをつくる意味で、すこし一般的な観察をしてみると、二つの問題が出てくると思う。一つは今度の武力介入というソ連の決定の合理性の問題、もうひとつはその基礎としてソ連が把握していたチェコに関するインフォメーションの問題です。

第一の点からはじめると、この武力介入にともなうプラスとマイナスを考えると、外からみるかぎり、合理的とは思えない。

第二の点、つまり、チェコ情勢については、インフォメーションの欠如があり、ソ連としては合理的な行動をとったつもりでいるのではないか。

武力進駐によりおこりうる可能性は三つあるわけで、第一は、完全に現政権を認めるというソ連の譲歩。第三は武力の強制によってチェコが親ソ政権をつくることを余儀なくされる場合。しかし、その真中の第二の場合がソ連の一番のねらいだろう。つまりある程度の反対はあっても、とにかくかなり有力な指導者がチェコ側から進み出てきて、それがソ連に協力する。そこで形式的にはソ連が暴力によってつくったんじゃなくて、チェコ側が自発的につくったんだという体裁ができる。

完全な譲歩と完全なカイライ政権の中間を狙うというソ連の目的はまだ成功していない。

そこで武力介入の非合理性とか、インフォメーションの欠如を感じるのです。八月二十七日現在の段階ですけど。

安部　ぼくも、最初は一瞬、ちょっと判断に苦しんで、軍部のだれかが気が狂ったんじゃないかとさえ思ったよ。しかしそうでないかぎり——当然、合理性があるはずですよ。その合理性が普遍性に立ったものかどうかはわからないけれど。

萩原　ソ連が追求している価値との関係での合理性を考えても、疑わしい……。

社会主義の「戦略」の転換

安部　現在チェコで進んでいる自由化の問題というのは、何もチェコの特殊性ではなくて、社会主義の発展のある段階として不可避なものを含んでいる。

東欧圏のみならずいずれはソ連内部にまで広がりうる可能性をもっている。その不安が昂じての出兵だとすると、これは権力に内在している自己防衛の機構が作動した場合で、合理性につくカッコも、大カッコではなくて、小カッコだ。また一説によると、チェコとスロバキアの対立を利用して、分割支配をするのがねらいだったとも言われているけど、その場合は、戦術的には合理的、戦略的には非合理ということになるな。

本来、ナショナリズムに基礎をおいた近代主義国家の限界の克服が、社会主義の基本理念だったはずなんだが、ロシア革命当時の現実は、一国社会主義革命を成立させるために、たとえば祖国概念の強調など、戦略的合理性のために戦術的非合理性を採用せざるを得なかったんだね。それがいつの間にか、固定化し、神話化されて、ソ連を守ることが、即、社会主義を守ることだという、戦略と戦術の逆転がはじまった。こんどの場合には、チェコ側としては、むしろ社会主義を守ることが、ソ連を守ることだと言いたかったんじゃないか。

萩原　その戦略と戦術を統一して、普遍的な合理性を主張したかったのが、今度のチェコの抵抗の意味ではないか。じっさい非社会主義的な立場からソ連の社会主義を非難したわけではない。「二千語宣言」もそうだが、むしろ社会主義の立場からソ連の社会主義に批判をつきつけた点が、チェコ問題の本質にあるわけだ。

「二千語宣言」の意味

安部　これはチェコの人自身がいっていたんだけれども、こんどの自由化のときに一番驚いたのは、人間というのは一晩で変るということなんだよ。ほんとうに自分たちに納得のいく思想が与えられたら、いままであんなに無気力で、あんなに非政治的といわれた民衆が、ほんとうに一晩で変ってしまうんだな。それに驚いたといっていた。そこをソ連は誤算した。

だから軍隊さえ動かせばたちまち問題は片づくという、言い方を変えれば一種の民衆不信なんだ。口実としての民衆信頼、スローガンとしての民衆信頼。民衆を愛するがゆえに、民衆は滅菌室に入れて、一切外の有毒な空気にはふれさせまいという親心の思想。

萩原　たとえば「二千語宣言」を読んで感じるのはね、これはもちろん作家が書いたからそうだといえばそれまでなんだが、驚くほど政治の言葉ではなくて、文学の言葉だということだ（人間の言葉といってもいいが）。政治の言葉を文学の言葉がはね返したという印象を、ぼくは受けたね。

もうひとつは、ソ連の社会主義をも自由に批判しなければ、社会主義はそもそも成り立たないんだという、その観点が非常にはっきり出ていることだね。

開かれる「言葉」

安部　チェコ人も自由化の前までは、ひどく政治的無関心と無気力におちこんでいたらしい。自由な自己表現の可能性が保証されたとたんに、民衆というやつは誰から頼まれなくても、よろこんで冬眠用の穴から這い出してくるものなんだ。もちろん民衆はいつでも愚劣な側面を持ってますよ。だから批判はやめることができない。

民衆迎合は、かえって民衆蔑視につながるものなんだな。そういう通俗民衆至上主義を超えて、あえて対立関係を持ち込むことによって、むしろ真の民衆の回復も可能なんじゃないか。

ソ連の主張している言論統制というものは、いいものを育てて悪いものをカットするということなんだよね。そのいいもの悪いものという発想自体が、じつは根本的に民主主義の破壊だ。

ところで、民主主義というのは、最近評判悪いね。「死んだような平和」だとか、「ぬるま湯の民主主義」だとかいう言葉が使われて、何か非常に受身の弱々しいものがイメージとして出されてくる。ぼくはこういう発想自体が民主主義の誤解だと思う。本来、民主主義というものは、猛烈に戦闘的なものとして生れてきたわけでしょう。民主主義は秩序である前にまず運動でなければならないんだ。

あなたのいう文学の言葉、政治の言葉という区別を使えば、秩序概念としての民主主義なんてまさに政治の言葉以外の何ものでもない。そういう閉ざされた政治的用語の特徴のひとつとして、「言葉」に対する妙に物神崇拝的な信仰がある。「言葉」というやつは物として信仰されたとたんに本来の機能を停止してしまうんだ。

萩原 同じようなことが、社会主義の価値が下落したという批評についてもいえるのではないか。つまり秩序概念としての社会主義は停滞しているのかも知れない。だけど、運動概念としての社会主義はその躍動をやめていない。

安部　つまりソ連承認済みというスタンプなしの社会主義だな。

萩原　げんにそれをソ連に対してチェコの民衆が示している。その社会主義の主張が、ソ連という媒体を通して行われていることも事実なんだけれど。われわれが外から見ていてさすがだと思わざるを得ないような抵抗ね、これはチェコが問題はたくさんかかえていたけれども、ともかくその社会主義が抵抗にプラスに働いているんじゃないかな。非暴力で、強大な軍事力に立ち向うことができたり、ハンガリーの時とちがって、ソ連を不必要に挑発しない行きとどいた政治的リーダーシップが存在できたりするのも、一度社会主義を通過した国の強みだと思う。

未来を獲得するか否か

安部　なるほど、その点を見落すと、坊主憎けりゃケサまで憎いで、肝心なところを見落す危険があるね。

萩原　チェコ政府のリーダーシップというか、ハンガリーのときのようにソ連を挑発しかねないようないろいろな行動その他を、極力押えたという意味でも、政治的なリーダーシップの問題として見事だね。

安部　ぼくも感心した。その基礎には、自由化ということがあったからできたと思うな。あれで自由化がなかったら、きっと恐慌状態になっていたろう。ソ連が言っているように、自由化はある意味で分散と拡散かも知れないけれども、その分散と拡散があれだけの力になるんだということを、ソ連のみならずすべての権力が学ぶ必要があると思うんだな。

萩原　かつてイギリスの自由主義者ミルが言った、「自由なくしては祖国愛もあり得ない。専制国においては愛国者は君主ただ一人だ」という有名な言葉があるけれども、実際は言論の自由という形でいわば拡散の過程が存在していた場合のほうが、凝集力も強い。

安部　よく人道主義対暴力というとらえ方をする人がいるけど、あれはちょっと疑問だね。

萩原　しかし、抵抗の基盤としての人道主義まで否定できるかな。

安部　人道主義というのは、抽象的な他者の発見だろうけど、当然歴史的な形成物でしょう。その背景にやはり「言葉」の機能を考えたいんだ。

たとえばサルトルが、アフリカで一人の子どもが餓死しかけているときに、文学が何だ、という意味のことを言ったでしょう。それで、ずいぶん議論がまきおこった。ぼくとしては、あのサルトルの問題提起にちょっと問題があると思うんだよ。

一人の子どもが餓死しかけている。その餓死を、あたかも自分自身の中で何かが餓死しかけていると感じるのはなぜかということね。それがまさに「言葉」なんだよ。

たとえば人間の死はむろん第一に肉体の死だ。実はそれ以上に、人間の死の本質は未来の喪失なんだ。未来を絶たれるわけだ。ところが、人間というのは、自分を未来に投影することによってはじめて人間なんだよ。未来に自分を投影しているのは「言葉」の機能だ。「言葉」がなかったら次の瞬間があるだけで、未来はない。人間の死というのはその未来の剝奪ですよね。人間が自由を求めるのも要するに自分を未来に投影する自由を求めているんだ。

言葉のないものには、自由の必要もない。ここでとくに子どもが強調されている理由は、子どもというのは大人以上に未来をたくさん持っている者なんだよ。非常に無限定な、そして大きな未来のシンボルなんだ。それだけにその子どもの死は、大きな象徴的意味をもっている。

サルトルがそれを感じとれるということが、実はわれわれの言葉だ。「言葉」と子どもを統一的に把握しなかったら、子どもの死だって存在しないことになる。たとえば「言葉」が狭い地域的な共同体に限定されていた時代にはね、その地域の子どもにしか同情心はなかったと思うんだよ。地域的に離れたところには未来はないんだ。だから、地域を離れた部族外のものに対しては、平気で銃を向けることもできた。

国家というものは、領土の外に向ってはしばしば平然と未来を拒否する。未来を国民的利益という言葉でもって国境の中に限定してしまう。まさに「言葉」に対する歴史の未熟さにつけこんだ政治操作だとぼくは思うんだよ。

萩原　しかし現実に存在する言葉の民族的な固有性を安部君はどう考えますか。

安部　言葉というものを一つの構造、思考を組立てる一つの道具というか、機能として考えた場合には、翻訳不可能な部分というのはたくさんあるわけですよ。しかし、翻訳可能な部分が大きくあるはずだ。それが「言葉」の本質だと思うんだよ。そうした、おきかえのきく構造としての言語の拡張こそ、現代という時代が他の時代から区別されうる、大きな特質なんじゃないか。

だから、チェコの問題にしても、ベトナムの問題にしても、つねに直ちに国際的な問題になる。同時代性の意識がこれほどクローズアップされた時代はかつてなかった。もちろん、経済的な構造や国際性も無視できないけれども、同時に文化的な面でも、それが起きていると思う。だから、チェコで行われた実験というものは、やっぱり一つの「言葉」を求めての闘いだったと考えたい。

萩原　安部君のいう翻訳可能な部分はわかるけれども、翻訳可能でない部分というのは、それはどういう意味？

安部　翻訳不可能な部分というのは、実際にほとんどないと思うんだ。翻訳不可能な部分というのは、構造が日常化されて、ある共同体の中で反復されて磨滅していくわけだな。磨滅していっても通用するわけですよ。つまり翻訳不可能な部分というのは構造の日常化なんだよ。

創造する人間の言葉とは

萩原　ぼくがさっき、文学の言葉と政治の言葉なんていう、それ自体そんなにはっきりしない、あいまいな表現を使ったのはね、とにかく「二千語宣言」を読んだときにぼくが受けた、最初の印象なんだな。

安部　ソ連の場合にしろチェコの場合にしろ、こういう動きの前には必ず作家の弾圧があった。その場合は、作家が反社会主義的言辞を弄したから、というのがいつも口実になっている。しかし、実際には単に作家が自由な言葉……社会主義的、反社会主義的、そんなことは問わずに、作家が創造的な言葉を用いたというだけで政治にそれを拒否されるような気がする。

萩原　権力の機能の一つとして、安定、そしてその安定のために既得のものを保守するという機能がある。権力にはかなり内在的に、保守的な機能というのがあるわけだね。だから、そこではどうしても創造的な言葉というものを使う文学者と、権力が直接にぶつかる可能性をいつでもはらんでいるわけだ。

ただ、こんどのチェコの場合に、文学の言葉を語る知識人の上に、チェコの政治家も乗っているわけだし、チェコの民衆もくっついていっている。いわばチェコという国家権力自体が文学の言葉で語りはじめているという印象が、ぼくは非常に強い。

安部　創造的な言葉というのは、なにも作家の独占物じゃない。人間にとって創造的な「言葉」とは、創造的な未来のことなんだ。創造的な言葉の操作を専門とする作家である以上、本来人間の権利としての創造的言葉をどんなことがあっても手放すわけにはいかない。

それを容認しないかぎりは、どんな国家でも、けっきょくは自分で自分の墓穴を掘ることになってしまうんじゃないか。

萩原　社会主義的な権力の問題というのは、未来を代表する理念と、権力の保守的な体質……つまり、歴史を代表する権力との矛盾の問題ですね。未来と歴史を代表するもの、この二つの複雑きわまる格闘……。

闘っているのは「社会主義」

安部　それをさらに押し進めて、つねに自己否定の機能を保障された権力は、不可能なんだろうか。

萩原　そもそも民主主義というのは、権力の自己否定の契機をたえず用意するという、そういう原理的な欲求が生み出したものなんだけれどもね。

ともかく、「二千語宣言」は、いま安部君のいったコース、それを目指しているわけでしょう。社会主義的な権力との闘争だね。闘っているのは社会主義なんだ。

そういう意味では、チェコこそ社会主義が支配しているわけですね。けっきょくこれで社会主義に対する信頼が消えたというのは、間違いで、現在チェコが立ちあがっているのは、社会主義のために立ちあがっているんだと思う。


安部　神話は消えてもいいじゃないか。現実が生きれば。

ぼくはもうひとつ、面白いと思ったのは、自由化の現れのひとつとして、チェコの作家同盟の議長に選ばれたのが、なんとカフカの研究家だったということね。

それもユダヤ人です。実は数年前、チェコでその人と会ったことがあるんだよ。そのときの印象は、非常に地味な、ちょっとうらぶれた、とにかくカフカなんて特殊な作家でしょう、かろうじて孤高を守って生きているという感じ。

その人が、作家同盟の議長に選ばれる。チェコの自由化はそういう意味での変化だったんだね。

いま起きている一連のああいうこと、「二千語宣言」が文学的言語であるとあなたが言ったことも引っくるめてね、チェコとは何であるかということを解けば、それにつられていろいろなものが解けてくるような気がする。

直接関係があるかどうかわからないけれども、『ゲバラの日記』というのを読んだら、山の中にこもっているときに、ゲリラの兵隊に彼が小説を読んで聞かせる話がある。それがセルバンテスとか、スチーブンソン、ドーデーなんかの作品を読んで聞かせているんだよ。これ、ぼくはショックだった。

というのは、ぼく自身の革命と文学の関係というのはね、そういうものとして、ぼくの中に潜在的にあるんだな。それで、非常に衝撃を受けたんだ。やっぱり作家のもっている言葉、創造的な言葉というものが、どんなに人間にとって必要であるか。その一番根底にある自己表現の拡張、無限の拡張という人間の基本的な要求がもしなかったら、何も生れてこないと思うんだよ。

社会主義は蘇生しうるのか

安部 現代は何の疑念もなく自己解放の要求が通用する時代だね。学生運動にしても世界中で同時に発生し、通じあう。およそ高級なものが、これだけ強烈な伝播力で伝わる時代というものの意味、そういうなかで、チェコの実験はものすごく意味をもっている。

萩原 いま安部君のいったことをぼく流にいえば、社会主義が価値判断の出発点ではなくて、むしろ到着点でなければならないという考え方は、社会主義が出発点でなければならないという考え方に立っている政治権力にとっては、大変な挑戦だね。

「二千語宣言」でも、非常にはっきりいっているのは、人間解放ということね。安部君は自己表現という言葉を使うわけだけれども。ぼくが文学の言葉といったのは、人間の言葉とおきかえてもいいと思うんだけれども、人間の言葉でこの文章全体が書かれているし、内容的には、社会主義というのは、人間の立場から、人間を解放する努力の過程を積み重ねたあげくに出てくる帰結点でなければならないという立場でしょう。

安部　それから、戦争というものがね、一応水爆以後、ベトナムなんかで見られるように、もとの兵器に戻ったでしょう。しかし、それは一時的現象だと思うんですよ。やっぱりもっと先に新しい武器が出てくる。それは、いままでの武力闘争でない、もっと深刻な内部の闘争という方法が必要になってくるということが、こんどのチェコの場合も言えると思うんだね。

それから、社会主義という言葉が、一時陳腐化したでしょう、それはソ連のせいだけれども。だけどこれを機会に社会主義という言葉が、また新しいイメージでもって……。つまり戦争であるとか、平和であるとか、愛とか死とか、……人間は事実以上に言葉の魔術に引っかかりやすいんだ。社会主義という言葉が神話であり、魔術の言葉であったために、陳腐化した。いま起きている現象は、つまりある内的なプロセスを通じて社会主義という言葉が発せられる、新しいイマジネーションが起きるチャンスが与えられている。そういう意味で、ぼくはこんどは、むしろ資本主義にとってのマイナス面も、ソ連権力にとってのマイナスに負けず劣らず起きてくると思うんだ。

学生運動みたいなものが、チェコ問題以前にすでに起きているわけですけれども、ぼくは今後もっと激しくなると思うんだよ。世界中が、人間の自己表現の拡張……。それはたしかに、いまいろいろと悪口をいわれているけれど。戦術だけがあって戦略がないとか、プログラムの欠如とか、いろいろなことがいわれているけれども、そういうものはむしろあとでつくられていいものなんだよね。そういうプロセスを経て。

まあ戦略がないといわれているけれども、実際には、戦略がないわけじゃないんだな。ただその戦略は、まだ名前が与えられてないというだけだと思うんだ。その名前を発見することに、あせることはないんだ。その名前が、ソ連がつけている名前と違うからといって、それが修正主義だ反革命だというのでは困る。ソ連だけじゃなくて、それは中国共産党もそういう言い方をするわけだし、既成の社会主義政党はすべて、そういう言葉をいままで使っていたわけだ。つまり、はんこおしてないじゃないかと。だけど、それが、はんこおされていることによって、陳腐化が実際には始まっていたんだから……。

このチャンスをどうつかむかということで、これからの未来の歴史の展望はかなり違ってくると思うな。作家というのは無力なもの……いまだって無力なものだと思いますけれども、ただ無力なりに、作家のみならず創造的な言葉に課された義務というか、役目というものね……。

ソビエトは変る

安部　チェコの友だちがこんどのことで、非常に沈鬱な、絶望的な気持になっているんだけれども、「人間というものは、ほんとに自分の最後に信じているものを奪われようとするときには、思ったよりも勇敢になるものだそうですね」というんだよ。つまり「なるんだそうですね」と、そういう表現の仕方ね。非常にチェコ的だ。

昔からポーランドの連中なんか、「ポーランドは百のレジスタンスをして三つのレジスタンス映画をつくった。ところが、チェコ人は一のレジスタンスをして十のレジスタンス映画をつくるという立派な国民だ」といってバカにしていた。チェコという国は、長年、武力に対しては文化をもって応ずるという闘い方を続けてきた国でしょう。それだけに、外からもバカにされるし、内でも、兵士シュベイクのように、のらりくらり生きぬく伝統がある。「ものだそうですね」という表現に、ぼくはとてもチェコらしいものを感じた。

萩原　ポーランドとかハンガリー、あるいは実際にいまチェコに進駐しているソ連の兵士にだって、大きな影響を与えないと考えるのは、これはまた逆にソ連人とか、ポーランド人、ハンガリー人を少し過小評価することだろうと思うんだ。

安部　現に、戦車をデモ隊の中に乗り入れろと命令されたソ連の兵隊が拒絶して、上官から射殺されたり、チェコ共産党本部の前で、ソ連の兵隊が自殺したという報道もある。立派だと思う。ベトナムですら、あまり聞かないね。だからぼくは、民衆を軽蔑するということは、どんなに自分を逆に殺すことになるかということを、とくに強調したい。

萩原　ベトナムに対する反戦運動をやっているアメリカ人の問題と共通したものだね。

安部　「言葉」が鎖を解かれて本来の創造性をとり戻すということ、その深刻な意味をはっきりと示した事件は、歴史的にもはじめてかも知れない。

萩原　だからやや結論めいたいい方になるが、ソ連がチェコに打ちこもうとしたクサビは二つあったと思うんだ。一つは政府・共産党・知識人・労働者などの間、そしてもうひとつは、チェコとスロバキアの間。しかしこの二つとも、そう簡単に片づかなかったのは、ソ連が代表する社会主義的権力の問題性は非常に大きく暴露されたわけだが、チェコが通過した社会主義のもっている抵抗力のためではないだろうか。社会主義が本来持っている意味や力は、むしろいっそう活力をとりもどしたという見方もできないだろうか。

萩原　創造的な言葉と死に絶えようとする言葉の闘い。たとえばソ連の出しているいろいろな……。

安部　公式文書ね。まったくパターン化された構造のね。だから、革命の革命という言葉が最近はやっているようだけれども、たしかにそうした考え方から目をそらしてはいけない歴史的段階にきているのかも知れない。

ましてや、今度の事態を、社会主義のつまずきということだけで手を打って喜ぶのも、じつに幼稚な、オポチュニズムだと思うんだ。

（一九六八年十月）

続・内なる辺境 ［講演］

1

今日は自分の芝居の前に、講演するというのは、こんなに嫌なことは知らなくて、気軽にやった計画です。やってみると物凄く具合が悪くて、ぼくは日頃うまいはずの講演が、ちょっとテンポがうまくでないだろうと思うんだ。こんなに満員になるとは、実は思わなかったのでね。

今日は実は、演出をぎりぎりまでやっておりまして、準備がほとんど出来ていない。まあ、もともとしないんだけれども、とくに出来ていないんで、だいたい話の大筋が決まっていれば、うまく埋めていく自信があるのだけれども、大筋のほうが実は決まらなくて、持って来ているのは、べつにこれだけ研究したというわけじゃないのです。そうじゃなくて、なにか役立つのではないかと思って、ちょっと雑誌を折っておいたのを、そのまま持って来た。そうとうむちゃくちゃな話になると思うのですけれども、我慢して下さい。あとの芝居のほうは、筋がちゃんと通っていますから。

適当に雑誌を開けるわけですね。そうするとここに、ちょうど本がはさんであったからでたんだけれども、小型版の工作機械ユニマットという広告がでている。ここに折り込んだのです。どうしてかというと、ある日突然、雑誌を見ておりましたら、とてもこれいい機械らしいんです。値段も安い、買おうかなと実は思ったんです。非常に買いたくなった。

というふうに宣伝したので、もしかここに関係者がいたら、ぼくにくれてもいいのではないかと思うのです。

それは冗談ですけれども、そう思った瞬間、芝居をひとつ思いついたんです、突然。小型版の工作機械を買う人の話、これでちゃんと一本芝居が書けるんですからね、その気になれば。

どういう芝居かというと、多分来年書くと思うのですけれども、これはとても広告によるとすごくいいんですよ。なんでも出来るんだな。旋盤、ボール盤、スライス、研削、糸ノコ、丸ノコ、ねじ切り盤、電気ドリル、おまけに金属からプラスチック、木材、すべてにいたって、非常に精度が高くて、〇・〇一ミリの誤差で出来る。驚くべき高性能なんですよ。値段がたった三万九〇円でしかない。とても欲しくなるでしょう。ならない人がいるかもしれませんけれども、欲しくなる人がいるのではないかと思うんです。

ところが実際買ってみたら、ぼくの想像だけれども、おそらくほとんどなにも作らないと思うのですよ。作る手間のことを考えたら、いくらこれが万能工作機械でも、役立つ人もいるでしょうけれども、ぼくなんかこれを買うと、あと困っちゃうと思うのです。これを買ってなにかはじめると、芝居はおろか小説も書けなくなっちゃう、時間がなくてね。けっきょくこういう物よりも、こしらえた物を買うほうが早いわけです、結果として。だからけっきょく、こういう物を買うことについて、あるいは買ったその結果どうなるか。まあ資本主義社会というものは、生産手段の私有というふうに、規定づけられるけれども、工作機械というものは、生産手段の基礎的なものですから、これは私が買ってもその気になれば、そうとう精密な機械で、これだけでもちろん、全部出来るわけじゃないですが、そうとういろいろなことが、これで自給自足出来るわけだけれども、それはしかし、非常に効率が低くて駄目なんです。実際駄目だということは、ぼくは重々よく知っているわけです。知っているけれども、こういう物を見ると買いたくなる。あるいは買うかもしれないけれども、たいしてろくな物は作らない。

まあ、これがどういう芝居になるか、これだけ話してもしょうがないけれども、おそらく見当つかないと思うのです、皆さんには。には、って、べつに馬鹿にして言っているんじゃないんで……。

と言うのは、べつに工作機械の話をするわけじゃなくて、偶然話をするのに必要なページのなかに、この広告がたまたまでていたので、実にこじつけだけれども、そう言ったまでなんだけれども、実は多少関係もあるのです。今日お話ししようと思っていることは、この題目に、前に『中央公論』に連載した題目の「内なる辺境」という題がついているのと、多少関係あるのですけれども、「続・内なる辺境」という題をなぜつけたかというと、いま都市社会というものが、非常に問題になっている。都市社会とか、たとえばべつな言い方ですが、日常性への埋没という言葉がしきりに言われる。そういうことについて、ぼくなりに「内なる辺境」というテーマで書いたのですけれども、これがぼくが思っていたほど反響がなかった。もう少しあっていいはずだと思って書いたのですが、なかった。そこでまあ、あの問題で、もう少し執念深くやってみる必要があるのではないかというふうに思って「続・内なる辺境」という題を、今日の講演につけたわけです。

読んでいない方もいらっしゃると思うので、ひと口で言いたかったこと、テーマを先に申し上げますと、要するにわれわれ人間とはなにか。われわれがいまおかれている社会、現状、現在、これはなにかという問いを発した時に、われわれがつい日常性というもの、つまり昨日のように今日があり、今日のように明日がある、そういう連続体を、たとえばひとつの共同体のなかにいる安心感のようなものを、だんだんと延長して、けっきょく最後は、国家というひとつの枠のなかに入っていく。そこには、なにか今まで、たとえば郷土であるとか家であるとか、そういうような枠は自然に壊れて、組織化されていくということに誰れでも慣れてしまったけれども、国家という枠にぶつかって、それは家庭であるとか、郷土であるとか、あるいは会社であるとか学校であるとか、そういう枠組とは質の違う、次元の違うものではないかというような、国家に対する、ある特別な感受性、考え方がでてくる。いったいそれはなんだろうかということなんです、けっきょく問題は。

ところが最近、全学連のスローガンのなかにも、この前、三島由紀夫さんと東大の全共闘との対話のなかにも、自分は無国籍者だという表現が入っていた。ぼく自身もそういうふうに国境を越える、国境を否定するという思想に、もちろん共鳴どころか、それがぼくなんかの場合には、前提になっているわけです。そうして「内なる辺境」という主題も、やはりそこにあったわけです。

しかし、国家を越えるというようなことが、案外軽く国家を越えるということの苦しさといいますか、難しさ困難さということを、言葉の上だけで、簡単に国家を越えるというふうに、どうも多少言っているのではないか。そこらへんで、ぼくが一生懸命になって、国家を越えるという可能性があるんだ、そういう国家というもののひびが、われわれの前に、われわれの日常性の内部にさえあるんだということを訴えても、おれは国家なんぞは否定しているんだというふうに、はじめから言い切ってしまう人には、あたりまえの話であって、あまりあたりまえすぎて、反響がなかったのかというふうにも思うのです。それは多少、国家というものに対して、考え方が甘いのではないか。

たとえばわれわれは、貨幣経済という状態のなかにおかれている。ものの価値というものは、とにかく貨幣というものを通じてはかられる、そのものの価値ではなくてね。だから物々交換とか商品交換よりも、貨幣というものによってすべてがはかられる時代に生きているわけです。これはまあ、あたりまえのことですね。

しかし、そういう貨幣経済というものを否定する学説というものも、もちろんマルクス主義をはじめとしてあるわけです。否定することは簡単です。だけれども、おれは貨幣なんかに縁がないんだ……これはまあだいたい縁がないです。ないことはわかっていますけれども、それを自分で、おれは今日から貨幣はやめた、貨幣とはおれは無縁である、いろいろ考えたけれども、絶対関係ないはずだと考えてですよ、そうしてどこか、紀伊國屋の下に本を売っていますね、あそこへ行って、黙って、おれは貨幣と無縁だと言ったって、多少の障害は起ると思うのです、おそらく。

つまり、貨幣というものが、ある価値の普遍性を作った。商品交換の時代から比べると、はるかに価値というものを、普遍化したわけです。普遍化しただけに、貨幣というものを壊す罪、それに対する罰則というものは、非常に強くなった。だからいくら貨幣経済と無縁であることを自分のなかで確認しても、それを行為にあらわすと泥棒になるわけですね。

たとえば国家というものも、やはり同じように、貨幣というものがひとつの紙切れで、概念にすぎないけれども、ひとつの理論的な客観的な法則をもっているように、国家というものは、明らかにわれわれにとって、いかなる価値があるかということが、かりに理論的にそれを否定する理論を自分のなかにもったとしても、国家というものが厳然と、あたかも貨幣のように、ひとつの普遍的な価値として、あるいは力として、現実に存在しているということは、動かしがたい事実であるし、貨幣を行動において踏みにじったら、直ちに罰則があらわれるように、国家もそういう権力というものをもっている。国家というものの形成とか、貨幣経済の形成というものは、ひとつのメタルの裏表だという考え方もあるわけですね。

そういうふうに国家というものが、普遍的な理念に到達してしまっている現在、しかしその普遍的価値、権力というものは、現実にあるということと、それから、それに付随している国家というものの属性ですね……あるいは祖国愛であるとか、国家のために人間はこうしなければならないというような、国家のもっている属性とは、いちおう切り離して考えなければいけないのではないか。

ですから国家というものを、ここで転覆する手段について、ぼくはべつにアジテーションをしようと思ったわけでもないし、『中央公論』の時にも、べつにそこを狙ったわけでもない。そうじゃなくて、そういう事実が厳然としてあるということを前提にした上で、国家という属性、その相対性というか、……まあぼくらは実際には、国家のもっている属性というものに、ずいぶん縛られているわけです、あらゆる行為、あらゆる手段が。たとえば貨幣なら貨幣というものに縛られて、ここにいらっしゃるのに二五〇円払うというような現実、そこにも意識しようとすまいと、すでに国家というものの存在がある。あなたがたの行為自身に、国家というもののスタンプがすでに押されているんだと。そういう面は、あまりわれわれは意識しないで過してしまう。そのかわりに国家の属性になる部分は、つまり意識の上に、非常に強くあらわれるわけです。もちろん属性の否定が、国家の否定にはなりません。それはぜんぜん関係ないことだけれども、まず属性のもっている非常に奇妙な性質、そういうものを徹底的に暴露してみる必要があるだろうということが、「内なる辺境」というものを書いた狙いだったわけです。

「内なる辺境」のなかで、ぼくは国家というものが、けっきょくひとつの定住というか定着というか、とくに農耕社会というものの背景の上に築かれたものである。それから農耕社会というものの上に築かれた、土地というものとの結合、土地というものの神秘化、土地というものがもっている土地の支配者に対する忠誠というような複合した概念が、同時に、都市というものに対する嫌悪、否定の概念を生み出す。

都市というものに閉じ込められた、たとえばユダヤ人というものが、反ユダヤ主義的な差別というものを惹き起す原因のなかに、当時ユダヤ人というのは都市以外の所に住めなかった。いまでは都市に向って自由に人間が流れて行く、移動して行く。この移動は自由であるばかりでなく、都市に向って人口が流入するというのは、むしろ資本の要請でもあるわけです。しかしそれ以前の封建社会というのは、日本とヨーロッパだけの特殊な現象ですけれども、その状況のなかでは、都市というものはむしろ閉じ込める場所だったわけです。都市に逃げ出すのではなくて、都市に閉じ込める。たとえばユダヤ人には、絶対に土地を買う権利を与えなかった。土地に関する労働に従事する権利を与えなかった。そのかわりに、たとえば金融業、つまり当時はまだ貨幣経済がそれほど発達していなかったために、金融業というものは、非常に小さい仕事だったわけです。とくにキリスト教徒は、金融業に携わることは汚らわしいことだというモラルがある。それが金融業をユダヤ人に許したわけです。それは当時は経済の全般的ななかで、非常にわずかな部分しか占めていなかった領域です。

それが社会の発展……法則的に発展して、貨幣経済というものが非常に大きな力をもってくるにしたがって、都市のなかに閉じ込めていたはずのユダヤ人が、非常に大きな力をもってくる。そうするとそれまで単に、自分の贅沢をするための住処《すみか》にすぎなかった地方領主、土地の持主にとって、そういう場所にすぎなかった都市が、特別な意味をもってくる。そうして金融業もまた、キリスト教の掟に反してでも、ユダヤ人から取り上げざるを得ない状況に追い込まれた。その時にユダヤ人の大虐殺というものが必ず勃発するわけです。

だからユダヤ人に対する排撃の感情というものは、人種差別というよりも、むしろそういう経済的な背景というものが、かなり濃厚にあるわけです。日本の場合には、そのへんがそういう対立にならずに、なしくずしに非常にうまくいっている。

と言いますのは、町人と武士の関係というものは、江戸末期にはもう町人というものは、実質的に、殿様のことを石高《こくだか》ではかったりするでしょう。それは当時、基本的な概念としては、商品交換の経済というものが支配している原則だったけれども、実際には貨幣経済が優先したために、侍が自分がもらうサラリー、それは米ではかられているものを、町の金融業者に頼んで金に換えなければならない。けっきょく侍というものを、町人が握ってしまった。ですから侍株というものが生じて、多くの町人が成功すると、成功するシンボルとして、自分の息子なり孫なりに侍株を買って与える。そうするとそれは侍になっちゃうのです。勝海舟とかその他いろいろな人を調べてみますと、何代か前は町人だったという例が非常に多いんです。

そうして江戸末期に、あれだけ遅れた武士階級から優れた人間がでたというのは、ほとんどが元町人ですね。そこに血の新陳代謝があって、いわゆる侍というものは、単なる金で売り買い出来る身分の保障になってしまい、そうして町人という新しい血がそこに入ったことによって、武士階級にも、当時の時代をある程度動かすエネルギーをもち得た。

そういうふうに日本の場合には、町人つまり金を運用する人間と、それから土地を支配する人間の衝突というものが、ヨーロッパほど顕著には出なかったために、ちょうどヨーロッパのユダヤ人に当るような存在は、発生しなかった。これは人種的に違うという説ももちろんあるし、ぼくもそれは否定はしません。根拠はべつにもっているわけじゃないです。しかしヨーロッパ人に聞いてみますと、実際にユダヤ人に会って、顔を見ただけですぐに、これはユダヤ人だとわかるケースも、なくはないけれども、まあだいたいわかりにくい。五分話しているとだいたいわかる。五分話しているとだいたいわかるということは、一見してわかるものではないということですね。

その証拠に、たとえば非常に多くのユダヤ人の使っている、イディッシュという言葉がありますね。イディッシュという言葉は、実は南ドイツの地方の特別な訛です。語形としてはドイツ語にすぎないのです。ユダヤ人のなかにもイディッシュを使うユダヤ人が、非常に多いわけですけれども、これはドイツ人と話をして、南ドイツの人間ならお互いに通ずる程度の違いなのです。もちろんヘブライ語を使うユダヤ人もいるわけですが、まあイディッシュを使うユダヤ人が圧倒的に多い。

事実、中部ヨーロッパから南ドイツのへんにかけて、ユダヤ人というものがなぜ多いか、つまりあれがユダヤ人であったのか、それともある一部のグループがユダヤ人とみなされていたのかというところの境目というものは、非常に微妙でわからないのです。あるいは単に宗教的な差別だったのかもしれない。そこらへんのことは、実証しにくいわけです。

しかし問題は、都市というなかに閉じ込められた、非常に古くからの市民社会の伝統というと、それは獲得したように聞えますけれども、そうじゃなくて、市民社会の伝統のなかに閉じ込められて……土地支配というものが大きな時代には、都市市民であるということは、ある意味で疎外されているわけですから、都市社会が進んでくるにつれて逆転しますけれども、いずれにしても、ユダヤ人のもっている文化というものは、非常に永い間、ヨーロッパにも日本にもなかったほど、古くから都市独得の文化を築く条件を、外から強制されていた。それが結果として、ユダヤ人のもつ文化というものを、非常に普遍化した。なぜかというと、時代はいつのまにか過ぎ去って、私たちの時代はだいたいすべてが都市社会……たとえば農村に行っても、非常に都市的な構造というものが支配的になっている。都市の構造が国家を支配しているという時代になってみますと、それまで非常に、かたすみの存在だと思われていたユダヤ人というものの文化形態、考え方、そういうものが非常に普遍化されてくるわけです。

たとえばアメリカを見ましても、現在、小説でいっても名前を知られている作家の八割、うんとオーバーに言えば九割まではユダヤ人でしょう。その幅も、非常に広い幅をもっています。非常に都市的な洗練されたサリンジャーみたいな作家から、ノーマン・メイラーというような、わりにワイルドな荒々しい作家にいたるまで、幅はありますけれども、ユダヤ人作家というものが非常に大きな存在になっている。

しかもそれはユダヤ人社会というものを越えて、非ユダヤ人のなかにユダヤ人的なものが、あるひとつの普遍性として受け取られるようになってしまったという事実ですね。

それからヨーロッパの場合には、ユダヤ人というものが、まあ革命運動の中心には、ユダヤ人というものが非常に多かったのです。そのためにロシヤに非常に多くのユダヤ人が流れ込みまして、それがやがてスターリン主義の強化とともに、追われて亡命して、これもまたアメリカに亡命した例が多い。あるいはイギリスに亡命したり。ですからエレンブルグなどの例外を除くと、ソビエトの場合も、初期には非常にユダヤ人の文化関係の人間が多かった。ずいぶん今度名誉回復されてきていますけれども、そういうケースが非常に多い。

ところが、こういうユダヤ系の文化に対して、ヒットラーが反ユダヤ主義を非常に強くいった時に、ヒットラーの頭のなかにあったよきドイツ人というイメージは、よき農民というイメージだったわけです。それはヒットラー自身の書物のなかにでてきます。

それから、これもすでに書いたことですけれども、スターリン時代にソ連で、ドストエフスキーよりもトルストイのほうが許されたわけです。両方とも革命文学ではありませんけれども、トルストイのほうが好意をもって受けとられた。なぜかというと、トルストイは農民というもののなかに未来をみている。それに対してドストエフスキーは、都市ルンペン・プロレタリアートのなかに、未来をみたとまではいいませんけれども、ある種の歴史を感じていた。そのために一国社会主義というものは、国家というものを媒介にして裏付けられはじめると同時に、ソ連のなかでもユダヤ的なもの、あるいは都市的なものが、次第に毛嫌いされるというか、ボイコットされる。

日本のなかでも、やはりそういう現象はあるわけです。これは年齢によって経験がずいぶん違いますから、ここにいらっしゃる方も、ずいぶん違うニュアンスでもって受け止めるだろうと思うのですけれども、やはり、よきもの、美しきものというのを、大地であるとか、土地であるとか、あるいは田園、そういうイメージでもつ人、つまり非常に農村的なもののなかに、よりよきものを予感する、感ずるタイプと、それからそのなかにむしろ、非常に凶暴な凶悪なものを感ずるタイプと、これは二派あるわけです。実際には都市的なものに諸悪の根源をみるということのほうが多いわけです、われわれの場合ですら。皆さんの場合ですら、どちらかといえば、そういうふうにつきつけられたら、そういう感じがするのではないか。

まあ、ミレーの「晩鐘」みたいな絵を見ても、平和な鐘が鳴っていて、大地の恵みに祈っているという、ああいう絵のほうが非常に幸せな平和に見える。ところがもうひとつわれわれは、自分のおかれている場所に対する感受性を鋭くとぎすませてみたら、ほんとうはミレーの「晩鐘」という絵のなかに、物凄く凶暴な凶悪な諸悪を感ずるというところまで、実はわれわれは感受性を鋭くしていかないと、ほんとうには、いまわれわれの前に立ちはだかっている国家なら国家というものの危険や欺瞞、この属性のもっている恐ろしさ、それを追求することは出来ないのではないか。それでかなり、くどくどと書いたわけです。

つまり土地というものが、永い歴史のなかでどういう役割りを果したか。それから土地をもたない民族、たとえば中央アジアの騎馬民族なら騎馬民族というものが、歴史のなかでどういう役割を果したか。それから騎馬民族のもっている法律、あるいはモラル、それから定着民族である農耕民族のもっているモラルとの違い。都市というものが、いったいどちらにふさわしい、どちらを要求しているかという問題。

結論から言うとぼくは、都市というものは、農耕的な定着民族のモラルではなくて、どちらかというと遊牧、騎馬民族に近いものを、実際には要求されているのではないか。そうしてそのモラルというものを、理解するだけではなくて、感覚的にそのモラルを自分のモラルとして受け入れる力がなかったら、やはり国家というものを越えるとかなんとか言っても、それは空念仏になるのではないか。

そのことは、これは直接に関係のない本なんですけれども、この前『洞穴学ことはじめ』という本を読んだのです。これはもちろん、いろいろな洞穴を探険して歩く話です。洞穴というイメージは芸術的にもずいぶんいろいろ浮んできます。洞穴と言っただけでいろいろなイメージが皆さんのなかに浮ぶと思うのです。そこになにか宝物があるのではないかとか、そこからくぐっていったら、ぜんぜん別の世界があるのではないかというような無邪気なイメージから、もっとセクシァルな、あやしいイメージから、人によって違うと思うのです。この本のなかにはそういうことが書いてあるのではなくて、ぜんぜん科学的なことが書いてあるのです。ただこれを読んで、非常にぼくが面白く思ったのは、洞穴というもののなかだけに棲んでいる昆虫を分類していくうちに、いろいろなことがわかってくるのですね。ところが洞穴のなかだけに棲んでいる昆虫を分類するためには、そういう学問が今までなかったために、それが違う種類であるか同じ種類であるかということを区別しなければならない。ものを比べる場合に、われわれは習慣として、相違点をまず考えるのですね。たとえば顎の牙の形が違うとか、目玉の距離が違うとか、そういう相違点をまず捉えて……まあたしかに相違点があるということは大事なことですよ。人間だってさ、ひとりひとりここに来ていらっしゃる方、これだけ見てみんな違うわけですね。目の距離、幅なんていうのは、一致する人もいるかもしれないけれども、目の幅が一致すれば鼻の幅が違うだろうし、どこか少しずつ違うはずだ。そっくりな人がいたら、とても恐ろしくなっちゃうだろうと思うのです。

ところがその相違点のなかの共通性というものを実際には発見しなかったら、それがひとつの種であるとか属であるとか、分類が出来なくなってくるのです。洞穴のなかだけに棲んでいる小さい虫なんていうのは、たいして値打ちないものですから、これまで正確な分類がなかったわけですね。ところが洞穴のなかだけに棲んでいる昆虫を、なぜ研究する必要があるかというと、絶対にこれは地上に上れないために、洞穴がいつ作られたかとか、洞穴の歴史、ひいては地質学的な考察のために非常に便利なのです。それで昆虫の分類ということが意味をもってくるわけですが、それをやる時に、今度は分類ですから、犯罪捜査ではありませんから、犯罪捜査なら指紋を押せば指紋は人間の数だけあるそうで、全部違うそうだから、これは違うことになる。ところが種とか属とかで分けようとすると、共通点を発見しなければならない。そこでいろいろ調べてみると、共通点に関する記載がほとんどない、どこを調べても。それでいろいろと研究の結果、ここに書いてある、なかなか面白い観察なんですけれども、顎であるとか目玉の幅であるとか、いろいろなことが基準にされていたのですが、実際はそうじゃなくて、虫のお尻に生えている毛の数だったのですね、なぞを解くかぎは。誰ひとり、お尻の毛の数だということは気がつかなかった。実はお尻の毛の数が共通性だったということに、思い至ったというより、発見した瞬間に、いろいろそれまでばらばらに分類されていたものが、非常に系統だって、見事に分析されてくるわけです。これは非常に面白い話です。

私たちもいま実社会のなかで区別というか差別というか……差別というのは、人種差別とかなんとかという言葉があって強すぎますけれども、けっきょくそこまでつながっていくけれども、区別する、違いを発見するということですね。これは日頃わりにするわけなんです。これは必ずしも悪いことではないのですね。必要である。とくにある共同体のなかにいる場合に、共同体の外にあるもの、言いかえれば、それは敵になるわけですけれども、敵を発見するためには、その共同体に属しているか属していないかという区別を発見する、これは事実必要なことです。

ところがそういう共同体というものの枠が、輪郭が明瞭にある場合には、農耕社会の場合には明瞭にあるわけです。土地というものの境界線は非常に明確でなければならないわけです。ですから犯罪でも土地を侵すということは、昔から農耕民族にとっては非常に大きな犯罪になる。それが都市社会というものになりますと、土地というものの執念はだんだん薄れてくる。もちろん土地は誰れでも買いたいと思うと言いますけれども、その土地を買いたい、家を建てたいということと、農民の土地に対する執着というものとは、ぜんぜん質が違うわけなんです。

共同体というものは都市社会に入りますと、農村社会のように、はっきりした共同体の枠というものは、なくなってくるわけです。たとえば農村の非常に閉鎖的な、とくに閉ざされた農村に生活している場合を想像してみますと、話し合った人の数、話し合ったことのある人、その人数が何人いるだろうか。それから都市生活者が、あなたがたひとりひとりが口をきいたことのある人間の数、これを比較してみますと、かなりの差があるはずなんです。しかしこれはまだ大した開きじゃないかもしれません。ちらっと見かけたことのある人の数になりますと、これはもう想像を絶する差になるわけであります。都市生活者にとっては、ちらっと見かけるという程度のふれあいまで含めると、ものすごい数の人間のふれあいが生じてくる。それは農村社会における共同体のふれあいの数の有限性に対して、ほとんど無限といえるふれあいが生じてくる。こういう人間関係の相違というものが、共同体の観念の変更を否でも応でも引き起すわけです。

これを、ああそうかと簡単に自分で受け取ってしまえばいいですけれども、そうはいかないのです。事実そこで、いろいろな抵抗や矛盾が生じてくる。内的な葛藤が生じてくるということは、共同体というもののなかに、われわれは永いこと閉じ込められてきた、土地を中心にする共同体にね。それがわれわれの文化の、いろいろな形がそのなかに影響されているので、自分でほとんど気づかないところまでしみ込んでいる。ですから非常に不安が起るわけですね。

同時にいっぽうでは、共同体というものの狭苦しさ、息苦しさというものも感じている。ですからたとえば、やくざ映画ならやくざ映画というものがある。これはたいてい村から出ていくわけですね。流れ者になって出ていく。そこまではいいんだけれども、必ずそこで不安が生じて、流れ者ではとどまっていられなくなる。どこかに所属せざるを得なくなる。いまは求人難ですから所属しやすいのですけれども、昔のように求人難でないとなかなか所属しにくい。しにくいと、どこかの共同体から逃げ出したはずの人が、またどこかに入っていく。いちばん入りやすいところがやくざの組織。だからやくざ映画というのはとてもリアリズムというか、ある面ではリアリティーがあるわけです。非常に悲しい自己矛盾、つまりどこかに入り込むために逃げ出している。逃げ出すために入り込んでいくということが、わりに容易に、安易に出来るのがやくざの世界でもあるわけです。だからといって、べつにやくざ映画をここで礼讃しようと思っているわけじゃないのですけれども、ある現実を反映していることは疑いない。

まあ極端な意地悪な言い方をすれば、実際には田舎から出て来てカッコよくやってやろうと思ってやくざになるのも、どこか会社に勤めるのも、ほんというと本質的には大差ないんですね、ほんとうには。大差ないといってしまったら言い過ぎだけれども、あまりないんです。それに対して、もうひとつ、ぼくらがたてなければならない考え方というのは、つまり逃げ出しっ放しということは、どういうことになるのかということですね。つまりどこかに住み着くということが、ある基本的な条件であって、逃げ出しっ放しというのは、ある過程である。どこかに必ず落ち着くためのプロセスであるという、なにか先入観がわれわれのなかにある。ほんとうにそうなんだろうかという疑問ですね。これはなかなか生じにくいのです。

こういうモラルを、もしか作ろうとすれば、われわれはほんとうに人間の差別、区別ではなくて、共通点による人間関係を、再発見する方法を考え出さない限り、都市生活というものは、知らない人間との接触でほとんどが埋められている。つまり他者ばかりのなかに投げ込まれて。だから広い都会のなかの孤独というような表現が簡単に使われるわけですが、それも孤独ということが否定的な意味で使われるわけですけれども、ほんとうにそうなんだろうか。もう一度考え直してみる必要がある。

つまり都市というものは、たしかにごった煮でゴチャゴチャしている。そうしてまた、農村共同体のなかでのように安全な安心感も与えてくれないけれども、だからいい。だからそこに未来へ通ずる橋渡しの可能性もあるんだというふうに考えられないものだろうか。そういう問いかけを……。われわれのモラルというよりも、内部の疎外感ということが、いま簡単に言われるわけです。都市生活している人間が疎外されている。それはもちろん否定的な意味で使われるわけです。だけれどもほんとうにそれが、論理的にも否定的現象なのかどうか。ただわれわれは感情的に淋しくなっているだけではないのか。都市社会での疎外なんていうことを、あまり簡単に口にするということは、すでに感覚的に古い共同体のモラルのなかに組み込まれる。そうして孤独でない状態はなにか、孤独でない状態というのは仲間を作ることですが、仲間というものは、なかなか作りにくい。はっきりさせるために、まず敵を作る。

つまり、ある共同体の外にあるものを設定する。共同体の外にあるものを設定するというアプローチが、もしかちょっとでもあなたがたの心に残っていたら、そこへパッとつけ込むのが……日本ではユダヤ人というものは、幸い事実としても概念としてもありませんから問題ないけれども、たとえば反ユダヤ感情というものがさっそくそこへ入り込むわけです。だからたとえば、反ユダヤ主義というものが、意外に都市生活者のなかで起きやすい。そうしてしかも、都市生活者が農村に帰ることが出来ないことがわかっていながら、都市生活というものを農村生活者の目で、やはり見続けている。その疎外感、孤独感というものが弱みになっている。

だからたとえば、孤独であるとか疎外であるとか、そういういろいろな言葉で言われているさまざまな概念を、全部一度単なる客観的な事実にしてしまって、そこに感情をこめて、情緒をこめて、そういうことを口にしない決意、そうして他者というものを……まあいやなものです。ぼくだってほんとうを言うと、あまり人づきのいいほうではないし、そんなに人といつ会ってもニコニコしているわけにはいかないけれども、ニコニコする必要はないんですよ。つまりニコニコしなければ敵だという、あるいは味方だというスタンプを見せられなきゃ敵だという、そういう素朴な他者の理念から抜け出そうじゃないか、ということを言いたいわけなんです。

これはそういうと、非常にキリスト教の布教をしているように聞えるかもしれませんけれども、逆なんです。はっきりしておきますけれども、キリスト教の場合には逆に、隣人をふやそうといっているわけです。隣人をふやすのはいいです。しかし、全員が隣人にならない。つまりどんどんふやしていっても、ふやしていけばいくほど、どこかで必ず隣人でないやつが向うにいるという前提があるから、隣人をふやすわけでしょう。必ず隣人と他者の境界線を残してあるのが、隣人をふやそうという思想。最初から隣人を拒否してしまえば、いいんだ、たぶん。その隣人を拒否するということは、われわれの内部に、生理的苦痛をひき起す。その生理と闘う必要があると思うのです。つまり文化概念としては、政治概念じゃなくて、われわれの内部にあるその生理と闘う必要があるということ。それをぬきにして、概念の上だけで国家を否定したりなんかをしていても、それはなんら国家に対して痛痒を与えないということ。そのつもりで、ぼくは国家というものの壁がはたして最後の壁であるかどうかという問いと同時に、安易に、そういうわれわれの内部の問題をぬきにして、国家を簡単に否定するというようなことの空転の危険性ということも指摘したいと思うわけです。

ほんとうはこれ、序論にすぎなかったのですけれども、あと芝居をやることになっていますので、非常に照れ臭いことで、自分の芝居を自分で演出して、おまけに前に話するというのは、非常にあつかましく見えると思うのです。ぼく自身も、いまになって猛烈にあつかましいということを、つくづくと反省しているわけですけれども、非常に短い芝居なんです。こういう試み、ぼくとしても初めてで、けっきょくお金をいただいて講演するという経験、ほんとうはないんですよ。すごく気がひけたんで芝居をつけたんじゃないんです。両方合せないと、時間が短かすぎるでしょう。だからつけただけで、気分や雰囲気は、これからはじまる芝居と、いまぼくの話したのと、まるっきり違うものですから、休憩を取りませんので、いったんここで忘れていただいて、偏見なしにひとつ見て下さい。それではよろしく。

2

昨日と今日と、もちろん両方見にいらっしゃった方もいないと思うのですがね。いないと仮定して、昨日はちょっとぼくはあがってしまってね。生れてはじめて講演であがったんですよ。調子悪くてね。生れてはじめてといっても、生れてすぐ講演したわけじゃないですけれども。今日はまあ幸いあがっていないです。それでまあ、多少メモを見るゆとりもある。これはメモでなくて芝居の予算表で……。

あがることの損害ということは非常に大きくて、昨日はだいいち、今日いかなる理由によってこういう催しをするかという説明も抜いちゃってね、ただ勝手にしゃべったんですね。それに加えてぼくがあがったものだから、あとで役者まであがっちゃってね、ものすごく調子が悪かった。やはりいかんな、あがるのは。

どうしてあがったかというと、やっぱり生れてはじめての演出ですからね。このあとでやるわけでしょう。自分が脚本も書いて、自分で演出したというのは。その前にしゃべるのが、どんなに嫌なことだというのに気がつかなかったんですね。想像力の欠如だったんだなこれは。それでまあ、ぬけぬけとやりかけてみたら、息が続かないであがっちゃって、きた途端にガタガタきちゃって駄目なんだ。やっぱりとても嫌なもんですね。今日は嫌なもんだと覚悟したから落ち着いちゃった。

けっきょく、これからあと見ていただく芝居、これは実際には、チラシには、はじめにぼくの講演をやるというのが大きく書いてありまして、ちょっと薄く読めないように「鞄試演」と書いてある。あれはほんとうの意図からいうと、ぼくの講演はつけたしで、あとのほうが見てもらいたいものなんだけれども、ああいうふうになってしまったのは申し訳ないと思うのです。ぼくのほうがもちろん、最初にやるほうがつけたしに決まっていますね。それでつけたしなんですけれども、今日、簡単にご紹介しておきますと、桐朋学園の演劇科、日本ではじめて俳優専門の学校、大学制度として作った学校ですけれども、前の俳優座の養成所のあとを受け継ぎまして、なんとか四年間……。これほんとういうと、どの国にも俳優専門の学校というのがあって、たいてい国営なんです。とても金がかかるんですよ、俳優の養成というのはね。とても私立では出来ない試みなんですけれども、いろいろな悪条件をかろうじて克服して、今日見ていただくのは、四年間いちおう修業してきた、たぶんセミプロといっていいだろうと思われる水準までいっているはずなんです。そうしてまあ、ぼく自身のゼミとして、今度秋に、まあだんだん宣伝めいてきたけれども、最初だけ……、今度秋にここで「棒になった男」という芝居を、自作、自演出でやるんですけれども、その前座にちょっと心配だから、演出やったことないからね。でもぼくは人間ひとつの才能があれば、なんでも出来るという確信があったものだからつい……。

これもあとで説明しますけれども、ついやることになってしまって、だけれども、ちょっと心配だったからやってみたんですね。案外うまくいっているんじゃないかと思うけれども、普通、学校のなかだけで試演会というのをやるんですけれども、なんとか外の方に見ていただきたい。まあここでは幸い、学生ないしはそれに近い年齢の方がよく集る小屋なんで、まあ小屋でしょう、大きくないから。劇場で、見ていただくということにしたのです。

これは演出はぜんぜん違います。これは十一月にやる「棒になった男」というものの一部、第一景だけを今日やるわけですけれども、演出方法はまるっきり違うんですね。いかに多芸であるかというところを、まあ見てもらおうと思うんですけれどもね。

それで今日、ぼくはもちろん見にくるとは思わなかったけれども、三島由紀夫君に招待状を出したところが、電話がかかってきて、来ないというんだな。それはいい、来なくてもいいです。彼はやはり十一月の五日の初日で、歌舞伎の演出をいましているというんですね。それで、それじゃいよいよ競演だね、いつでも君とは競演になるねといったら、いや、歌舞伎はまあ演出といっても、五日くらいやればいいんだよ、というんですね。ぼくはもういまから十一月のことをはじめているんですから、三ヵ月稽古するわけです。そんな面倒くさいことはぼくはしないよというから、自衛隊に行っている暇があるなら、もっと有効な芝居をやったらどうなのかといったら、君ふざけるなというんです。ぼくはそんな道楽をやっているんじゃない、祖国のために自衛隊に行っているんだからね、というから、そう、それじゃしょうがない。ぼくは亡国の芸術にいそしんで、君は祖国のために戦ってくれ。そういうわけで、招待席の一隅が空いているんです。

まあ、これはもちろん冗談ですけれども、たしかに自衛隊とくらべれば、芝居なんぞ亡国の芸術かもしれない。そういわれると実に、亡国の芸術というものは、いいものだという気がしてきたんだな。それで今日、ぼくはいっそ亡国について話したほうがいいと思います。しかしあまり大げさな話をすると、あとよくないということはわかっているんです。芝居のほうに影響がある。昨日もぼくはあがったものだから、張り切りすぎちゃって、なんだかすごく難しいことをいったんだな。そうしたらこれからやる芝居ね、もちろんいろいろと芝居の上の欠点もあるでしょうけれども、ほんとういうと喜劇なんですけれども、あまり喜劇的反応が起きなくてね、ちょっと淋しかったんだ、ほんとういうと。ぼくの前の話が、ちょっと調子上げすぎたせいもあるんじゃないかと思うので、今日は調子下げています。

大ざっぱにいって、三島君は自衛隊に行くけど、ぼくは芝居をやる。それはたしかに有効性において、自衛隊のほうが、まあそれはぶつかったら強いですよ、武器も持っているし。だけれども、もしかですよ、国を亡ぼすものであるならば、芸術がやはり自衛隊より強い。自衛隊に匹敵するから亡国というんだな。

それは単に、言葉のあやのように聞えますけれども、実際には亡国という言葉は、ぼくもずいぶん長らく聞かなかったので、三島君から聞いた時に懐しい想いがしたわけです。しかしこれから、亡国うんぬんというニュアンスが、われわれのなかにも、いろいろな形で入ってくるんではないか。というのは、つまり亡国という概念の反対ですね。そういうものが次第にある有効性を帯びてきている。芸術というものが、たとえば役に立つか立たないかという議論の時に、芸術を役に立たせようとすると、たとえば日本では、さすがに愛国心を盛りたてる芸術なんていう人は幸か不幸かいないですね。いないんですけれども、芸術の有効性を論ずる時にはしばしば、昔使われたし、昔でなくても、いまでも使われている国もあるわけですね。だけれども、だいたいにおいて、芸術というものは本来国家の役に立つものでなくて、亡国でなければならないんだ。亡国の芸術があり、かつ亡国でなくて、興国の芸術があるというふうには考えないんで、そもそも芸術というものは亡国でなければいけないんだと、その時あらためて思ったので、そのことをちょっと……。

まあ芸術というものは、ひと口にいって、ごく簡単にいうと表現だと思うのです。認識ということでもありますけれども、単純に認識であれば、それは論文、評論でいいわけですね。今日ぼくは、ここにある芝居の解説はもちろんしないつもりです。なぜかというと解説というのは、物凄く嫌なものなんだな。とくに作者が自分の書いたものについて、いちばん詳しいだろうという先入観を皆もっているらしくて、よくあなたの意図はなんですか、テーマはなんですかといわれるたびに、いつも嫌な感じがするんです。

この前ちょっと、ドナルド・キーンさんと話をしていたらこういうんですよ。シェイクスピアは、日本ではとても幸福な人だというんだな。どうしてかというと、シェイクスピアは教科書にでていない。教科書にでると、あなたがたもだいたいわかると思うのですけれども、教科書でさんざん聞かされると、嫌な印象をもっちゃうのね。すぐに、ずっと書いてあって、そのうしろに、大意を述べよとか、なんとか書いてあるでしょう。あれ見ていると、作品が実に馬鹿らしいものに思えてくる。イギリスではだいたいシェイクスピアを子供の時から教科書で習っているから、うんざりしちゃって、シェイクスピアと聞いただけでもう、ちょうど日本でいうと……いまの人の教科書になにがでているか知りません。ぼくのもでているらしいんだけれども、それはもうぼくも遺憾に思っているんです。でもちょっとしかでていません。たくさんでている人ね、ぼくなんかも子供の時に、やはり印象悪いね、一生。それを卒業して大人になって、うん、シェイクスピアにもなかなかいいところがあるなというふうな成長過程を通るのが、だいたいイギリス人らしいんだね、シェイクスピアに関しては。

この教科書に載るというのは、もちろん、とてもよくない不幸な、ひとつの権威づけられるというか、正統づけられるということで、非常によくない。なぜよくないかというと、それは直ぐに解釈であるとか、大意を述べよとか……。

もっともドナルド・キーンさんのものもちょっとでているんだそうです、教科書に。これは外国人の書いた文章であるが、誤りを正せと書いてあるそうです。そのほうがいい。

ぼくの載っているのは、「赤い繭」というのが載っているんです。短いものです。それでも大意を述べよと書いてあると、もうほんとうにガックリきちゃうね。だいたい大意なんてあるわけないんだものね。

だから今日のこれからやるものについて、解説めいたものは一切しませんけれども、表現というもの、いずれ表現であると。表現であるからそれを認識の面、平面に投影して、大意を述べたり解釈したり、要約してそれをいう、そういうことをしたくない。

今度、ぼくがなぜ演出をしたか。もちろん演出家はたくさん世のなかにいるわけです。なにもぼくがいまさらのこの演出する必要はほんとうはない。ぼくは原則的に、作者は演出してはいけないという、ひとつの原則をもっているんです。なぜかというと、そこにイメージの限定が生ずる。

つまりそこで、作者と演出家というものの衝突が新しいイメージを生み出す可能性があるわけですから、それを自分がやれば、決まったイメージのなかにのめり込んでしまう危険があるということがあるので、ぼくは原則的に作者の演出ということには反対なんです。しかしある意味で、そういうことを前提にした上で、なおかつ演出したいという気持になった裏には、たとえば文章でいうと……文章といっても文学、広い意味で戯曲も文学に入れて文学といった場合に、けっきょく表現に、文体と文章とふたつの表現の表しかた、重点の置き方があるのじゃないか。

文章と文体というものは、実はぼくは、百科事典じゃなくて広辞林とか字引きを見て、文体と文章についての区別が書いてあると思うけれども、ほんとうは調べてきて偉そうにいおうと思ったんだけれども、時間がなくて、ぼく自身も実際には厳密にそこをどう区別していいのかわからないけれども、直感ですね、ぼくなりの定義をさせていただきたい。文章というものはどっちかというと、いわゆる文章家といわれる人がいる。文章家といわれる人のイメージを思い浮べていただければいい。ある意味の言い回しですね。それは、内容はひとつのことを、どういうふうに言い回すかということで、文章のうまさとか下手さという。文章が要するにうまいというわけですね。

ところが文体がうまいということはあまりいわれない。その文体ということは、具体的にどういうことを指すかということは、これは必ずしも適当な例ではないのですけれども、翻訳小説のことを考えていただければわかると思うのです。

翻訳というのは、作者の文章そのものは絶対伝わりませんね。しかし、文体が伝達される。たとえばドストエフスキーの小説をわれわれが読む。その場合に日本語とロシア語というのは完全に違うわけです。違うけれどもけっこう日本人はドストエフスキーの小説が好きだし、影響を大きく受けている。どうしてそういうことが可能なのか。それは文章というものを越えて、その裏に文体というものがあるから。文体というものはなにかというと、それは構造ですね。言葉によるひとつの構造を伝達する。文章というものはひとつの情念といいますか、情念といったら変だけれども、言い回しの妙のようなものを伝達するわけ。文体というのは、その構造を伝達する。

そういうふうに考えてみますと、翻訳小説というものがわれわれのなかに、もちろん非常に違ったものになっていると思うのです。日本語、ロシア語、フランス語、英語、それぞれ独得な言い回しや伝統があるわけですから、そのまま伝わりっこないんです。ないんですけれども、もしも日本の文化のなかから翻訳小説というものを完全に取り除いたら、非常に貧しい薄っぺらいものになってしまう。この翻訳小説というものが、なんの抵抗もなく、次第に受け入れられる率が多くなる。これはなぜかというと、表現の主体に、文章よりも文体というものが大きい比重を占めているからではないか。そういうふうに考えていただければ、だいたいぼくのいおうとしている文体の意味がわかるんではないか。

これは多少飛躍的にいいますと、文章というのは非常に個別的に細部をいろいろな言い回しによって、ひとつのものの細部を個別化していく。それに対して文体というものは、ある普遍化を行うというふうにもいえるのではないか。そうなると文章のほうが、より細かなある情緒、感情に訴えるものがあって、文体というものは感情に訴えるものがないように思いますけれども、実際にわれわれの感情そのものが、はたしてそんな個別化であり、かつ言い回しであるかというと、そうじゃない。やはり構造として、いろいろな構造によるコミュニケーションというものが、けっこうわれわれの情念をうつ、われわれの魂に触れるということが現にあるから、翻訳小説が単にストーリーを追うとか、哲学の書物を読むのと違う、やはり魂に訴えるものをもっている。現にもっているということは、言い回しではなくて、構造そのものが、われわれの魂のなにものかを誘発する可能性がある。

だから文体というものは、構造とかなんとかいうと、ちょっとややこしいですけれども、決してそんなに、われわれの日常の生活の感覚から縁遠い、特別なことをいっているわけじゃないのです。

ぼくは現代芸術のひとつの特質として、文章から文体へという方向を考えたいわけです。そこで飛躍しますけど、この演出もやはり、文章的演出と文体的演出があるのじゃないか。そうして現代の日本の演劇の演出が、あまりに文章的演出に走っているという、ぼく自身の感じから、どうしても文体的な演出を確立する必要がある。確立というと大げさだけれども、ちょっぴりやってみても、まあ出来るか出来ないかわからないけれども、やってみてもいいのではないかというので、無理して、ちょっと深みにはまった感じがしているのです。

なぜ文章から文体へという移行が行なわれたかというと、これは現代という時代の特質でもあるのでないかと思うのです。小説というものが次第に国境を越えていくという傾向がある。つまりどこどこの国、フランスの小説、アメリカの小説と比べてみても、フランスの小説のあるものよりも日本の小説のあるもののほうが、フランスの小説にAとBがあったとすると、日本の小説にA′、B′があるとした場合に、AとA′の共通点のほうが、フランスのなかのAとBの共通点よりも、もっと共通点が多いという現象は、ざらにあるわけですね。ですから、日本では世界文学全集というものが出た場合に、日本文学は入らずに、いちおう区別されますけれども、近い将来、この区別はだんだんとなくなってくるんではないか。

まあフランス小説といいアメリカ小説といい、そういう区別の仕方よりも、アメリカのなかのある作家と、フランスのなかのある作家の共通点、そのほうが同じアメリカ作家という括弧よりも遥かに強い結びつきを感じさせる、そういうことは珍しいことではない。

これは実は昨日話したことで、今日はもう触れませんけれども、農耕社会の文化形態から都市社会の文化形態への移行というものは、否定する意見、肯定する意見、いろいろあります。ぼくは昨日、肯定意見を大いに述べたのですけれども、今日はそれを省略しまして、ぼくは肯定しているわけですけれども、肯定、否定をぬきにして、その時代の移行というものが、ひとつはっきりいえることは、農耕社会では非常に地域的な結びつき、地域的な共通性というものが非常に強いのに対して、都市社会では、それよりも遥かに時間性、つまり同時性ですね、時代というものの共有感覚。つまり、土地の共有感覚よりも、時代の共有感覚のほうが遥かに強くなる。そうしますとわれわれは、地域的な差別、区別、地域的な相違点、これは事実あるのですけれども、それを越えた時代というもののフィルターを通しての共通項を発見するほうが、遥かに大きな仕事になる。つまりわれわれの感覚自身がそうですね、すでにそうなっているわけです。

そうなってきますと、文章というような分析的な個別化するものよりも、ひとつの言葉の構造、文体というものを通じての表現が、よりこの時代を表現するのに適した表現ではないか。要するに時代の表現という意味で、文章的表現よりも、文体的表現のほうが求められてくるというよりも、時代自身が……。

ぼくは芸術表現というものは、まあいろいろな芸術家、作家というものが、めいめい書くわけですけれども、それだけではなくて、やはり時代自身が、時代そのものが、なにか自己表現をせざるを得ない、そういうものをもっている時に、誰かの口を借りて、誰かの心を借りて、その時代がものをいう。たまたまその受信機になり発信機になるのが、芸術家であるというふうに思っているのです。ですからその背景には、時代の声、時代の主張というのがまずないと、いくら芸術家がじたばたしても、これはどうしようもない。時代そのものが、文体による表現というものを、いま求めている。時代が文体によって語っている。それを受け止めて、芸術家というものは、文体的表現というものを、自ずから選ばざるを得ないというふうに考えた。

ですからこれをもっと広くいいますと、たとえば農耕社会においては、ある共同体の感覚を共有する場合に、隣人との共有感覚、つまり地域的にお互いに見知っている人間同志の共有感覚を作ることが、非常に重要なんです。ですからお祭りというものも、ある細かい地域の約束による、相互に知り合っている同志の共有感覚。ところが現代われわれに必要なのは、むしろ他者との共有感覚、時代の共有感覚……。

これは実際にわれわれの生活のなかで、ここに来ていらっしゃる方だって、顔見知りの人は、このなかでせいぜい多くて五人くらいのものだと思うのです。あとは全部あかの他人、あかの他人同志の共同感覚というもの、現にこういう小さなこういう場所でさえ、そういうものがなんの不思議もなく行なわれる。これが現代であり、都市化ということを肯定的に使う人も否定的に使う人もいますからあまり使いたくないけれども、都市化現象というもののなかで、他者との共有感覚というものが求められてくる。

それはもちろん、地域的共同体を越え国境を越え、ひとつの時代の共有感覚というものが、世界中に広まっていく。細かい分析も難しいことですし、いろいろな説もありますけれども、たとえば学生運動がこれだけ同時的に世界中に広がっている。あるいは従来たいてい後進国の革命というものは、祖国の解放戦線という形でもって、ひとつの国が問題になったのですけれども、その次の段階ではラテンアメリカ解放運動というように、国境を越えたイメージというものが、すでに出はじめている。そういうふうに国境を越えるということが、それほど困難でなく行なわれている。

そうしてまた、いまベトナムの脱走兵の問題なんかがでてくる。あなたがたは新聞なんかに、そういうことがチラッとでても、大して衝撃を受けないんですね。受けないけれども、昔、たとえば戦争中なんかでしたら、それはどの国の脱走兵であるかということはヌキです……脱走兵であるという、そのことによって、あるアレルギー反応に近い衝撃を受けたものなんです。

つまりそれは国家を抜け出す、国家に対する反逆ということは、非常な恐ろしいある衝撃、悪、つまりどんな悪よりも恐ろしい、人間として最低の条件を失った、まっとうでない存在だと。これがかりに、日本とアメリカが戦争している最中でも、アメリカ人の脱走兵というものがあったとしたら、それは非常な侮蔑の目をもって、日本人は見たわけです。ところがいまは、脱走兵があったということは、単なるどこかで地震があったとか、台風があったとかいう報道と、それより以下の軽いニュアンスでもって、脱走という国家を離脱するという行為が、冷いひとつの客観的事実としてニュースに伝えられるほど、われわれの時代感覚、つまりある種の共有感覚というものに違いが気づかぬうちに生じてきている。

このような感受性の相違を、一般に都市化による疎外であるとか、われわれがバラバラになっているとか、いろいろなことがいわれるわけです。しかしほんとうに都市化によって、われわれがバラバラになっていることは事実ですが、バラバラになっているということが、そんなに悲しい困ったことなのかどうか。むしろバラバラになったからはじめて、他者との共有感覚というものの要請も生れ、そういうものに対するイマジネーションも生れてくる。

ですから他者との共有感覚というと、非常に抽象的な言い回しですけれども、最初の文体、つまり時代の構造というか、それが空間の時代から、時間を軸にした時代へ移行していったことによって、われわれは時代という共有感覚をもつようになった。空間の共有感覚から、同時性の共有感覚に移っていくというその変遷が、文章よりも文体へという芸術上の変化も、否応なしに生んだのではないか。前衛芸術という言葉をあえて使えば、もしその前衛芸術というものが、ほんとうに前衛芸術であれば、これは文体の芸術、ちょっとこれは抽象的な言い回しで正確とはぼく自身思いませんけれども、文体の芸術であり、もし文体の芸術を前衛芸術と規定するならば、現代芸術というものは、現代の芸術であるということは、前衛芸術でなければならないと言い切ってもいいのではないかとさえ思うわけです。

おかしいね、時間が経ったはずなんだけれども、まだ経っていない。ほんとうはいつ終ってもいいんだけれども、ちょうどいま終った感じだったんだけれどもな。

それじゃしょうがないから、昨日話した話をまた持ち出そう。

まあ共有感覚ということね、非常に面白い、ぼくは研究書を読んだんです。これはぜんぜん文学と関係ない話ですよ。洞穴の研究をした『洞穴学ことはじめ』という本があって、それを読んだのですが、要するにはじめ山登りなんか好きな人が、探険のために入っているのですね。ところがだんだん研究しているうちに、それが非常に特殊なものに見えるけれども、そこにある普遍的な学問が成立するということが、だんだんわかってくるのです。

どういうことかというと、洞穴のなかだけに棲んでいる昆虫がいるんです。そういう特殊な進化した昆虫というものは、地上に上ったら死滅してしまう。非常に永い期間、洞穴のなかだけで進化して出来た虫ですから、その虫がいるということは、その洞穴が非常に永い期間、いつの時代からあったかということが、だいたいわかるわけね。それからその昆虫がいないとすると、ある時期にそれが海のなかに沈んだという証明であったり、いろいろなことがわかってくるわけです。要するに日本というものの永い地質時代の変化というものを、洞穴のなかだけに棲んでいる昆虫の分布を調べることによって、非常に複雑な、日本の地殻の構造の変化というものがわかるというふうに、つまらない研究から、意外と普遍的な事実が発見されてくる。これは今まで、あまりその研究をされた例がないらしいのです。

そのこと自身も面白いのだけれども、さらにそのなかでぼくが非常に興味をひかれたのは、その昆虫の研究が進んでいないから、それがほんとうに同じ種類のものであるか、似ていても違う種類のものであるのか、区別する基準というのは非常に難しいでしょう。それで世界中の洞穴のなかにいる昆虫をいろいろ調べて……小さいなんとかコメ虫というものなんですよ。外国の文献なんかを調べると、これとこれは同じものである。顎の形であるとか、目が三つあるとか二つあるとか。三つあるのもあるんですよほんとうに。それから目玉の距離であるとか、そういうものでいろいろ分類しているわけ。ところがその分類でいくと、どうも辻つまがいろいろ合わないわけ、論理的に脈絡がつかないんだな。それでさらに深く研究したところ、いちばん判定のための重要なポイントはなにかというと、その昆虫のお尻に生えている毛の数だということがわかったのです。毛の数がなん本であるかということによって、それが同じ属であるか違う属であるかということで分類してみると、実に突然すべてが整然と分類されるということが発見された。なかなか気がつかないわけね、お尻の毛だなんていうことは。つまらないものだからね。やっぱり目玉とか、そういうものに注目しちゃうでしょう。

この話の非常に面白いポイントは、われわれはいかに差別することは容易に出来るか。ところが共通点、同じ属であるという共通点の発見ということが、いかに難しいかということなんだな。だからいまちょっと、ぼくは海に行ったあとですから、照明の具合でわかりませんけれども、普通の黄色人種以上の色彩をしているわけだ。だからといって怪しむ人はあまりいないと思う。たぶん、日本人だろうと思って見ているだろうと思うのです。

まあここに来ていらっしゃる方、ひとりとして、同じ顔をしている人はいないわけです。だけれども相違点を見分けるのは、意外と簡単というか、相違点に注目しがちなんだ、われわれは。しかし共通点を発見するということは、それ以上に非常に難しいことなんだ。そこらへんのニュアンスを、ぼくは本を読んでいて、なんとなく生き生きと感じたんだな。たしかに、たとえば人種差別ということは起きやすいですね。黒人とわれわれ一目瞭然違う、相違点は非常にはっきりしている。しかし共通点の発見は、実は非常に難しい。ところがいまわれわれに必要なのは、地域的な共有感覚から、同時代という共有感覚へ移っていくとしたら、われわれは他者との共有感覚ということを身につけようとすれば、どうしても、いまいった差別、区別をするよりも、本質的な共通性を発見しなければならない。その本質的な共通性の発見ということに、ぼくはその本を読んだ時にピンときて、つまり自慢をすれば、こういう本の読み方をしなければいかんということなんですね。

これはいらんことだけれども、そういうことが実際ぼくらの生活の上で、非常に重要なことだと思うのです。ぼくらは観念のなかでは人種差別反対とか、日本人はあまり人種差別の問題について生活上の実感がありませんけれども、やはり差別の面では誰でも敏感に感ぜられる。しかし共通性の発見ということは、意外と難しい。非常に困難だ。非常に鋭い洞察力と観察力が必要なんだ。またそのための努力が必要なんです。

なぜかというと、ぼくらは非常に古い農耕社会、つまり大地との結びつきを永い間もち続けてきた。そのために、あるひとつの共同体のブロックというものの共通性はもつのですけれども、それ以外、たとえば言葉なんかでもそうなんですよ。日本語というものを考えた場合に、いろいろな訛がある。地方によって区別がある。その差別を非常に強調する傾向の人がいますね。日本語の美しさなんていう人は、たいがいそうなんですけれども、べつに個人の名前はあげませんけれども、こういう人は非常に、日本語に関する区別を強調する。

もっと肝心なことは、たとえば鹿児島の人と青森の人と、お互いに会っていきなりしゃべったら、いまはテレビなんかの普及で、だいたい若い人は通じます。だけれども年寄りが会ったら、ほんとうに通じないですよ。なにをいっているのかさっぱりわからない。けれども言語構造としては、青森の人も鹿児島の人も同じ構造なんです。はっきりいってこれ日本語なんだ、紛れもない。その共通性のほうが、実は非常に肝心なんです。

ぼくはなにも標準語というものが非常にか弱い言葉であって、それに対して、地方の方言というもののもっているバイタリティーなんていう人がいますけれども、ぼくはそういうのは嫌なんだ。大してバイタリティーなどありやしない。それは文章ですよ。そうじゃなくて肝心なことは、文体なんだ、構造なんだ。それは青森弁で書こうと鹿児島弁で書こうと同じことなんですよ、さ細なことなんだ。

だからそこらへんで、ぼくらがいかに区別するということに敏感であり、共通性ということに対していかにわれわれは努力をはらわないか、そうしてその共通性ということに、なにかうさんくさい怪しげなものを感ずるのです、どっちかといえば。だから都市化現象といった時に、あまりいい感じを受けない。都市化現象というものは、どこか怪しい、ちょっときな臭い感じがしちゃう。しかしほんとうは、そんなはずないんですよ、絶対に。都市化現象は、単に必然性として避けがたいんではない。それだけの問題じゃない。内面的にこれはぼくらが、そういう狭い空間的な共有感覚から、同時代性という共有感覚へ進んでいく、つまり未来のあるべき姿に対して、それを先取りしている状態ですね。

それがプロセスとして、都市化というのはたしかに、非常にわれわれの現実……たとえば昨日もそれの話をしたのですが、ミレーの「晩鐘」という絵があるでしょう。あの絵を見て、ほんとうに平和な美しい絵だと思わないほど、敏感な人は少いと思うのです。あのミレーの「晩鐘」の絵に、物凄く凶暴な、たとえばナチスの暗示のようなものを感ずる敏感な人がいたら、ぼくは非常に敬意を表します。しかしほんとうは感ずるべきなんです。

あの大地への祈りというものは、必ずといってもいいくらい、いつでも右翼的な力が利用したものです。それから、ヒットラーもそれを利用しましたし、それからスターリンもそれを利用した。いつの時代でもあの大地の香り、かぐわしき大地、愛する大地というものは、いつでもそういうものに利用される。そうして都市的なものというのは、いつでも怪しい否定的な、悪のシンボルとして使われてきた。しかしそんなことはあり得ないんだ。

たとえば東京なんていうのは、犯罪が多いというけれども、こんなに人が集っているのに、人間の比率のパーセンテージからいってごらんなさいよ、微々たるものです。人間なんて平和なものだと思うよ。これで農村における犯罪の人口比率と、同じ比率で考えてごらんなさい。もっともっと殺人事件があってもいいと思うんだ。意外と少いんで、ほんとうに人間というものが、いかにこれだけ急激に、他者との触れ合いを要求されて、今まで隣人のなかだけで暮していた農村からわずかあなたがた、せいぜい三代か四代。早婚家系の人で五代ぐらいだろう。五代という人はいないかもしれない。たったそれだけで、もうすでに他者との触れ合いというものに、これだけもう順応している。順応というよりも、それを克服してきているわけです。それは実際には、われわれにとってほんとうに不幸なことかどうか。

いつだって人間、どこにいたって不幸なんですよ。だから農村の人は東京に憧れて出てくるじゃないの。流行歌だって東京に憧れているような流行歌たくさんあるじゃないの。そうやって出てきちゃうんだよ。皆都会に憧れる、農村人は。そうして都会にいて、いろいろなアンケートなんかとると、都会は騒々しいとか、人間が冷たいとか、いろいろいうけれども、農村に行ったって、人間が温いことなんかありやしない。どこに行ったたって冷たいですよ人間は。それを冷たいから、全部殺しちゃえというふうにはいかないね。

ぼくは前に、「白鳥殺しの歌」という短文を書いたことがありますけれども、吉祥寺かどこかで白鳥を殺したやつがいるでしょう。ぼくは共感するんだ、ああいう気持に。つまり、あの気持がまずわからなければ、白鳥を殺さないですむという……ほんとうに皆が殺さないのは、うっかり殺したら警察につかまるんじゃないかとか、なかなかチャンスがないから殺さないだけだよ。あんなもの生かしておいてなんですか。たいしたことないよ、白鳥なんて。白鳥より人間の命のほうがよっぽど大事でしょう。だけれども人間を殺したやつよりも、白鳥を殺したやつのほうが、よっぽど悪いやつのようにいわれるんだな、おかしい話で。

まず白鳥なんていうのを、殺したい気分……つまり白鳥を愛する気持のなかにある汚らわしさ、白鳥は美しいものだ、あんな美しいものを、なんで殺したりするやつがいるんだろうという、その言い方のなかにあるいやらしさというものを、まず感ずる感覚が必要なんです。それが隣人というものを越えて、他者と直接に結びつく、ある方法なり感受性なりを育てる、ひとつの手段だから、ぼくは多少嫌味ったらしく、大いに白鳥を殺そうじゃないかと、それは芸術の役割りであるということを書いた。でもほとんど反響ないね。

それがいってみれば、文章による芸術と、文体の芸術の違いと、大ざっぱにいえばいえるのではないかと思うのです。

運よく時間ですから、これで話は止めます。というふうに、あまり大上段に話してくると、あとの芝居が具合が悪くなる。ちょうどまあ、さっきはじめにご紹介したような事情で、これからもこういう試みを時々行ないたいと思うのです。皆さんも若い方ですし、今日ここで芝居する連中も、おそらくほとんどはじめてこういうふうに、それこそ他者との交流をするチャンス、たいていは学校のなかだけでやっているけれども、関係者ばかり、父兄とかなんとかばかり来ているんでね。このなかにも多少そういう要素の人はいますけれども、そうでない人も多い。こういう所で他者との交流という経験を、俳優としても深めていく、非常に大きなチャンスだと思う。

もちろん俳優の学校ですから素人ではありません。ですから厳しい目でもって、批判的に批評的に見ていただいていいです。しかしまだ、プロにセミが多少つくところがあるわけですから、厳しくかつ寛大に、よろしくご声援のほどをというと変だけれども、ぼくの演出の部分はいくら批評してもかまいませんけれども、そういうわけで、五分間休んでそのまますぐ続けさせていただきます。ではよろしく。

（一九六九年八月十七日・十八日　新宿・紀伊國屋ホール）

都市への回路

都市への回路

小説『密会』をめぐって

——昨年〔一九七七年〕末、安部さんは四年ぶりに長篇小説『密会』を発表され、同時に、スタジオ公演の一つの頂点をなすと思われる『水中都市』を上演されましたね。前作『箱男』を発表されたのが一九七三年で、この年に、安部さんは演劇グループ「安部公房スタジオ」を結成され、第一回の公演を行なっておられるわけです。そこで、このインタビューでは、『箱男』から『密会』にいたるこの四年間をとってみて、その間に安部さんが関心をもってこられたこと、安部さんが実際になさった仕事について、主にお伺いしたいと思うのです。

はじめに小説『密会』ですが、この作品には、いろいろな意味で、安部さんがいままでになさってきたことがみな含まれているような感じを受けます。この作品の特徴は、まず、舞台が病院であるということです。むろん、病院という場所は、『密会』においてはじめてあらわれたわけではなく、むしろ安部さんが好んで取り上げてこられた舞台ですが、今回改めて病院という場所を選ばれたのはどうしてですか。

安部　つまり、現代社会というだけではなく、人間社会そのものが、ある意味で病院みたいなものではないかということなんだ。病院が社会の特殊な一部というよりその投影というか、ちょうど建造物とその上下水道の配管のような関係ね。むろん医学が確立する以前の医術にとって病気というものは、かなり不可解で謎めいたものだったはずだ。悪霊がついたとか、前世の因縁だとか、何かしら望ましくない原因の結果として病気というものが考えられた。だから、病気を治すために呪師というようなものが出てくる。病気というものを、生理的にノーマルでないというだけではなく、人間のもう少し全体的な構造としての欠落と捉えるわけだ。もちろん現在の病院では、その中の生理的なものだけを分離してあつかう。しかし、もともと治療の観念にはよりトータルな人間の欠落の補修という動機があったはずだ。人間がより健康になるといった場合、生理的なことだけではなく、存在総体として、より適応力の強いものになりたいという願望が働いている。現にいまだって姓名判断や、家の方角、そういう迷信的なものが依然として残っているね。そういう全体に対する病院的な役割を考えると、教育の問題も入るし、政治の問題も入るし、あらゆるものが病人と医者という関係で対応しているわけだ。

だから、なぜ病院を舞台にしたかというと、病院の中にいろいろなものが含まれているというより、われわれの生活のトータルなものの中に、象徴的に病院的なものが含まれているという気がしたからなんだ。

――『密会』のエピグラフに「弱者への愛には、いつも殺意がこめられている――」という言葉がありますね。これは当然、この小説の大きな主題を示すものだと思いますが、また、重要な作中人物（副院長）の「哲学の問題」として「良い医者は良い患者」という言葉も出てきます。これはつまり、強者と弱者、愛と殺意、健康と病気というように、二つに割り切って考える二元論的な考え方に対して、安部さんがアンチテーゼを出されたということですか。

安部　むずかしい問題だな。強者と弱者を、土俵の上の相撲の勝負のように考えると、非常にわかりにくくなってしまう、本質的に勝負のあり得ない取っ組みあいなんだよ。いま日本という国は、終戦後三十数年経って、そこらへんのリアリティが非常に薄らいでしまった。しかし、薄らいではいるけれど、なくなったわけではない。たとえばファシズムの時代の、良き民衆という概念。健康は許され、不健康は不健康であるということによって裁かれる。全体主義には必ず働く法則だね。しかしこの法則にはトリックがある。健康な強者であるということは、つまり体制により忠実な者であるにすぎない。人生を競争として考えると、強者というのはほかを追い抜いていくものでしょう。しかし、体制の側から見れば、平均化され、体制の中に組み込まれやすい者がむしろ強者であって、はみ出し者は弱者とみなされる。反体制的なものは片輪者としてあつかわれることになる。

ところで、「弱者への愛には、いつも殺意がこめられている」か……。弱者を哀れみながらもそれを殺したいという願望、つまり弱者を排除したい、強者だけが残るということなんだね。しかし、強者というのは、リーグ戦でやっていけば、一人だけ残って、あとは全部弱者でしょう。強者が少なくて弱者が多い、社会関係を抜いて考えると、そうなるんだ。ところが、現実の社会関係の中では、必ず多数派が強者なんだ。強者は例外者ではないということ。あるパンチカードで記号を打てば、必ずそれに当てはまっていくのが強者の概念になってきて、つまり健康な者だ。そして、そこからこぼれ落ちた者が弱者として扱われる。強者と弱者の規定のしかた自身が、社会的に考えた場合と、非社会的に考えた場合とでは、ひどく変ってくる。そこで〝良き患者〟という概念がそのパロディとして出てくるわけだ。〝良き患者〟というのは、患者の中の強者だ。しかし、患者は本質的に弱者でしょう。にもかかわらず〝良き患者〟が強者だというパラドックス。読者が読み違える一番の落とし穴もそこにあるかもしれない。しかし直感的にわかってもらえるんじゃないかな。共同体に復帰したい、共同体の中に逆らわずに引き返して、決められた場所の穴の形に自分を合わせたい、という衝動と、強者願望とは、意外に似通っているんだね。

——その点に関連して、この作品にはもう一つ逆説的な概念として「逆進化」という言葉が出てきますね。これも「良い医者は良い患者」という「哲学」の持主である副院長の言葉ですが、「動物の歴史が進化の歴史だったとすれば、人間の歴史は逆進化の歴史なんだよ。怪物万歳さ。怪物というのは偉大な弱者の化身なんだ」と。

安部　そう、もう一つのパラドックスだ。現代は競争社会だなどと簡単に言うけれど、そうたいした競争があるわけではない。たとえば四百メートルのグランドを回るときに、横切って走ればルール違反だけれど、結果的には早く着く。早く着くけれど、ルール違反をしたら、勝ったとは認められない。あくまでもルールの枠の中にいるから一等賞、二等賞をもらえる。あくまでもルールの中に留まるという精神状況が、強者の資格になるわけだよ。

つまり、ルールを変更することによって、一対一の格闘技の場合に明らかに弱者である者が、強者の中に組み込まれ得る。これを僕は、必ずしも否定しているんじゃない。いかにして弱者を包含するルールを作るか、少数支配から多数支配に、という方向は、健全とか、不健全とかいう価値観を抜きにして、これは自然の成り行きなんだよ。

そのルールを固定すれば全体主義になるだろうし、流動的、可変的にしてゆけば民主主義というような概念に辿り着くだろう。いずれにしても、適者生存ではありえない。適者生存というのは、あくまでも、環境が生体に優先する考え方だ。生物よりも自然が強力な場合には、たしかに適者生存が成り立つ。しかし、自然がコントロールされ得るものになった場合、そこまで存在の方が強力になった場合には、適者生存ではもう間に合わないん

行先のない長い旅

だな。自然に対する不適格者こそ、自然を克服したいという願望を内的に持ち得るから、むしろ不適者生存の世界になってゆくわけだよ。生物的強者は逆に取り残されていく。たとえば発明・発見などを考えてみても、弱者が自分の弱い欠落を埋めるための衝動じゃないか。それが、逆進化の法則と僕が言っているものなんだ。

つまり、従来だったら死ぬ以外にない病人が、生きながらえるために医者や医学を再生産する。衣服を例にとってみようか。非常に体が強健で、寒くても平気な奴には衣服は要らない。すぐにブルブルッとくる奴が寒さしのぎに衣服を発明する。そういう弱者の組織力というものが、社会を展開し構築していくわけだ。そしてそのエネルギーが、自然の克服だけに向けられている分には、別に不都合はない。しかし、人間の組織自体にそのエネルギーが向けられはじめると、自分自身を食うような話になってしまう。個体の自己拡張の組織だったはずの社会体制が、自分自身の首を絞める自殺機械に変わりうる。

民主主義的な社会と、独裁社会はかならずしも別のものじゃない。民主主義的なエネルギーの中に独裁を再生産するエネルギーが内包されてもいるんだ。その自己矛盾ということを深く考えてみないと、単に対立現象として〝独裁か民主主義か〟と言ったんじゃ、話が単純素朴になり過ぎる。

だから、『密会』のことに関連させると、病院というものの非常に複雑な構造をまず感覚的に感じてもらうためにたとえば副院長＝「馬」というような存在を登場させてみたわけだ。この副院長が、一体民主主義者なのか、それとも独裁的な思考を持った男なのか、誰しも即断はしかねるだろう。独裁者には、幾ら反省してみても、所詮は独裁者だという逃れられない罠もある。

——その副院長の秘書になる人物として「試験管ベビー」として生まれた女が登場します。この女は、単純な九九《くく》を言わせるだけで「トレパン三人組」なる男の集団を統御しますし、また、病院内の情報を一手に掌握できるような立場にいて、非常に強力な女性のイメージを持っています。これもまた、女が弱者でありつつ強者であるという一面として受け取っていいのですか。

安部　女秘書を書いているときの感覚は、むしろ強者でありながら弱者だという感じだったね。愛される権利を主張し続けるわけだけど、こればかりは幾ら権利主張しても、どうしようもないわけだろう。そこからくる一種のニヒリズムが、行動を掻き立てる原因になっているような気がする。そこから憎しみの原理というようなものが発生してくる。憎しみの原理から行動するわけだが、求めているものはつねに愛なんだ。けっきょく、自分の内部に他者を喪失した状態というか……。

——「他者」の問題というのは、『他人の顔』をはじめとして、安部さんの年来の主題の一つですが、この作品では「人間関係神経症」という言葉を作中人物に語らせていますね。

副院長は「人間関係中枢」を冒されている存在であり、試験管ベビーの女秘書は生まれながらにして人間関係を喪失している。つまりこの二人は、他者とのあいだに通路を持ち得ない存在であるということですか。

安部 他者とのトンネルは、自分のほうからだけ掘っていたんじゃ駄目なんだ。むしろ他者のほうから始めなければいけないという掘り方のテクニックがある。この女秘書の場合、自分のほうからだけ一方的に掘るので、どうしても他者に到達できない。しかし、副院長のほうは、そうでもないかな。他者のほうから掘るということを前提にした上で、掘る力を失ったわけだから、多少の違いがある。

それから、当直医がせっせとマスターベーションしていて見つかってしまう場面があるね。裸のまま落っこちてペニスを立てたまま気絶している場面。馬鹿げた滑稽な場面だが、あれも一種のトンネル掘りのつもりなんだ。

あの滑稽さの実体はいったいなんなのか。気を失っているのだから、当然、意識はない。彼は立っているペニス以外の何ものでもない。まったくこれ以上滑稽で無惨なことはないだろう。しかも、それに同情はできないわけだ。読んでいても、おそらく吹き出すしかない。前後のいきさつを考えてみたって、どうにも救いがたい。トンネル掘りの無意味さが逆説的に笑いに結びつくんだね。

女秘書の場合も、試験管ベビーというようなことだけで考えていくと、ロジックで皮が

70ホーンのなかの静寂

むけるだろうが、もっと肝腎なことは、ああいう、男を九九だけで制覇しているということのおかしさ——。そのおかしさのほうに、むしろ狙いをおいてみたつもりなんだ。

——同時に『密会』は神話的な感じも与えますね。たとえば、冒頭のシーンに、夜明け前の午前四時頃、旧陸軍射撃場跡を走る「馬」が登場し、「ぼく」が食事を運んで会話を交わすくだりがありますが、のっけからきわめて神話的な予感に富んでいると思います。また、ドナルド・キーンさんもカバーの箱の寸評で書いておられるように、全体が「失踪」のドラマでもあるわけですから、推理小説的でもあり、他方、この小説は一種のＳＦでもあって、きわめて複雑な要素が入り組んでいるという感じです。

安部　そう、僕も何処かで、神話的なものを意識していた。神話的な構造に近いな、と自分でも感じていた。べつに計算して書いたわけじゃないけど失踪ということ自体が神話の重要なモチーフの一つだからね。

——日常的な因果律の環が崩れるということですね。

安部　日常的な因果律というのは、単位が非常に小さいところだけで成り立っている。たとえばユークリッド空間は、微視的には、われわれの日常生活の中で確実に機能するし、役に立つ。しかし、巨視的な立場に立つと、ユークリッド空間では具合悪くなる。飛行機で《アメリカ》へ行くだけでももう非ユークリッド空間だからね。神話では因果律を運命としてあつかうわけだ。原因と結果が等価的に自分の周辺にあるのではなく、原因を次元の異った手の届かないところにおくのが神話なんだよ。この小説はいままでの僕の仕事の中で、一番ニヒリスティックかもしれないね、その意味では。

——この小説にはSF的な医学用語がいろいろと出てきますが、なかでも「軟骨外科」という概念があります。副院長は軟骨外科部長でもあるわけですね。安部さんは、『箱男』と『密会』のあいだに『笑う月』という小品集（一九七五年）を刊行されていて、その最後にやはり「密会」という短篇があって、今度の長篇の原型にもなっていると思いますが、そこでも、「軟骨外科」の医局長と女の患者が出てきます。あの「軟骨外科」というのは、どういうものですか。現実にはもちろんないものだと思いますが……。

安部　さっきの「人間関係中枢」とか、「人間関係神経症」という言葉も、もちろん現実にはない造語です。しかし同時に、そういうものが将来実際に発見されなくても一向かまわないけれども、そういうものが発見されうるんじゃないか、そういう気もある。人間関係というものは、根源的に人間の生理にまでも結びついているものだ、というふうに思うんだ。なぜ閉所恐怖症が起きるか、なぜ人間にとって監獄が、そんなに苦痛なのか、なぜ自由ということを人間はそれほど追い求めるのか、すべて人間関係中枢というようなものを設定したほうが納得がいく。そういう気持で仮説を立ててみた。しかし、小説の場合には、それをさらにあり得る実体として書かなければいけないからね。軟骨外科も同じことだけど、騙されてもらえればそれでいい。妙な外科だくらいに思ってもらえばそれでいいんだ。

人間というものは、要するに皮の袋に詰め込まれた有機物だろ。そして人間は、あらゆる生物の中で、一番機能が分化しているわけだから、袋の中の有機物の各部分も分節しなければいけない。そのためには骨みたいなもので中に梁を入れて、いろんな部屋に分けなきゃいけない。しかし骨が動かなければ突っ張ってしまって、植物みたいなものだ。各パートに分節した機能を動かすというのは、当然、骨の中の軟骨の部分になる。という意味で、ある意味で人間の形態上の本質を軟骨であると……まあ、これは冗談として受け取ってもらってもかまわないんだ。

——人間の「生理」ということにいま安部さんは力点をおかれたわけですが、「生理」あるいは「生理的」という言葉は、安部さんの作品を解く上での一つのキーワードではないでしょうか。

安部　生理的というのは、神秘的ではないというだけのことだね。ものごとを神秘化することによって起きる混乱を避けるために、可能な限り生理的に還元していく。生理化する

ウーマン・リブと誰かが言った

ということは、共通の言語に立とうということなんだ。たとえば作中の溶骨症の少女だって、生理的なものを媒介にすれば想像し易いでしょう。あり得ないはずだけど、想像はできる。生理的な共通言語に持ち込めるからなんだ。「ふとんになった母親」だって、もちろんあり得ないけれど、何となく感じで納得できる生理的共通言語、そのへんに信頼を置く以外に、伝達というのはなかなか苦しいからね。

既成の合言葉や身分証明が通用しない場所で、共有である言葉を捜そうと思えば、どうしても概念からイマジネーション、イマジネーションからさらに生理的な裏付けというところに、だんだんと表現を沈めていかざるを得ないでしょう。言語による反言語的表現というか、反言語による言語的表現というか……。

——これは『密会』に限らず、近年の安部さんの文体の一つの特徴ではないかと思うのですが、たとえば「……のような」という書き方で、比喩を用いられるとき、生理的な感覚に訴える言葉が非常に目立ちますね。『密会』の場合ですと、「ミルクを焦がしたような匂いは、娘の体臭らしい」「貝殻の内側のような白い腋の下」「トマトの皮のように中が透けて見える、無邪気でちぐはぐな微笑」等々、枚挙にいとまがありません。これも安部さんが意識的に探るというよりも、感覚的に出されるのでしょうね。

安部　あれにいちばん時間をくうんだよ。比喩の実体が確実に見えてくるまで待たなければばいけない。一つ的確なものを見つけるために、何日もかかったりする。出て来てしまえば何でもないことでもその何でもないものを捜すのがえらく大変なんだ。たとえば腋の下といってもいろいろな腋の下がある。ある一つの腋の下は、ほかの腋の下とはどういうふうに違うのかということを、浮かんでいる腋の下の視覚的なイメージを、とにかく根気よく見つづける。だから、その指摘をしてもらえて、ほっとしたよ。僕は昔からあまり概念が信じられないたちでね。たとえば〝幸福〟というような言葉を使うのにすごく抵抗を感じる。「彼は幸福だった」と書くためには、パロディとしてでなければ書けない。

――読者としては、「濡れた雑巾のような風」「手拭は、女の唾液と口臭で、鼠の死骸のようにずっしりと重い」(『砂の女』)と書かれれば、濡れた雑巾や鼠の死骸に触れたときの感覚を即座に思い浮かべて、なるほど、確かにそのような風、そのような手拭があると納得しますね。しかしまた同時に、そのように書くことによって、そのときの作中人物の内面的な風景のようなものが一挙に外部化される、対象化されるという役割を果すのではないでしょうか。

安部　確かにそうなんだ。幸か不幸か人間というのは五感しか持っていない。そして五感で切り出されるものは、ある意味では非常に限界がある。それにくらべて、言葉による概念はすべて多様で精密だ。しかし、いくら精密でも、もう一度それを単純な五感の次元に引き戻してやらないと、イメージとしては共有しにくいということがある。五感というひどく原始的で、能力からするとかなり低いものに、どうやって概念以上のものを定着させるかということが、ものを書く上で一番苦しい作業じゃないかな。出てきた結果はひどく単純だけれどね。

——ところで、小説の形式的な面から見ると、『密会』はノートの形式をとっていますね。これは、処女作の『終りし道の標べに』にはじまって、『他人の顔』『箱男』などもそうですが、いずれも書く「ぼく」というものがいて、同時にそれが、作中のもう一方の人間から見られる。その視線と書く「ぼく」とのあいだに激しい緊張が生じて、こんどの『密会』の場合ですと、「付記」という形で、その視線をのがれて行くというドラマがあるわけですね。このノートの形式というものは、どういうふうに考えたらいいのでしょうか。

安部　さんざん嘘を書いて、その嘘が一つの世界を構築したら、その世界の中ではそれが真実であるということでなければいけないと思うんだよ、だれでも考えることだろうと思うけど。その小説が書かれている時間・空間、書いている人間の関係……書いている人間はもちろん僕、作者である。僕以外の人間が書いているということを、僕が書いている。少なくとも括弧つきの「世界」そのものはだれかが書いている。となると、その人間が物理的に書けない状態で書いたと言ったら嘘になる。たとえば僕が一番苦しむのは「彼はこ

全財産

う思った」という文章を書く場合だ。「彼はこう思った」ということが何らかの形でわかる状況でなかったら「彼はこう思った」とは書けない。そういうふうに、嘘を一切使わないで、しかもフィクションを形成するためには、書くということが、そこで時間的にも空間的にも、物理的に成り立つシチュエーションを置かなければいけないわけだ。そのために、ノートならノートという構造が否応なしに出てくる。僕自身が登場するのならともかく、そうでない場合、その男がそれを書いた、あるいは体験したという、その事実がどこで客体化されるのか、どこで保証されるのか、ということはやはり嘘偽りなく証明できなければいけないと思うんだ。それでノートという形式がしばしば使われる。

ノートという形式を使わない場合でも、なぜこの文章はそこにあり得たのか、僕が作者としてその文章にどこで責任が負えるのかということで歯止めをかけるわけだ。

そういう意味で、ロブ＝グリエなんか、はっきり作者の責任を意識している作家だと思うな。極端に視覚に徹するでしょう。しかし感じたということは、保証の限りにあらずだ。だから、空間をもっぱら視覚的に組み立てていく。

しかし反面、小説を書くという衝動の根源には、まず読むという衝動がある。「われわれはなぜものを書くか」という問いの前に、まず「なぜ読むのか」という問いが要る。べつにロブ＝グリエを非難するわけじゃないけれど、彼が「なぜ書くのか」という問いに対してものすごく敏感である反面、「なぜ読むのか」という部分がね……。もちろん彼にまったく欠けているわけではない。彼はよく推理小説の枠組みみたいなものを使うでしょう。推理小説の方法を取り入れるというのは、「なぜ読むのか」ということに対する答えではある。しかし書くことの方法と、推理小説をそこに組み入れることの間に、ちょっとした誤差があると思うんだ。僕は、ロブ＝グリエは好きだけれど、最近の彼の小説はだんだんと空転していくような気がする。これは彼だけでなく、現代小説全般の問題かもしれないけれど。

作者というものは、つねにその内側に読者というものを含んでいる。読者としての自分が、自分の中に作者を再生産していくということがある。

もちろん「なぜ書くのか」ということは非常に重要な問題だと思うし、現代文学というものが、作者は神ではないんだというところから出発し直そうとしたことについては、僕も賛成なんだ。ただ、いわゆる現代文学、新しい文学と言われるものが持っている一つの弱点は、「なぜ読むのか」という問題が、ちょっと足りないのではないかということなんだ。

たとえば、「なぜ書くのか」ということにはあまり関心を向けていない作家にマラマッドみたいな人がある。では、マラマッドは単に古風だろうか。確かにスタイルは古風かもしれない。しかし、スタイルの古風さということを突き抜けて、現代に向かっている非常に強力なものがある。しかし、僕の場合には、方法として、書くということそのものがなぜ成り立つのかというところを、どうしても問わなければいけない。しかもマラマッドが持っているような、「なぜ読むのか」ということに対する答えも失いたくない。こういう欲が、こんどのような小説の構造を生んでいるんだと、自分では思うけどね。構造を拒絶しながら、その構造を拒絶している姿勢がもう一つの構造を生み出すというところに、なんとかして挑戦してみたかった。

書くときにはほとんど意識していなかったけれど、書き終ってフッと気がついたら、ギリシャ神話のオルフェの話ね、あの構造にひどく似ているじゃないか。つまり、ああいう神話の構造自身の中に読むという衝動を掻き立てる原型があるんだよ。その構造を通じて、時間的・空間的に自分のいる場所を鏡に映すように見ることができる。それが読みたいという衝動なんだ。世界と自己との関係には、いろいろな関係認識があるけど、何らかの形で読者に新しい関係づけ、位置づけを与える力を持ったものでなければ作品とは言いがたい。そのためには、「なぜ読むのか」という問題を失ってはいけないということなんだ。これは冗談だけれど、「良き医者は良き患者」というようなもので、「良き作者は、その前につねに良き読者でなければいけない」という原理があると思うね。

——そういう意味で、安部さんが高く評価される作品は、他にはたとえばどのようなものですか。

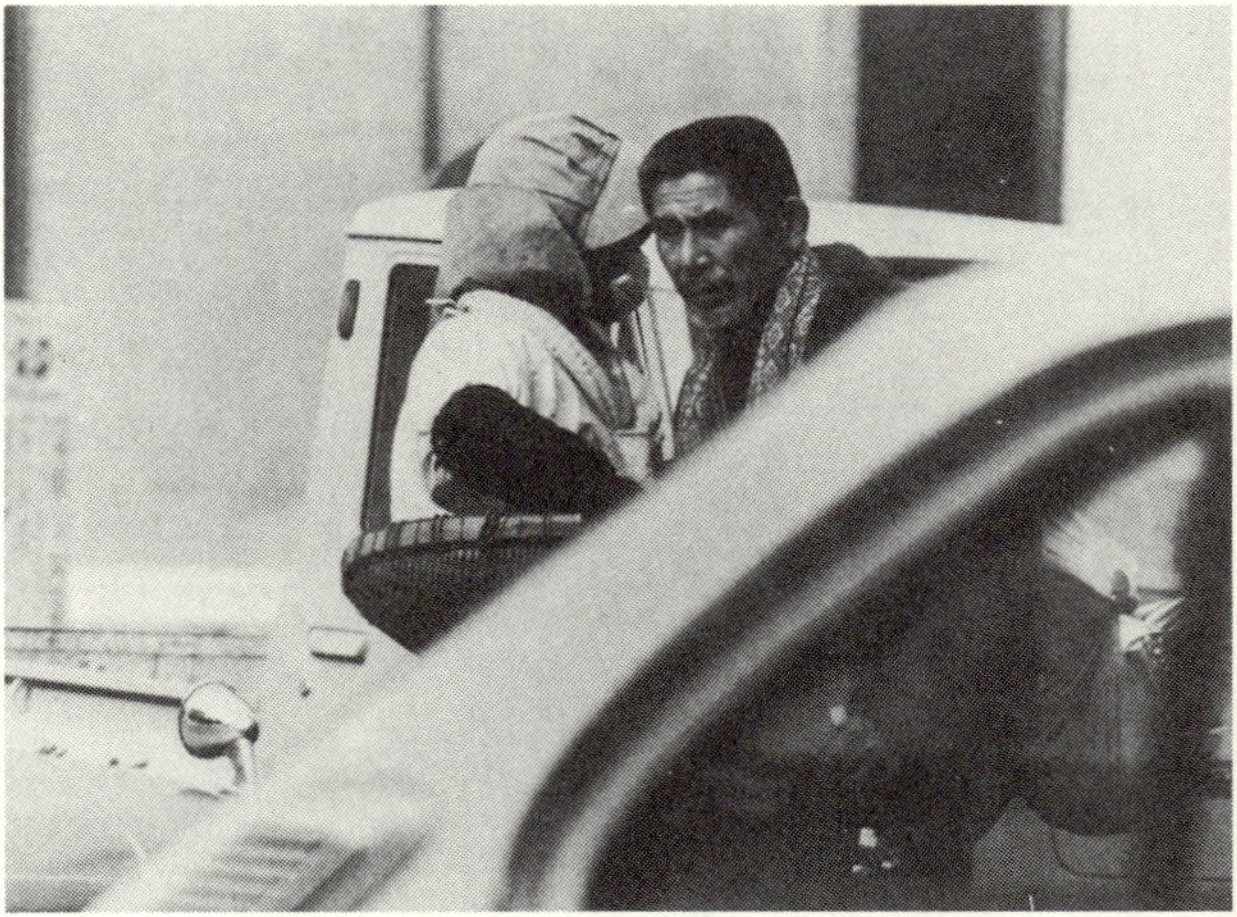

融け合えない風景　もしくは、すべてを融かしこむ風景

安部　遅ればせながらでちょっと恥ずかしいけれど、ガルシア・マルケスの『百年の孤独』を最近読んで、非常に驚嘆すると同時に、やはり、今世紀の傑作の一つではないかと思った。あの小説の場合、マルケスは意識してか、意識しなかったか、非常に素朴なスタイルを取っているように見える。しかし、それでいて、書くということがなぜ作者の中で成り立ったのか、成り立たせているのかという依りどころを失わずに、しかも非常に構造的に、「なぜ読むのか」という問いに対する答えも出していると思う。「昔むかしあるところに」と言ってしまうと、作者が神様になってしまうけれど、あの作品はそうじゃない。年代記風になっているけれど、作者は超越した存在ではなくて、書かれている世界と同じ次元に自分を埋め込んでいる。ラストのところで、残っていた文章を、息子の息子みたいなのが翻訳している。その文章の中に、予言として自分自身のことが書かれている。これを解きほぐして読んだ人間も滅びてしまう。読み終ったときどうなるかまで、ちゃんと書いてある。そうすることによって、作者が逃げていないんだな。しかも、いわゆる現代の小説が落ち込んでしまう一種の方法主義というか、そういうものの中にも落ち込んでいない。現代小説が持っているむずかしい問題に答えた作品だと思うね。

——『百年の孤独』の場合は、全体としては、古典的な形式をとりながら、ディテールの積み上げにおいては、現代小説の方法をそのまま使っているような部分がありますね。

安部　そう。そしてまた逆に、古典的な方法をこだわらずに使っているところもあるんだね。いまの小説としては「これはちょっと書きづらいことだな」ということをスッスッとやってしまう。そういうことがどこで支えられているかというと、両方の構造のむずかしさを、ちゃんと考慮に入れているからじゃないかと思うんだ。とにかく天才的な直感、飛躍と同時に、ものすごい力業《ちからわざ》でそれを再統一した感じがする。だからいろんな意味で驚嘆させられた。なかなか書けない小説だよ。

――安部さんの小説には、推理小説の形を取っているものが少なくないのですが、そのような形式の原型として、しばしばポーを引き合いに出されますね。ポーのような場合に、「なぜ読むか」という問いにうまく答えているということですか。

安部　それはもう、そういう意味では抜群というか、ケタはずれだね。やはり、ポーの小説などが持っている側面、これを失うと、小説の存在理由というのは、非常にあやふやになってしまう。作者がひどく驕りたかぶれば別だけれど。

ポーの場合は、他人とのコミュニケーションがものすごく困難だという意識から、「なぜ読むのか」という一番の基本に何度でもつっかかっていく。彼は推理小説の元祖だということになっているけれど、それは結果的にそうなんで、あの人の底に流れているものは、合理主義なんだ。たとえば病気を、呪師じゃなくて医者に見せなければいけない、というように、犯罪なら犯罪というのは、宗教裁判じゃなく、探偵の手に渡るわけだ。いまの目から見れば、警察とか探偵に対して信頼を置くというのはおかしいんだけれど、物的証拠という動かし難いものが媒介になって、犯罪なら犯罪に新しい意味づけが生ずる。それがなぜか神話の構造に似ているんだね。「なぜ読むのか」「読むと惹きつけられる要素は何か」という問いが鍵なんじゃないか。探偵小説がなぜ人を惹きつけるかというと、基本的には、探偵小説がある非常に神話的な構造を持っているということがある。そしてポーは、それをわれわれの日常的で即物的な合理性を裏切らずに展開するわけだ。たとえば物的証拠というものが出てくるけれど、物的証拠という考え方自身が、近代の合理精神だろう。やはり、ポーが読者を惹きつける惹きつけ方というのは、非常に根源的なものだと思うよ。「幽霊の代りに探偵を」というのが、ポーの勝利だったと思う、それを成立させたということがね。

演劇について

——小説についてはまだおたずねしたいことがいろいろありますが、のちに譲って、演劇のほうに話を移したいと思います。

まず最新の話題として、アメリカの地方都市ミルウォーキーで、この一月下旬から安部

駅の片隅の誰ものぞかない窓

さんの芝居『友達』が上演されておりますね。安部さんはこの公演を現地でご覧になったわけですが、どのような感想をもたれましたか。

安部　想像していたより立派な劇場だったたな。ミルウォーキーのレパートリー・シアターというのが、日本ではどういう劇団に該当するのかちょっとピンとこなかったけれども、行ってみると日本でいう商業劇団なんだね。日本だと、いわゆる新劇というのは、実質はともあれ、何となく運動体的な要素を持っているけど、そういうものではない。契約で演出家が雇われ、俳優も契約制で、今度なんかもニューヨークから何人かオーディションでとっている。出し物もシェイクスピアとかオニールなんかが中心でね。そう大きな町でもないのにそんなに立派な劇場があって、そういう商業演劇が成立っているというのは、日本ではちょっと考えられないことだね。

けっきょく地元の住民組織のような形で観客が組織されているわけだ。だから、キップは予約で売り切れてしまう。住民の中に、地元の文化を維持していこうという義務観念みたいなものがあるのかな。だから客層も、僕のスタジオなんかとは違って、ずっと年齢が高い。若い人は二、三割で、大半が中高年層。たしかに水準は高い。日本の地方都市でそういう仕組をとったとしたら、レパートリーはもっとはるかに陳腐なものになってしまうんじゃないかかな。

そういうところで、『友達』がどうして選ばれたかというと、たまたま演出家が図書館で『友達』の翻訳を読んで、これをやりたいというのでずっと温めてきたのが、やっと実現したということらしい。

舞台の出来に関しても、かなりの水準だと思った。演出のスタイルは演出家のディロン氏がピーター・ブルックの舞台監督をしていた関係上、非常に英国風の演出だったな。僕の演出とは非常に質が違うけれども、これは日本と外国の違いというより、むしろ個人的な演出家による違いということだろうね。

芝居の舞台は完全にミルウォーキーに置きかえてやった。僕の意見でもあったし、演出家も賛成してくれた。作品の性質上そうあるべきだろう。前に僕の作品をヨーロッパでやったとき、そんなことする必要ないのに、日本の出来事として舞台を作るんだ。そして、右と左と間違えたような和服か柔道着みたいなものを役者に着せて芝居したりしてる。嫌な気がしたな。日本を誤解しているとかなんとかいうことではなく、そういうエキゾチックな環境を僕の芝居が必要としているかどうかということだな。だから今度は、完全にミルウォーキーが舞台で、最後の新聞を読む場面も、ミルウォーキーのその日の新聞を使うことにした。違和感はまったくなかったし、むしろ観客にはかなりの衝撃というか、刺戟を与えたみたいだった。演出は違っても、ほぼねらいどおりの反応を観客に与えていたし、その意味では、成功した上演だったと思う。

ただ、なにしろ高年層の人が多く、ああいう芝居を見ると、愉快がる人がいる反面腹を立てた人もいたようだ。おじいさんとおばあさんが見ていて、おばあさんのほうが「これは面白い芝居だ」といったら、おじいさんのほうが「冗談じゃない、孤独が辛いなんていうことは先刻ご承知だ、いまさらこの芝居に教えてもらう必要はねえんだ」と腹を立てたりして、おばあさんが「いや、これは芝居の話であって現実のことをいってるんじゃない」それに対しておじいさんが、「この芝居以上に孤独の恐ろしさは身に沁みているんだ」際限なくいい合いをしているという風景もあった。また、ある一つの場面をとっても、ある層が拍手すると、別なところがブーブーといって怒り出すというような調子でね。とにかく刺戟的だったらしいよ。

ニューヨークではまったく違ったタイプのグループの芝居をみた。『友達』の演出家のディロン氏が、ニューヨークで見て非常に面白かったという推薦もあったのでね。カフカの『審判』をもとにしたもので「K」という題だった。これはもう、オフ・オフ……オフが幾つつくかわからないぐらいのオフ・ブロードウェイで、小さい、バスの発着場を改装したところでやっているものだった。でもすばらしい舞台だったな。これは商業演劇とは違って、いわゆる運動体としてやっているグループの側だろう。若い俳優ばかりだったけど、実に緻密ないい舞台だった。しかし、わずか百二十の客席なんだけど、来ているお客が僕を入れてたった二十一人なんだ。その芝居は、ニューヨーク・タイムズで絶賛をあびたらしいんだけど、にもかかわらず、客席はなんともガラガラで、俳優の数とお客の数と

切り売りされた穴の周辺　価値ある壁画

同じゃないかと思うような有様なんだ。それでもくじけずに隙のない舞台をつくってはいたけれどもね。

この二つの舞台は、実にいろんなことを暗示していると思う。二つの非常に深い矛盾の間でアメリカの演劇界が動いているんだということがよくわかった。これを否定的にみるのは簡単だけれども、やっぱり大変な底力だという感じがしたね。非常な厳しさを感じると同時に、立派だと思ったのは、そういう小さい意欲的なグループの舞台の水準と、ミルウォーキーみたいな地方都市の商業劇団の舞台成果とが、ある意味では同格に並べて考えてもいいようなレベルにいっていることだ。これはやっぱり、大変な底力でね、恐ろしいことだと思った。それに比べると日本の平均水準の低さというものを改めて感じたね。

これは「文芸雑誌」のインタビューだから、あえて言うけれどもね、僕のスタジオでやっている仕事というのは、非常に水準が高いんだよ（笑）。日本にいる時には、抽象的に自分でそう思う以外になかったけれど、今回のささやかな経験の中で、十分にそういうレベルで比べられ得るものだということを痛感したね。だから、批評家が僕らのことをあまり正当に評価しないのも無理はない。ラジオの受信装置でテレビを受信してくれといっているようなものでね、これはどだい無理なんだということだね。日本はとても演劇の生きにくい場所なんだな。しかし、観客が支えてくれている限り、演劇は続けなければならない。それに、そのニューヨークの小劇場なんかと比べれば、まだガッチリとした観客がついてくれているのだから、頑張らなくてはいけないんだね。

そこで、僕のところのスタジオ公演をアメリカに持って行くという話がいま出ているのだけれども、それが一風変ったもの、つまりエキゾチックなものとしてではなく受け入れられるという確信を今度はもてたんだ。大きな収穫だったと思う。

たしかに文化というものは、その言語圏・文化圏によって非常に固有なもの、異質なものがあると思う。その異質性を異質なものとしてとらえる、つまり、異質なものを見る目を自分の中にもって、異質なものを発見するというのは、農業社会の枠の中で考えれば、たしかにそのとおりだと思うんだ。しかし、社会が都市という構造をもった時に、その枠は撤去されなければいけないと思う。今度の『友達』という芝居でも、九九パーセントつくり変えなしにそのまま持って行って、ミルウォーキーという舞台に乗っけて違和感がないばかりか、非常にアクチュアルなものになる。一パーセントぐらいは、たしかに変更せざるを得ない。うなぎ丼食べに行くというような場合、向こうではうなぎ丼というのは非常に特殊なグロテスクなものになってしまうから、日本人のうなぎ丼の感覚に匹敵するものは何かということを考えて変える。ミルウォーキーでは、ポークソテーかなんかそんなものになっていたな。そういう入れ換えをしたって本質は少しも変らない。見ている人もべつに日本の芝居だと思って見てはいない。ミルウォーキーの日常の中から切り取られた現実としてみて、非常にエキサイティングなものをそこに感じるわけだ。だから、都市化に伴う文化の遍在性をあらためて実感できたのは、僕にとってはいい経験だったと思う。

僕はいまスタジオ公演でハロルド・ピンターの『ダム・ウェイター』を舞台にかけている。これはミルウォーキーの『友達』とちょうど対照的で、舞台を川崎に置いてみた。これも僕の感じでは九九パーセント忠実な直訳なんだ。ただ、イギリスの人間のサッカーについての話題とか反応は、日本人でいうとプロ野球だから、サッカーをプロ野球に置き換えたりはする。向こうのサッカーのチームを、大洋とか巨人とか中日とかいうものに置き換えるということはやっているわけだ。もし、サッカーのままでやったら、これは翻訳劇になってしまう。本当に忠実に訳そうと思ったら、やっぱりこれはサッカーでなくて、プロ野球でなければいけない。そういう置き換えをしただけで、これは完全に川崎の芝居になってしまう。しかも登場人物は日本人。何もことさらにこれは日本人であるとか、イギリス人であるとかいうことを抜きに、一つの遍在的な現実の側面として何の違和感もなしに伝わってくる。

これは翻訳者の姿勢というか態度だと思うけれど、翻訳というものを広く文化の置き換えとして考えた場合、たとえば僕がピンターのものを訳したように訳すべきじゃないか。当然赤毛でやりたがる劇団もあるだろう。でも黄色いカツラをかぶって目の縁を青く塗ったりしてやってるのをみると、僕は本当にゲロ吐きそうになるんだ。言葉遣いだってそういう扮装をすることによって、非常にかたい、あり得ない会話がまかり通る。都市として

フロイド的風景

の共通のカッコにくる思想というか、そういう姿勢は何処にもない。そんなことまでして翻訳劇をやる必要があるかということだ。

僕らにいま必要なのは現代劇であって、翻訳劇ではない。たとえばアメリカで『友達』をやる場合に、たしかに髪の毛が赤かったり、目が青かったりするだろう。しかし、それはあくまでも本質ではなく属性に過ぎないんだ。

――『友達』という芝居は、一九六七年、つまり安部さんがご自分で演出を手掛けられるようになる以前に書かれたものですね。あくまでも戯曲として書かれたという意味では、文学的な要素のかなり強い芝居だと思うのです。ところが、その後、とりわけ安部公房スタジオを発足させてからというもの、安部さんはむしろ、文学的な要素を排除されるような舞台づくり、あるいは演技指導を強調しておられて、そのような観点から、新たにご自分で『友達』の演出もなさっておられます。そこで、ミルウォーキーでの『友達』の舞台に対して、演出の面では違和感をお感じにはなりませんでしたか。

安部　たしかに最近の僕の舞台は特殊だからね。ディロン氏は『水中都市』もアメリカでやりたいというんだ。彼はたまたま去年日本で舞台を見ているから分かるだろうけど、本を読んだだけであのイメージを思い浮かべられるかというと、そうはいかない。だから、『友達』なんかと違ってもう一つ、本の書き方というものが変らなくてはいけないという気がしているんだ。どういうふうに書けばいいかというのは、まだ自分でもつかめない。しかし、本としての新しいスタイル、ちょうど音楽が昔の五線譜形式でなく、記号風の楽譜に変ってきたように、脚本のスタイルも変らなければいけないのではないかと思う。

　日本のものとか、フランスのものとか、アメリカのものというのではない表現がこれからますます可能になってゆく。可能というよりも、そうでなくてはならないし、それをどういうふうに、音楽でいえば譜面をつくり、芝居でいえば脚本化するかということだ。

　脚本があって舞台をつくるというプロセスではなくて、舞台がとにかく先にくる感じなんだな。そうするとたとえばフランスで書かれた本を日本の俳優で上演する場合に、日本の俳優がフランス人に扮するというような馬鹿げたことがますます不可能になるような種類の台本。最初からそういうものでなければいけないし、そういうものが当然出てくるだろうという感じがするんだ。

　そうすると、無国籍とか何とかいう非難がすぐ出てくるけれど、僕はそれは逆だと思う。日本人の俳優がフランス人に扮したりするほうが、よほど無国籍であってね。別に国籍がなくてはいけないといってるのではないけれど、その無国籍という非難自身が非常にナンセンスなものだ。たとえば僕の『ダム・ウェイター』を見てもらえば分かるけれど、まさしくわれわれの周辺、身近な手で触れられる距離にあるものとして、舞台が構成されうるんだ。そのほうがはるかにリアルだし、アクチュアルだよ。無国籍だという非難の本心は、要するに現実逃避ということだろう。しかし、僕はその手の現実逃避に対しては、むしろ嫌悪感を感じているくらいなんだ。

たとえば、チェーホフの『桜の園』を、もし仮にやるとした場合に、僕だったら、たとえば北海道を舞台にするとか何とかしてやるだろうと思う。決して、あの変なロシアのチャンチャンコみたいなもの着て、カツラをかぶって、アイシャドーをつけてはやらない。あんな恥ずかしいことはとてもできない。ベケットでさえ日本では赤毛でやるだろう。あんな無茶なことはないよ。

――そこで、やや立ち入った質問になりますけれども、近年の安部さんは、俳優が単なる筋の運び手、イメージの伝達者であってはならず、表現そのもの、イメージ自体であることを求められる存在である、ということをしきりに主張しておられますね。安部さんはそのことを「俳優は夢見る者ではなく、夢見られる者でなければならない。俳優は夢の論理で自立しなければならない」という言葉で要約しておられる。その裏には、夢も俳優の織りなす舞台も、イメージが生理的なものに裏付けられているという認識があると思うのですが。

安部　われわれが現実に目覚めているときには、物音というのは、障子がガタガタいえばそれは風の音であり、そのガタガタという度合いに応じて、きょうは風が強いとか弱いと

心理学的風景

かいう判断がある。そしてその音はすべて結果である、ある事態の結果に過ぎないわけでしょう。

ところが音楽の場合にもそういうふうに解釈する人がいて、あるメロディをとって、それは悲しみであるとか、喜びであるとかいう。極端な場合は、嵐だとか田園ということになってしまうわけだ。

しかし、われわれが音楽を聴く場合に、結果としての音に接しているかというと、そうじゃない。むろん原因に辿りつこうという衝動を、その音から触発されるかもしれない。しかし、あくまでもそれはその音そのものが起点、出発点なんだ。その音がそこにあるという、いま自分の耳にその音が届いているという、その瞬間が発想の起点になっているということだ。だから純粋の音楽というものは、音楽として何を表象しているかということを考えたり、理解したりしなくても享受することができる。

同じように、俳優というものは、厳然としてそこに存在する。俳優は肉体を持っているから、その肉体が見ている人間にある作用を及ぼす。たとえば逆立ちしている人間を見ると、逆立ちするために必要な生物電気が見ているものの体内に起こるんだ。俳優が一時間手を上げっ放しにしているのを同じ時間見ていれば、非常な疲労感がいやでも見る方に伝わってくる。

そういう直接的なつながり方というものが、舞台を見る場合も音楽を聴く場合と同じように伝達の基礎なんだ。ま、現在進行形の起点だね。俳優が起点になっているということが舞台芸術の基礎なんだ。その上に、もちろん言葉もつかうし、人間の動きだからそこにおのずと因果関係というものが類推されるし、一種の物語がそこから展開するということが十分にある。しかしそれは、その空間だけに固有な因果律であって、対応する現実が外に存在する必要はないんだ。

俳優というものは化けるのが好きだから、カツラつけて付け鼻して、変なひらひらしたものを着ると、気分がいいということはある。しかしそれこそ俳優の肉体が起点になることを妨げるものなんだな。

だからいま僕は、まず台本を書き、それにそって舞台をつくるという方法に、だんだん抵抗を感じ始めた。むしろ舞台が先にあって、その舞台のイメージを練りあげてゆくために、台本というものが補助手段として必要になってくる、そういう感じなんだ。

僕は、演劇というものの起源というか、演劇をつくるという衝動の起源は、台本ではなくて舞台だと思う。そして人間というものは、抽象的に考えていくと、あるところまで考えると考えが止まってしまうけれど、それを書いていくともっと先まで考えられるということがある。だから、台本という補助手段を用いることで、その舞台の構造がより濃密になり、複雑になり、立体的な構成をもっていくという、そういうことのための台本という感じがする。

舞台空間に触れることを通じて観客が触発されるイマジネーション、そして舞台空間と観客との対話、夢の構造とそっくりじゃないか。夢というものはロジックがその内部で成立していればいいので、外界との対応は当然あっても、直接的な対応ではなく、内的なロジックが優先する。内的なロジックが借り物だと、夢ではなく、ただの陳腐な童話になってしまう。

——俳優の肉体を起点にするという観点から、安部さんは演技指導に当って、俳優を「ニュートラルな状態に置く」というようなことを言っておられますね。

安部　ニュートラルな状態に置くということは、文学的な演技を排除するということなんだ。つまり、生理に還元するということだね。

ただ、困るのは、「生理で演じる」と僕が言うと、バカな批評家は、怨念とか何とか、体をくねらせて、要するにヒステリーの状態にすぎないものを生理と解釈するわけだ。だから、「生理と言いながら、おまえのところはガラス細工じゃないか」と言って攻撃したりする。しかし、ヒステリックなものは、むしろ生理の意味化なんだ。意味過剰症がヒステリーなんだよ。生理に見えて、実は生理じゃない。僕はそういうものはいやなんだ。

——たとえばサーカスとか、ある種の体操、それから踊りといったものがありますね。と

レンズに微笑む

くに最近のヨーロッパ系の若い演劇家は、サーカス的な要素や、踊りの要素を入れて舞台をつくっていくという傾向があります。安部さんの考えておられる舞台と、そういうセリフなしの肉体だけのものとの差をどうご覧になりますか。

安部　当然深い関連があると思うし、重要な要素だ。さっき音楽を例に挙げたように、内的な法則に支えられているということでは無視できないものなんだ。ただ、何というか秘密がなさ過ぎる。いってみればね。観客が、自分自身は非常に安全なところにとどまっていられるんだ、サーカスにしても、体操にしても。舞台と一緒に迷路の中に引きずり込まれるってことはまずない。そこに何が欠けているかというと、やっぱり言葉なんだ。

本来、舞台というものは、体操とかサーカスとか、そういった要素を内包しているし、絶えずそれに回帰しようという衝動はある。その回帰しようという衝動を、僕はある意味で肯定はする。ただ、先祖返り的な意味での回帰だと、これは観客はあくまでも安全地帯にとどまってしまうし、舞台空間の持っている可能性を十分に生かすことはちょっと苦しくなると思う。

――ところで、先にも申し上げたように、『箱男』から『密会』にいたる四年間は、安部公房スタジオの活動と一致しているわけです。そこで、そのような演劇の実践が今度の小説『密会』にも反映しているのではないかという評もありますが、安部さん御自身で、その点、強く自覚されていることはありますか。

安部　僕は、なぜ自分が芝居をやるかということがずっとわからなかった。ただ、過去をふり返ってみて、自分の文学的関心がだんだん結晶していったプロセスを思い出してみると、その一つに、中学二年頃に見た「百科事典」の〝現代美術〟という項目が思い出される。未来派やシュルレアリスムというのが、小さいザラザラの写真で、学校で習う絵とまったく違う絵が出ているんだ。ものすごい衝撃だった。その絵がいいと思ったのではなく、その絵の前でそれまでの絵という概念が完全に崩壊したわけだ。それともう一つは、「世界戯曲全集」か何かの中の表現主義の芝居に異様なショックを受けた。これもやはり中学の二、三年の頃だったと思う。そのあと、読者としての決定的な欲望をめざさせてくれたのは、ドストエフスキーとポーなんだけれど、その前にそういう非常に強烈な体験があった。まったく偶然の出会いだったけど、僕の中にあった何かが、それによって触発されたんだろうね。文学的体験というより、感覚的体験かな。そういう体験が、その後の僕をある意味で方向づけたのかもしれない。

僕は芝居好きかというと、そうじゃない。むしろ、芝居嫌いなんだ。芝居嫌いだから、逆にいろいろなことがよくわかる。なぜ芝居をやるか、自分でずっとわからなかったな。ただなんとなく引きずられていって、あるとき、自分が台本だけを書くということがどうしても腑に落ちなくなって、本当にやりたいのは舞台を作ることではないかと感じはじめた。それが〈スタジオ〉を作る動機だったろう。実際に始めてみると、ますます自分にとって必要なことだったと気付いたわけだ。台本を書くことだけなら、ある程度小説で済む。変な演出で意図をゆがめられる心配もない。

僕はもともと、会話の部分はわりに楽に書けるんだ。だからセリフ中心の作品が書きたくて台本を書いていたわけじゃないんだね。むしろ舞台を作りたいという衝動がひそんでいて、それが僕を台本に向かわせたのかもしれない。だから僕の舞台はぜんぜん文学的じゃないだろう。言葉の世界と、反言葉の世界が、たがいに鬩《せめ》ぎ合っている。小説でも、言葉を通じて反言葉的なものを表現しようとしている。それと反言葉的なもので、いかに言語の世界に迫るかという衝動が同時にあって、これが僕の中でバランスをとっているんだな。舞台の上で僕に必要なのは、言葉よりもむしろ俳優の肉体なんだよ。

人間の脳の右と左の分業ということが言われているけれども、左の脳はデジタル的な構造を持ち、右の脳はアナログ的なものなんだね。デジタルとアナログをわかり易く砕いて言っちゃうと、時計で、デジタル式とアナログ式があるでしょう。デジタル時計というのは数字が出て、アナログ式は角度で出る。たとえば、ある時間経過を見るときに、十五分経ったということは、アナログ式の時計は直感的にすぐわかるんだ。ところがデジタル時計で十五分経ったという感覚は、引き算しなければ出てこない。アナログ時計は直感に頼れるから非常に便利だけれど、精密に何分何秒という単位まで確実に押えようと思ったら、

威嚇、もしくは警戒色

デジタルの方が有利だ。一分の誤差は、アナログ時計では、ほとんど同じに見える。デジタル時計では、一分の誤差も十五分の誤差も等価的に差として感じられるわけだね。「どちらが有効か」ということは言えないんで、「どういう状況において、どちらが有効か」なんだ。

アナログ的なものと、デジタル的なものは、相互に補足し合って、われわれは現実認識をしているわけで、どっちが欠けても困る。しかし明らかに機能としては違う機能なんだね。デジタル時計を見るときにはおそらく左の脳で見て、アナログ時計を見るときには右の脳で見ているのだろう。言葉というのは完全にデジタル的なもので、左の脳を使っている。たとえば左の脳が故障して、右の脳だけで言葉を聞くとしたら、音としては識別できても意味がなくなる。意味を構成するのは、左のデジタルなんだ。右の脳では、坂道を見て、直感的にどのくらいの傾斜かを見分ける。自分はここで滑るか滑らないか、かかとがゴムだったらいけるけど皮だったら滑る、というような感覚は、アナログなんだ。アナログの脳がなくて、デジタルの脳だけになったら、坂道を見ても滑るかどうかはわからない。分度器を持っていって測って、何度だとあぶないという認識は正確に出る。デジタルとアナログの脳は、どちらも重要なものだけれど、機能がまったく違う。

音楽というのは、完全にアナログであって、右の脳で聞いているらしい。文学は完全にデジタルで、左の脳で読んでいる。この右の脳と左の脳には、協力と反発がある。ゲーテはたしか音楽に対して非常に警戒心を持っていて、「あれは良心を惑わすものである」というようなことを言っている。その偏見はデジタルとアナログの戦いでもあるわけだ。突っ込んで訊くと、ほとんどの文学者が必ずと言っていいくらい、音楽に対してコンプレックスを持っている。たいてい、音楽に対して一言いいたがるだろう。

言葉を専門的に操作している人間ほど、音楽に対して優越感と劣等感が不思議に強いんだね。ところが、音楽をやっている奴もまた同じで、文学者に対して変な劣等感がある。文学者が「いや、音楽というものは純粋な音だけで、言葉を入れてはいけない」なんて言うと、すごい反発を示す。彼ら音楽家は、音楽で「資本論」でも書けるという信念を持たなかったら、自分を支えられないからね。だから、バカな音楽家ほど、表題音楽的になって、意味をそこに付けたがるのさ。しかし音楽というものは本来無意味なものなんだ。アナログ的なものだからね。価値がないんじゃない、それ自身で十分に自立した価値がある。

音楽ほどじゃないけれど、演劇も、かなりアナログ的なものなんだね。特に、空間・時間の関わり方。たとえば、芝居を十五分観て、ちょっと用があるからといって中断し、翌日十五分目から観はじめても、ちょっと具合が悪いだろう。でも小説は、読んでいる途中でちょっとトイレに行って、また戻ってきて続きを読んでも、そう影響はない。また、小説は、幾ら面白いと言っても、そう反復して読まないね。ところが好きな音楽は何度でも繰り返して聴く。音楽は、現在進行形で、その瞬間にしか存在しないからなんだ。概念化された符牒として記憶に刻み込まれることはない。だから、何度でも反復して聴けるわけだし、また、聴いているあいだだけしか音楽との関係が生じない。文学は、読み終っても関係が残るから、繰り返して読むということはあまりない。ここに本質的な違いがあるわけだ。演劇も、やや音楽と似ていて、アナログ的な要素がかなり強いんだ。

僕の中に両方の要求があって、つねに戦い合っている。そのせいか演劇を始めたら、とうとう作曲にまで深入りしてしまった。作曲の教養はまったくないのに、なぜかやらずにいられなくなるというのは、やはり僕の表現活動にかなりアナログ的な要素が強いからだろうね。

シェイクスピア時代には演劇は確かに総合芸術だった。まだ活字の世界が自立してなかったからだ。演劇が文学の領域までカバーする必要があった。しかし活字文化がここまで確立してくると、演劇に活字的要素はもう要らない。新しくアナログの世界としての演劇が回復するとすれば、いまなんだ。

僕は、前から芝居をやっていて、かなりいい芝居をやっているつもりだけれど、なぜかお客が小説ほど集ってくれない。仮に、小説の読者の一割が芝居にきてくれるとしても、僕のところは悠々とやっていけるはずなのにね。なぜだろう。どうしても僕にはわからない。芝居を始めて四、五年になるけど、その問題には頭を悩ませつづけてきた。もちろん少しずつは確実にふえて来ている。しかも不思議にほかの芝居は観ない人が多い。僕のと

事件の類型

ころだけ観る人が、だんだんとふえてきている。おそらく僕のところの芝居は、始めてまだ僅かしか経たない年月にしては、固定客が多いのだろう。それにしても、まだまだ。何でこんなに少ないのか。その根本はどこにあるのだろう。多分デジタルとアナログの表現の本質的な違いと関係していると思うんだ。

現代は相対的に言って、デジタルの表現体が圧倒的に主導権を握っている。アナログ的なものが、それがいい悪いの前に、まずアナログ的であることによって受け手を失っている。それをどう回復するかということは、いい芝居を書くとか何とかいう単純なことではすまない重要な課題を含んでいる。だから僕は、この問題を僕自身の課題として、深刻に考えている。これは個人的な問題を越えて、表現とは何か、という基本的な問題にも関わってくるしね。いまの演劇評論家は、そういった事にまったく気付いていない。オポチュニズムというか、安易なものだ。どうしようもないと思うね。

——安部さんは昭和二十年代末から芝居を書き始められましたが、かつての芝居の作り方と劇団を作られてからの作り方というのは、全然違うといっていいのですか。

安部　違うね。あの頃は文学の延長で書いていたけれども、いまはやはり、反文学をかなりはっきり意図している。特に『ガイドブック』のシリーズから意識的に始めたと思う。だから、『ガイドブック』はまだ本になっていない。あれを本にするには、そのままでは駄目で、新しい本の書き方を自分で作ろうと思ってね。できれば今年には印刷できる本にしてみようとは思っているけれど、ああいうものはそのまま本にしたんでは、暗号みたいなものだからね。

――安部さんの芝居には、御自身の小説、あるいはその一部を、新たに芝居として書き直されたものがありますね。『榎本武揚』『友達』『棒になった男』などがそうですが、第一回スタジオ公演のために書き下ろされた『愛の眼鏡は色ガラス』も、原型になるイメージが『箱男』の中にありますし、『水中都市』も同名の短篇があります。その場合、安部さんの中で、芝居と小説のあいだの関係はどうなんですか。

安部　もし僕以外の作者があんなことをしたら、すごく失礼なことだと思うだろうね。幸い当事者が僕自身だからね。アナログ的なものとデジタルなものが、かすかに触れた接点みたいなものを利用して、その残響をポンと取ってふくらませるということを、僕自身がするならば盗作にもならないし、作者に失礼ということにもならないからね。戯曲の『水中都市』と小説の「水中都市」にだって、イメージの共通点はある。しかし、この二つはまったく違うものになっているはずだ。この二つの「水中都市」の相違くらいの広い距離が、アナログ的なものとデジタル的なものの間には存在していると思う。安易にその溝を埋めてしまうのは、ひどく怖ろしいことだと思うんだ。

写真について

――ここ数年の安部さんは、芝居とともに、写真に大変な情熱をそそいでおられますね。一九七三年の『箱男』は、主題においても写真に深くかかわるわけですが、実際、あの小説には安部さんが撮られた八枚の写真が別丁で入っています。また最近では、一月に「カメラによる創作ノート」と銘打った写真展をスタジオで開かれたわけですが、写真にこれほどまで打ち込まれるのはどうしてですか。

安部　もともと僕は写真好きなんだね。日本人というのはだいたい写真好きだから、最大公約数的な傾向にすぎないだろうけど。だから他人が写真好きだと聞くと、必ずしも敬意をはらう気持は起きない。文学青年が一番文学から遠い存在であるように、カメラ青年的なカメラとのかかわり合いというものは、あまりいい気持のもんじゃない。僕自身の中にも、そういうカメラ青年的なものが多分にあるような気がして、なんとなく口が重くなるな。

カメラとのかかわり合いは、子供の頃からだった。僕の父親というのが、ちょっとしたカメラ・マニアで、家に暗室があったくらいなんだ。それにカメラには多分に物神崇拝的なものがあるからね。ある瞬間を空間的に定着したいという願望は、誰の中にもあるだろ

鎖のなかの自由

う。一種の超能力願望さ。

カメラというものが、今はべらぼうに普及しているから、いまさら驚きは何もないけど、カメラがなかった時代には、ある時間を停止させて永続性を与えたいという願望は強烈だったはずだ。それは自分の能力の拡大の願望でもあった。たとえば絵を描くという衝動も、芸術以前にそういう要素があったはずだ。事物は変化するが人間はそれに追いつけない。人間が事物に追いつくという意味で、たとえば壁画という形で洞窟の中に動物の姿をとどめる。とどめることによって、それに追いつくことができる。そして、追いつくという状態をくり返すことができる。

だから、写真に対する願望は、写真が発見されるずっと前からあったに違いない。過渡的な形態として、風景画みたいなものがあった。この場合に、写真と同じように壁にピンホールのレンズで大きく自然を写し、それを模写するということもあった。それが、手で模写するのでなく、化学作用で風景を定着させることができるようになったというわけでしょう。だから、写真というものの根底には、そういう、自然とのかかわりにおいて、人間がどこまで自分を拡充、拡張するかという課題があったわけだ。で、写真が出来た当時は、写真は非常に特殊な技術だったし、一種の魔力をもったものとして受け取られていたと思う。それは、未開人の思考の中に、写真に対する非常な恐怖というものがあるということを考え合わせてみても想像できることだけど、その写真がここまで普及してしまって、いまや日常茶飯の存在にすぎない。流れてゆく時間を空間の中にとどめるという作業が、なんでもないことになったので、今度は、その写真の機能でもって何が出来るかという問いが逆に生まれてくる。

言語の場合も同じだと思うんだ。言語は写真どころではなく、完全に普遍化していて、言語が操作できなければ人間として枠からはずれてしまう。しかし、言語を操作するということは依然として大変なことなんだ。人間以下の動物のレベルでこの問題を考えてみると――言語という複雑な機能を駆使して伝達し合うということを、言語をもたない段階で仮に想像したとしたら――これは想像を絶した技術なんだ。そして、それが〝想像を絶した技術の状態〟である限りは、言語自身が非常に神秘化されてしまう。

人間にとって、喋るということは、誰でもやることだからべつに神秘化はおきないが、書く、読むという作業になると、ある時期までは困難な特殊な技術を要して、その時期には言葉というものが、かなり神秘的に受け取られていたはずだ。それも教育の普及で、読み書きということがもう特別でなくなった段階になって、今度はそれを使った独自な表現という要求が生まれてくる。

写真の場合もそうだったと思う。たまたま写真には、その前身として美術というものがあったから、写真が芸術という方向に触手を伸ばすのは非常に簡単だった。しかし僕は、ちょうど小説が生産された時のような形で、真の写真表現というものはこれから形成されてゆくのではないかと思う。というのは、写真の世界はまだ特殊な技術という段階を必ずしも抜けていないんだ。しかし、カメラ青年というのがやたらとふえちゃって、写真を撮るなんてことは珍しくもなんともなくなった、この状態が、写真というものが自己表現し始める一つの前提ではないかという気がしているんだ。

しかし、僕自身にとって写真はそんなにややこしい問題じゃない。僕は、時間の中で変形してゆく空間、結果だけ求めているときには、ないにも等しいような変形のプロセス、それに非常に関心をもっている。そして、もちろん文学の場合でも同じ関心をもっている。写真というものは、そういう関心にとってはまことに都合のいい道具なんだ。だから、いわゆる芸術写真風なものよりも、僕にとってはむしろ自分の意識しないような瞬間の切り取り、つまりスナップ・ショットが、何よりも重要な行為なんだ。写真のシャッターを押したということによって、不思議にその情景、空間が自分の中に残ってくれるんだな、何故か。だから、写真を何万枚写したか分からないけども、どこで写したかちゃんと憶えている。まあ、これは憶えているのは当り前だといわれればそれきりだけれどね。たとえば、八年くらい前に写したフィルムを持ち出してきて引伸しすると、どこで写したかすぐに思い出すんだ。ところが、町を歩いていて非常に印象に残る場景があっても、それは時間と共に消えていって何も残らない。

眠る寸前だとか、人と話しているときに、パッとした思考のようなものがちらつくこと

過去と未来を照射する瞬間

がある。そのために僕は、いつもポケットにメモ帳を入れているし、テープレコーダーを持ち歩いている。カメラも同じことなんだ。町を歩いていて、とにかくシャッターを押していると、それが自分の作品のための肥やしというか、種子というか、作品のディテールを埋める上に、ものすごく役に立つことがあるんだね。

『箱男』の場合は、「箱男」の存在そのものが、写真のシャッターを押すという瞬間の持続みたいなものだった。だから、あの作品の中には実際に自分で写した写真を入れてみたけど、写真と小説とが不思議にうまく溶け合ってくれたと思う。でも『密会』の場合は、初めは写真を使おうかと思ったけど、駄目だったな。作品とうまく嚙み合ってくれないんだ。たぶんイメージの質が違いすぎたんだね。写真が単なる説明になっちゃうんだ。しかし、『密会』の場合でも、たとえば軍艦島に写真撮りに行ったり、横浜なんかを随分スナップしてまわった。それが意外に役に立ってはいるんだ。

まあ、いろんな写し方をして回ったあげく、最近は大体二つの種類の撮り方になった。一つは、広角レンズをつけて絞りこみ、カメラをのぞかずにノー・ファインダーで、目見当でなるべく対象に接近しながらシャッター切ってゆくという方法。もう一つは、かなりの望遠でやる場合。でも、広角でゆくのが一番自分に向いているような気がするな。

――『箱男』の中で主人公が、フレームの機能について語っているところがありますね。

普通、風景を眺めるときには、必要な部分だけを無意識的に選択して見ているけれども、箱男が箱の窓を額縁にしてのぞいたとたんに、風景の要素が変ってくる。風景のあらゆる差異が均質となって、全部同格の意味をおびてくる、という意味のことが語られています。風景を日常的に見るという行為と、フレームを通して見るという行為の違いはそのようなものですか。

安部　意味を形成する以前の記号が露呈してくるということだね。普通の状態だと、見るという行為は非常に選択的だから、そのときに必要としているものだけを切り取って見る。いま見たという行為にとって必要でない部分は全部消えてしまう。意味づけられた像だけが浮かんでくる。しかし、フレームをつけて均質化すると、本来の目的からすると見る必要がなかった、まだ意味を与えられていない部分が磨ぎ出され、取り出されてきて、新しくそれに名前を与えるというか、意味づけするというか、そういう衝動を自分の中に引き起こすでしょう。対象がよりアクチュアルになる。額縁という言葉はよく悪い意味で使われるけど、実際には逆なんだな。

——『箱男』という小説は、覗き、覗かれる視線のドラマとして読むこともできるわけです。その「覗く」という行為の意味をどうお考えになりますか。

安部　覗きという行為は、要するに人称の入れ替えなんだ。見るということはたいていは一人称だ。ところが、覗くと一人称でなくなる、つまり人称がなくなる。三人称ではないが擬似三人称化されるんだ。特に、覗かれている相手が、覗かれていることを意識していない場合にはね。

ところで、小説というのは本来覗き的なものだ。とにかく作者が三人称で書くんだから

ね。まさに覗いている人のポジションじゃないか。

覗くということを分析しようと思ったら、覗かれる立場の分析も抜きに出来ないね。人間のコミュニケーションというのは、考えてみると、面的であるよりも、意外に点的なものなんだ。一般にコミュニケートしているその瞬間よりもコミュニケートの結果の方が重視されるけど、その瞬間がけっこう重要なんだね。たとえば、相手の表情とか、話し合っているときの人間の距離、そういう付随的なことが、ものすごく大きな意味をもつだろう。つまり、コミュニケートの内容ではなく、コミュニケート感とでもいうか、コミュニケート自身の感覚だね。で、覗くという行為、あるいは覗かれるという行為は、原則的にコミュニケートに伴うべき感覚を遮断してしまう。そのために、そのコミュニケートは非常に恐ろしいものになる。

だから、覗きという行為の中には、願望と同時に強い恐怖が入り混じっている。人間同士というものは非常に孤立したもので、コミュニケートはつねに覗きの危険にさらされた、あぶなっかしいものなんだ。コミュニケートはかすかな点の接触にすぎない。だからこそ、

夜のなかの朝

覗きたいという願望から逃れられず、覗かれるという恐れから逃れられないわけなんだ。だから覗きは人間の関係をコンクリートで舗装された安全な道路のように心得ているものに対する警告になる。そういうオポチュニズムを引っくり返す作用がある。点の接触に過ぎないものを立派な廊下で結ばれているように錯覚している人間関係に対して、現実をつきつけることになる。幻想はいったん打ち砕いてしまわないと、再構成も成り立たないからね。

あの『地獄』という小説、バルビュスだったかな。壁から覗いている。何故あれが地獄かというと、いくら覗くという行為を媒体にしても、覗いている限り人間関係はあそこで断絶したままでしょう。いかにも古風な小説だけど、それなりに新しい問題提起がなされていたと思うね。

――『箱男』の中には、登場人物がいわゆる生物のテリトリーの理論を援用して、他者との関係を考察する場面がありますね。つまり、生物にはそれぞれ個体の縄張りがあって、その境界線を越えた侵入者に対しては、本能的に攻撃反応を示す。そこで、さまざまな動作や身振りで、相手の防衛本能を混乱させたり、油断させたりするが、いずれにせよ最終目標が、境界線を突破し、相手を犯すことにある点では変りない。そこで、写真の場合、現実に敵のテリトリーを侵すことなく、レンズを介して、一気に至近距離に立つことが可能ですね。その意味では、あくまでも視覚的なものでありながら、同時に触覚的であり、嗅覚的である側面もあると思いますが。

安部　たとえば人間が死ぬ瞬間。縄張りとはまた別な意味で出来れば近寄らずにすませたいものだ。近寄ろうと思っても、なかなか近寄れない。そこに近寄るという代理行動、まさに覗きなんだな。

縄張りの中に入り込んでも、こちらが変装していれば、相手に気づかれずにすむ。だから覗き魔はふつう卑劣漢あつかいされてしまう。しかし、よく考えてみると、すごく繊細で知的な存在なんじゃないか。べつに統計をとったわけじゃないけど、実際に統計をとってみたらきっとそういう結果が出てくるよ。ふつう縄張りのラインを越えるときには、暴力か、さもなければ求愛かどっちかの行動をともなうことになる。覗きはそのどちらの行動もともなわない、完全に抽象的な行為だからね。ドストエフスキーが「人間を愛することはできても隣人を愛することはできない」というようなことを言っていたけど、まさしく覗き魔宣言だと思うな。覗きという行為は、人間的な繊細な感受性の産物なのかもしれない。とにかく動物には一切あり得ないことだからね。

——「都市——墓場のカーニバル。厚化粧した廃墟」という言葉が安部さんにありますが、素材、あるいは対象の面から言いますと、安部さんは都市の裏側というか、廃物のようなものを被写体として比較的多く選ばれますね。

安部　たしかにそうだね。人間の大多数が廃棄物のような人生を送っているせいだろうか。それとも廃棄物になるための人生かな。とにかく廃棄物に言いようのない身近なものを感じるんだ。人間である以上、まず廃棄物の尊厳を言うべきじゃないかという気さえする。

　子供のときからあった感覚のような気もするな。人間は廃棄物となって、消えてゆく以外には存在を許されないという、ちょっと仏教的になるけど。とにかく廃棄物に対するシンパシイは強いんだ。だから、ものが人から見捨てられて存在する、つまり廃棄物として存在しているのに、それをまるで存在してないものの如く扱うのがひどく不愉快でね。で、その廃棄物というものにひどく惹かれてしまう。

　それに、廃棄物が廃棄物でなくなるときというのがあってね。たとえば、ものすごく危機的状況。満洲で育ったこと、とくに終戦体験と関係があるかな。あれは廃棄物がなかった時代だったよ、いや全部が廃棄物的だったというべきかな。

　最近になってその廃棄物がまた尊厳を回復しはじめたような気がするんだ。やはり都市化現象の一つだろうね。農村社会では、廃棄物というのはほとんど目立たない。自然がまだ優勢だから、廃棄物は全部そこに還元されてゆくという、循環の思想が成り立っている。廃棄物が自然に還元するのは、復権ではないからね。自然は廃棄物殺しさ。農村は失業者さえ許さないからね。都市の中では、人間を含めて廃棄物が絶え間なく再生産されつづけ

願望の風景　胎内回帰

る。都市で写真をとろうと思えば、必然的に被写体は廃棄物ということだろう。

音の領域

――そこで『密会』に話を戻しますと、『箱男』が視覚にウエイトを置いているのに対し、『密会』では聴覚の問題が非常に大きな比重を占めるようになっておりますね。この作品の舞台である病院は、盗聴装置が完璧な形で組織されている世界です。これは、セックスの問題とも関連していて、安部さんは主人公に、「人間の場合、嗅覚は退化しすぎてしまったし、視覚は進化しすぎてしまったので、その中間の聴覚がもっとも有効に作用するということらしい」と語らせているわけですが……。

安部 音はある程度離れると聴えなくなるけど、目は星だって見える。しかし光が直進するという性質のために、その視覚も紙一枚で遮断されてしまう。人間の聴覚はそんなに鋭くないけど、仮にものすごく耳がよかったら、壁ごしにだって聞えるわけだろう。盗聴という補助手段が導入されると、人間は壁のない家で暮しているような状態に置かれることになる。まるで巨大な体育館の中でまる見えの状態で暮しているようなものだ。皮をむかれてしまうんだね。視覚を聴覚に置き替えるというのは怖いことなんだよ。人間は、いかにして関係を回復するかという衝動と同時に、いかにして関係から逃れるかということにせっせと努力している。たしかに関係が生じているとき以外は関係がゼロであることによって、その関係は非常に精密化、特殊化されるからね。とくに都市社会では精密機械なみの人間関係が要求されるんだ。

　セックスの問題と関連があるんだ。都市社会では、一人の人間が一日に出会う人間の数はものすごく多様でしょう。多様なだけでなく不特定だ。しかし農村社会では、会う人間はごく限定されていて、けつの穴まで覗けるし、覗かせないと異端あつかいされる。そのフラットな農村の人間関係にくらべると、都市社会では人間関係がきわめて立体的なんだ。その立体的構造に耐えるためには、どうしても「隠す」技術が必要になってくる。見えない部分をたくさん作らなければ駄目だ。個の確立というやつだね。セックスにはそういう精巧な人間関係を破壊して原始に引戻す力がある。いわゆる封建的なものがセックスを抑圧したのとはまた違った意味で、現代もまたセックスを迷惑がるところがあるんだよ。だからセックスがいぜんとしてタブーになるのであって、単純なモラルだけの問題ではない。よく家庭と職場なんていう陳腐な区分が立てられるけど、その裏にはけっこう必然的なものがあるんだね。価値判断以前の問題だよ。盗聴の怖さもよく分るだろう。

――『密会』において聴覚の問題が大きく取り上げられたのと、たまたま時期を同じくして、安部さんは昨年末の『水中都市』の上演で、ついにシンセサイザーを用いて音楽をつくられたわけですね。写真に対して、音楽の世界を安部さんはどうお考えになっておられるわけですか。

安部　じつに不思議な世界だね。空間、時間という二つの軸を座標にして考えると、現実はその二つの軸の間に描いたカーブとみなすことが出来るわけだ。写真はそのカーブの空間軸への投影だ。もちろん写真が時間に完全に影響されないかというと、そうはいかない。変色するとか、けっこう時間の影響をこうむる。

のみならず、その停止した空間からある時間の流れ、写真がとられる前と後の時間を反射的に読み取っている。被写体が人間ならば、その人間がどこからやってきて、どこへ行くのか。風景なら、誰がそこにいつやってくるのか、そしていつ立ち去るのか。

だから、純粋な空間などというものはあり得ない。しかし仮に写真を純粋な空間と規定すれば、音楽を純粋な時間と言ってもいいんじゃないか。たしかに写真と音楽はいろんな意味で対照的だ。たとえば写真は記憶の中で細部の関係を再現しやすいだろう。非常に発達した視覚にたよっているからだね。ところが音楽の場合、単純なメロディーならともかく、瞬時にして音楽の細部を頭の中に復元しようと思っても、それは不可能だ。音楽は写真以上に言語化がむつかしいということだね。

にもかかわらず音楽のリアリズムを主張したりする人がいる。リアリズムに対する誤解というか、問題提起自身がナンセンスだよ。ちょうど今日の天気がリアリズムかどうかと

雑居空間

論じるようなものでね。

だいたい狭い意味でのリアリズム概念を、時間に適用しようというのがおかしい。リアルな時間だとか、シュルリアリスティックな時間なんてありっこないじゃないか。音楽の基礎は、何といっても人間の生理的なリズムだと思う。メロディーだって音色も、けっきょくはリズムの複合物じゃないかと思うんだ。

まあ、最近の音楽の主張だと、音色を音楽の基礎として復権させようという動きがある。たとえば鐘の音であるとか、風の音であるとか、いわば音質そのものだね。一種の反リズム派だ。

僕も、たとえば鐘の音一つに音楽の機能を認めないわけではない。しかし、ある音質がぜんぜんリズムをきざまずに、ずっと持続したとしても、何故それが表現になり得るかというと、その根底にやはり対応するリズムが隠されているんじゃないか。鐘の音でも、鳴りっぱなしでなくて減衰してゆくでしょう。一見リズムを無視したようなものでも、どこかに時間の配分というものがあるはずだ。もし、レコードの初めから終りまで鐘の音が減衰せずに続いたとすれば、これはもちろんわれわれのリズム感を逆なでする。しかしその逆なでがやはりリズムのネガティブな存在の証拠じゃないか。

そう考えてゆくと、人間の体内リズム……心臓の鼓動も呼吸もすべてリズムで成り立っているわけだけど……とくに「歩く」という行為ね、これは移動によって時間と空間を混合する行為なんだ。その「歩く」という行為に、もしかすると音楽衝動の根元も還元させられるのではないだろうか。

たとえば遠くの羊などを呼ぶための大きなラッパを考えてみよう。あれを吹き鳴らして動物を呼び集めるという行為と音楽、それはアナロジーとしては結びつくかもしれない。しかし、あれから直接音楽が出てきたとは僕には思えない。音を出す道具が音楽を生んだのではなくて、あくまでも音楽が音を出す道具を利用しているんだと思う。

ともあれ「歩く」という行為。むろん現実の音楽は高度に発達し複雑になっているから、いまや「歩く」だけではすまされないだろうけど。しかし、現代小説がいまさら物語や民話に帰ることは不可能だし、帰っても意味はないけど、それでもそこに原型があったことは否定できないように、音楽がいまさら「歩く」ということに還元できないにしても、そこに原型があることは否定できないような気がするんだ。

それにしてもどうして僕はこうも異質なものに次々に手を出してしまうのかな。しかも何となく自分のものにしてしまわざるを得ない。もしほかの人がこういうやり方をしているのを見たら、嫌な気がするんじゃないか。べつにいい気になってやっているわけじゃなくて、そうせざるを得ないからやむを得ずやっているのであって……これだけははっきり言っておかないとね。(笑)

——安部さんがシンセサイザーを手許におかれて音楽を作るという場合、それはあくまでも芝居の上演という枠組みの中でだけ考えておられるのですか。

安部　もちろん。音楽会をひらいたりするつもりは毛頭ありません。

——では、『水中都市』の音楽についてうかがいますが、あの舞台における安部さんの音楽は、今言われたような生理的リズム感を無機的な味わいで表現されている感じもありますが、他面、非常に抒情的な趣きをもつ部分もあるような気がします。この抒情的な部分についてはどのようにお考えでしょうか。

安部　見抜かれたのなら仕方がないな。抒情も伝達の手段としてならけっこう役立ってくれるからね。抒情の伝達が目的ではなくて、抒情の伝達力を使うことには僕だってべつに反対じゃない。

　抒情の喚起力というか効果は、小説の場合にもよく使うよ。『密会』の中の「ふとんになった母親」なんて、けっこう抒情じゃないかな。受け取る側が、それを抒情と受け取るかどうかは別にして、とにかく情緒を喚起する力をもっている。

　しかし抒情というのは個人差が大きくてね。芝居の場合音楽は作曲の専門家に頼むべきだろうけど、なかなか必要な抒情を提供してもらえない。また、音によって当然演技も変るわけだから、あらかじめ音を用意しておきたいのに、作曲家はぎりぎりまで作ってくれ

保護された恐怖

ないんだよ。やむなく自分で音をつくりはじめたわけさ。

それに演劇というのは、とにかくハングリーな芸術でね。たぶん映画だけでしょう、作曲家にちゃんとペイが出来るのは。僕は自分でスタジオをやるところまで演劇に賭けているわけだから、音楽も一緒に賭けてくれないと困る。しかし、そんなこと他人にはたのめないからね。自分でできるとは夢にも思わなかったけれど、せざるを得ないところに追い込まれたわけだ。

でも、本当はもっと抒情的にしたいところだが、能力の問題もあるし、なぜか恥ずかしいんだな。音楽を作るのはかなり恥知らずでないと駄目だよね。小説もそうだけど、それ以上だな。(笑)

しかしシンセサイザーというのは面白いものだね。35ミリカメラほど手軽ではないし、誰でもシャッターを押せば写るという具合にはいかないけれど、特別に専門的知識がいるわけでもない。思い切って買ってよかったと思うよ。僕の買ったシンセサイザーは、オシレーターの原音から音を組立てて、つまり絵具を混ぜるようにして音を作っていき、それにリズムを与えたりして、自由に演奏が出来るんだ。作曲が即演奏なんだよ。この機械との出会い、僕には実に大きな出来事だったと思う。

で、抒情効果の話に戻るけど、ブレヒトがひどい誤解をされてるのもその辺なんだ。彼は異化作用を強調しすぎて、同化作用を無視しているようにとられちゃった。しかし事実は逆でブレヒトは同化作用の名人でね。『三文オペラ』なんか同化作用のさわり集だよ。大体あの作品は、音楽で成功している。完全に感情移入の音楽だろう。

日本の『三文オペラ』で泣く人はいないけど、ベルリナー・アンサンブルの舞台じゃお客は泣こうとしてハンカチを用意してきていたな。むろん同化作用が目的だけの芝居ではない。芸術作品には、論理を越えて相手のふところにいきなり短刀を突きつける力がいる。受け手のほうだってそれを求めているわけでしょう。もし同化作用なしにすませるのだったら、論文や評論でいいわけで、何も芸術である必要はない。

——固有の意味での音楽についてはいかがですか。

安部　音楽だけについていえば、僕は、音楽の中に夾雑物が入ってくるのはあまり好きじゃない。生理的に受けつけない。表題音楽的な音楽であるとか、オペラであるとか、そういうものにどうも馴染めないのは、そのせいだろうね。

——最近は、エレクトロニクスの技術が発達したために、電子音楽のような特殊な音の分野が可能になるとともに、ジャズや大衆音楽でも楽器が電気化されるようになっておりますね。そうすると、これはSFやUFOの流行とも通じるのでしょうが、ある種の宇宙的な感覚が表現できるようになった、と受け取る見方も若者の中にあると思いますが、いかがですか。

安部　音楽は消えてゆくものだから、実際の昔の音楽の音は、楽器の絵を見たりして想像するだけなんだ。でも楽器の変遷はかなり烈しいものらしいな。

そして電子工学はとうとう楽器の仲間入りまでしてしまった。弦や管にくらべると、限定されない、より自由な音が出せるようになった。しかし、自由なかわりに、それ以前の不自由な楽器がもっている不純物というか、絵でいうとマチエールの手ざわりのようなものがなくなってしまった。だから、現代音楽は一方で電子的な音を求めると同時に、たとえば尺八の音色みたいなものをやたらと再評価する。その両面があるわけだ。おそらく両方が混じり合い、溶け合って、いずれ本質的には区別がなくなってゆくんじゃないかな。

宇宙と電子音は別に結びつくものじゃない。通俗SFに結びついているだけだよ。通俗的に使えば尺八だって結びつく。電子の音だから科学的で宇宙的だとは思わない。むしろ異境というか、魔の領域というか、昔からあった未知なものへの恐怖と憧れ。たとえばイギリスの植民地拡大時代、彼等にとって東洋は健康な願望であると同時に、逃避の場所でもあったわけだ。いまはもう世界中未知な領域はなくなってしまったから、その願望が宇宙へ向う。UFOだったっけ、あれだって実は宇宙と関係なんか全くない。

昔、上海の阿片窟へ行くと、壁に「いよいよ人類の終末のときが来た」とか「地球終焉のときが近い」とか、終末感をうたいあげた文句が貼ってあったという。自分の無力を普

対話の本質

遍化したいという願望だね。自分の無力も空飛ぶ円盤が来ればたしかに普遍化するかもしれない。UFOの前では誰でも無力だ、無力は俺だけではない、無力は人類の問題であると、自分の消極性を合理化できる。UFO願望は阿片窟の宇宙終焉のまじないと同じで、それ以上のものではない。宇宙感覚とはなんの関係もないんだ。だから、それがたとえ電子音と結びついたとしても、ごく現象的なことにすぎないだろうね。

都市に向って

――安部さんは戦後、「夜の会」「記録芸術の会」「現在の会」など、さまざまな文学運動に積極的に参加されましたね。安部さんがそのような活動をなさるについては、花田清輝さんとの出会いが大きな意味を持ったと思うのです。その花田さんも四年前に亡くなられたわけですが、振り返ってみて、どのような感想を持たれますか。

安部　戦後、僕が小説を書き始めてから、一番共感をもてたのはやはり花田清輝だろう。いろいろ意見のくい違いもあったけど、芸術観というか、感受性ではやはり抜群だったと思うな。

とにかくすごく感受性の豊かな、人間嫌いだった。政治的な発言にしても、運動としての行動にしても、味方のコミュニケーションよりはつねに敵との折衝を重んずる方でね。

傷つきやすい人間だったんだよ。見事なのはレトリックを変装の道具に使って、どうやって現世の火輪をくぐり抜けるかの離れ業だな。だから彼のエッセイは、常にすごく抽象化された私小説だったような気もする。

本質的には詩人だったんだと思う。すべてのエッセイが散文詩として読めるし、散文詩としてエッセイを書いていた。しかし、ある時期からちょっと自由でなくなったような気がする。とくにその時代、ポエジーとしての変身の術が、誤解されて論説のように受け取られてしまった。だから、スポークスマン・花田清輝として評価する人がけっこう多いんじゃないか。僕なんか文壇にまったく無関心だったから、よく理解できなかったけど、彼はけっこう反文壇に大きなエネルギーを使っていたんだよ。晩年の疲労感はそのせいかもしれないね。

——これはよく知られている事実ですが、安部さんが戦後に書き始められたときは、ハイデガーやリルケの影響を強く受けられていた。その後に、安部さん固有の世界を築いていかれるときに、安部さんはルイス・キャロルやカフカ、あるいはシュルレアリスムの方法に学んで、いわば文学上の大きな選択をなさった形になる。さらにすすんで、安部さんはコミュニズムにも接近なさるわけですが、そのような方向は、花田清輝さんもやはり共有しておられたわけですね。

安部　そう思うね。いろんなことを教えてもらったよ。それに花田清輝は人間的に好きだったから、彼が運動、運動といえば僕もよろこんで乗っかって一緒にやったけど、グループとしての仲間意識はあまりなかった。彼に劣らず僕も人間嫌いだったからね。それに第一、終戦体験というものがひどく違っていた。僕と同世代の連中がほとんど持っていたと称する、価値の転換、あるいは戦時中のイデオロギーからの裏切りという感覚は、僕にはまったくなかった。戦争中から、なんかおかしいという感じのほうがずっと強かったから、終戦も突然空が晴れわたったという感じしかなかった。むろん戦争イデオロギー以前の教育なり雰囲気なりを知っていた僕らより上の世代の連中もホッとはしただろう。しかし、その連中とも違うんだ。それ以前のことは全然知らないわけだからね。

だから、「近代文学」とか、「夜の会」とかへいっても、どこか外国人と無理につき合っているようで、一つピンとこないんだ。ただ、そこだけが僕を受け入れてくれたし、ほかに行く所がないからそこにいただけなんだ。でもいま考えると、そのすべてが僕にとってプラスに作用してくれたように思うね。

コミュニズムへの接近も、まったく過去の屈折なしの接近だった。転向問題も何も知らずにコミュニズムに接近したという点では、むしろずっと後の世代と似てるのかもしれない。離れるときも、僕としてはまっすぐ一本の道を歩きつづけてきたつもりだ。結局はすれ違いだったんだね。

ニューヨーク 1

——安部さんは大陸で終戦を迎えられたわけですね。そこで、敗戦直後の一時期、きわめて無政府的な状態が生じて、暴力的なものが露骨に出てくる状況を体験された。そのことが、非常に大きかったということでしょうか。

安部 確かに暴力的な状況だったね。完全な無政府状態だった。しかし無政府状態、かならずしも無秩序というわけではないんだ。振り返ってみてよくわかる。政府がなくなったのに続く、ある種の「恒常的なもの」、その発見が何よりも大きなショックだったように思う。

まあ、子供の頃の僕はなんと言っても関東軍を通じて植民地支配をしている日本人の子供だからね、そうはっきり意識していたわけではないが、どこかでどす黒い嫌なものを予感はしていた。だから、終戦という、決定的な変化、とにかく権力が倒壊するわけだろう。何か大変なことが起こるに違いないと思っていた。ところが起こらないんだ。いぜんとして市民的日常が継続しつづけるんだ。まさに目のウロコが落ちる思いだったな。

考えてみると、子供の頃から、いちばんの疑惑は、やはりなんと言っても絶対的な権力、それが存在しなければならないことに対する疑惑だったからね。だから終戦のとき権力が崩壊しても、市民的日常は依然として維持されつづけるという経験……なんとなくわだかまりがほぐれたような感じで、とにかく決定的な体験だったように思うな。だから、いわゆる焼け跡体験とは、ある意味ではまったく逆になるわけだね。

――満洲において、終戦によって昨日と今日が意外に変らなかったということが、国家と都市の機能に対する安部さんの考え方に、大きく影響しているのでしょうか。

安部　そう、昨日まで日本人は支配民族だった。権力の末端にいるどんな日本人でも、存在の一部に権力を反映させていた。その日本人が終戦と同時に素っ裸にされてしまったわけだ。都市がその裸の日本人をもはや受け入れるはずがないと僕は思った。それまでの被支配民族からかならず報復されるはずだと思った。ところがそうじゃないんだ、同じことなんだ。それに中国人の側でも、国民党系あり、八路系ありで、終戦と同時にいろいろな対立が表面に浮び上って来た。しかしいきなり暴力が行使されるわけではないんだな。

ま、僕のいた都市は瀋陽という大都市だったけれど、いちばん人間が多く接触しあうのは、小売りの行なわれている商店街だね。むろん変化がなかったわけではない。とにかく生産が中止しているわけだから、日常が維持されながらも徐々に商品の内容が変っていく。商品の流通が少しずつ狂ってきて、なんとなく祭りの縁日的な雰囲気に町が変っていく。しかし、そこで経済が流通していることにはなんの変りもないんだ。

暴力を統制している国家権力というものがなくなったら、当然暴力が起きるというのが一般の通念だけど実際は違うんじゃないか。暴力を行使しているのは、むしろ国家の側じゃないのか。事実暴力が目立ちはじめたのは、むしろ次の権力が戻ってきたときだったな。理屈としてでなく、こうした事実を体験できたのだから、むしろ有難かったと言うべきだろうね。

話は飛ぶけど、いまの日本の現状はまことに非暴力的な世界だね。ある人たちは眠りこけている平和だとか何とか言ってケチをつけるけど、眠りこけてるのは自分のほうで、眠るか眠らないかは別に国家とは関係ないと思うんだ。僕だって今の日本の国家権力は非常に巨大だと思うし、ある意味では生命力を持ってるとさえ思う。しかし、われわれの日々が活力を失っているからと言って国家を責めるのは少しお門違いなんじゃないかな。いつでも暴力が喚起されるのは、国家が衰弱しはじめた時だ。国家機能にうんとゆとりがある時は、国家機能がゼロの時と似ていて暴力を起こす必要なんかどこにもない。あの完全な無政府状態のときも、まるで今日のように平和だった。市民同士の喧嘩など当然あったし、確かに強盗もいたさ。しかし想像するよりはるかに少なくてね。むしろ国家機能が衰弱した状態で、しかも不完全に機能しはじめた国民党時代に、いちばん暴力が誘発されたし、市民生活のレベルにまで及んだような気がする。だから、国家がもしゼロになれないなら、見えないほどの有能な存在であってほしいということだな。それは多分消滅へ向かって、一歩でも二歩でも踏み出しながら、一つのビジネスになっていくような国家だろうね。

言葉を変えれば、都市の国家に対する自律性の回復と保証ということかな。だからとい

WAR BY ONE
SUBVERSIVE
DECISION
HOTEL
ROGER
TANEY
DEATH
S.P.C.R.
DECISION
MAKE CIVIL WARS
Supreme
Senator
Peoples
CIRCUS TV
PEOPLE
TRIAL
PRESS
STARS

ニューヨーク 2

って現実の都市に、すぐに未来や希望があるといっているわけではない。ただ人間が脱出する方向が仮にあるとすれば、その方向しかないだろうということなんだ。人間の脱出とは何か、一体どこに抜け出して行けるのか、僕には答えられないし、答えられる人がいるとしたら、多分詐欺師だろう。抜けた先の世界を言葉にできるのは宗教だけさ。いくら未来に窓を開けてみたって、希望なんかないかもしれない。絶望だけかもしれないけれど、その絶望に向かってとにかく通路を掘るということ。それが、人間の営みというか、仕事なんじゃないかな。

——安部さんが戦後にコミュニズムに接近されたときも、基本的には、いま言われたような国家に対する都市という脈絡で運動を考えておられたわけですか。

安部　そう、非常に都市的な手探りだったと思う。農村的なものに対する、必死な抵抗だったと思う。だから当時の共産党の中にあった農村主義には非常な抵抗があった。ただ、そういうものと渡り合っていけるんだという、オポチュニズムに支えられてね。

——安部さんは近年、比較的初期に書かれた作品を芝居のために書き変えておられますね。「闖入者」（一九五一年）にもとづく『友達』や「水中都市」（一九五二年）による『水中都市』などです。そういうものを取り上げてみても、何か特別に大きく内容を変えなければならなかったものはない、むしろ一貫して変らないという印象を受けるのですが……。

安部　そうだね。最近も「水中都市」を舞台化しようとして、久し振りに読み返しながら、びっくりした。あれは僕がコミュニストとしていちばん活躍していたときの作品なんだよ。除名されても無理ないと思ったな。

あの頃僕は、下丸子へんでオルグして壊滅しかかっていた工場の組織の再建をやっていた。その時期なんだよ、「水中都市」を書いたのは。いわゆる党の方針とはしじゅう衝突してたけど、まださほど懐疑的ではなかった。けっきょく僕は政党について無知すぎたんだ。読み返しながら、一人で笑っちゃったね。あんな小説書いてちゃ、政党としての共産党が怒るのも無理はないさ。

——単に都市を舞台にして書くのではなく、いままで言われたような意味での、都市そのものを書くことに近年の安部さんの大きな主題があると思いますが、外国においてもそのような試みがあらわれておりますね。ビュトールの『時間割』、ル・クレジオの『巨人たち』、あるいは本誌一月号で特集したドナルド・バーセルミのある種の短篇などは、その顕著な例であろうと思います。そのような作品に対して、安部さんは同時代的な共感を感じておられますか。

安部　感じる以上に、もう認識すると言ったほうが近い。いよいよそういう事態に入って来たんじゃないかな。けれども、アメリカなんかでも、まだまだ土着的なものが幅をきかせていて、所詮、都市的なものは小手先芸にすぎず、本質的には弱いものだという論点が根強く残っている。でも、都市的なものが社会構造の中で、もはや付随的な従属的なものではなく、むしろ本質的なのだと認めなければ世界も把めないという認識もはっきり根づきはじめた。いまさら「前近代的なものを否定的媒介にして」とか何とか、格好いいことを言ってみたって、歌としてはいいかもしれないが、現実にはそんなもの何の機能も持ちうるわけない。そんな怨念どろどろ思想は、しょせん一握りのエリートの優越感にすぎず、滅びの歌にすぎない。年齢的に見ても、文化的管理職なんだよ。その文化的管理職が持つ発言力は今のところ決して小さくはない。しかし、別に目くじらたてて反対しようとも思わない。文化的管理職と分った以上、停年退職も間近だろうからね。うん、これはなかなか名文句だよ。(笑)

——しかし、安部さんが都市的なものの対極におかれる農村的なものに対しては、依然として愛着が強く、若い世代のあいだでも前近代的なものに対する関心は大きいように思えますが……。

安部　僕は、農村的なものと同じくらい田園的なものがきらいなんだ。田園的なものとは、要するに都市の中に移し替えられた農村だろう。だから僕はチェーホフに非常な共感を感

ニューヨーク 3

じながらも、すごくいやな部分を感じる。不在地主的、不在地主的な感覚に対する切り込みが一つ弱いということだよ。やはり大地主的中産階級の美学、日本にもあるだろう、僕はそれに我慢ならないんだ。形を変えるとそれは土着主義になる。土着主義はインテリ攻撃にはいちばん有効な方法でね、連中の不安を逆なでするには、土着思想を持ち出すのが、いちばん利き目があるんだ。誰がその攻勢の方法をいちばん多用するかと言うと、やはり仲間のインテリ崩れなんだからやり切れない。農民自身はそんなことしないよ。農民的なものをいちばん憎んでいるのは農民自身だからね。その農民の憎しみを知らないから、アングラの芝居なんかが、裾から緋縮緬をチラつかせたりして、インテリ同士の近親憎悪に媚を売る。そしてその媚に拍手を送るやつがいる。そういう架空のルーツを持ち出されると、けっこうおびえる連中がいるんだね。田舎の神社のお稲荷さんに飾ってる座布団に拍手する神経、けっきょくはおびえなんだよ。そのへんの老獪なテクニックは、芸術的なものではなく、きわめて政治的なものだ。だから僕はその手口に潜むエセ芸術、政治主義的なものに、たまらない不快感と疑惑を感じてしまうんだ。

その手口はしばしばラジカルな左翼風スタイルをとるけれど、本当はそうではない。もし本当にラジカルな右翼が出れば、やはり同じ手口を使うだろうね。ヒットラーだって、ある限定性を覚悟で、「北方ドイツ農民」という泣き所をついたじゃないか。するとおびえた全ドイツ人がグッと胸を突かれるというわけだ。

――「都市は擬似共同体のスーパーマーケットである」と安部さんはお書きになったことがありますね。農村共同体から逃れて都市ができるけれども、その都市にいろいろな擬似共同体をつくって人間は逃げ込むのだ、と。安部さんはいかなる共同体でも否定されるということですか。

安部　共同体はいくら否定したって消えるものではない。消えないからこそ、絶対に拒絶する必要もあるんじゃないか。共同体の破壊は、同時に共同体の再生産でもあるわけだからね。永久革命的な言い方になるけど、無限の拒絶に耐え得る共同体でなければ、それを許容することはできないという……まあ、パラドックスだけど、とにかく僕は、共同体を拒絶して、それが消え去ったあとにユートピアがくるなんていう甘い考えはもてないよ。

――六〇年代末期から、とりわけ若い世代のあいだには反近代、反合理主義的な志向があらわれ、同時に、祝祭的なもの、カーニバル的なもの、あるいは周辺的なものに対する関心が高まりましたね。世界の甦りという点に、それら若い世代の関心はあると思われますが、そのような傾向についてはいかがですか。

安部　世界の甦りはけっこうだよ。しかし、祝祭、カーニバルと連中が言い出したとき、もう駄目だと思った。せっかくのチャンスを取逃してしまったと思った。たとえば学生という存在は、カメラと同じで、もはやいっこうに珍しくない。なんの特権もない。じつにけっこうな話じゃないか。大学なんて無制限に乱立すべきだし、若者は無制限に大学へ行けばいい。学生という期間は、未来が無限定だということだね。そんな抽象的な未来が許されているというのはまことに贅沢なことなんだ。反近代なんて、それこそ文化管理職にそそのかされて、それが実現したら子供のときから職業教育だ。無限定な未来の拒絶じゃないか。学生にとって、無限定な未来はどんなことがあってもこれを失ってはならない既得権のはずなんだ。その既得権を絶対守り抜くという視点が、まず学生運動には欠けていた。

そうでなくても世間は、学生に早く具体的な未来を押しつけたがる。解答する能力、答える能力というものを要求する。機能分割的な教育だね。だから僕は学生運動が、「問題提起の能力を試せ」と、試験革命を提案していたら、事態はもっと変っていただろうと思うんだ。それが文化管理職に歩調を合わせて、祭りなんかに脱線するんだから話にもならない。実際の祭りについて何か知っているのだろうか。例の縮緬の襦袢と同じことなんじゃないかな。学生と文化的管理職の蜜月も短かかったね。いま祭りを口にするのは生きのびた中年の文化的管理職だけなんじゃないかな。

祭りとは何だろう。農民が年に何回か、排他性を破ってわずかに隙間をあけ、外部との交流を許される唯一のチャンスだったんだ。四日市とか三日市とか、市の立つ日、そこに

ニューヨーク 4

外界から遊民に類する者が細胞膜をくぐって入り込み、夢を売る。その夢には同時に非常に危険なものも含まれていたから、誰もが祭りに出ていいわけではなく、たとえば女の子などは絶対祭りには出してもらえなかった。

祭りにもけっこうルールがあった。そんなに陽気一方のものじゃない。ただ、農村が都市化するにつれて、祭りも変質していわゆるカーニバル的になってきた。それでもどこかグロテスクな死を連想させるものが、いぜんとしてしみついている。しかもそこに入り込むジプシーは、ちゃんと法律で認められたものだし、ジプシーが権力のスパイの道具に使われるということもあった。祭りというものは、けっこう権力の規制のテクニックとして有効に機能しているものなんだよ。裏側から見れば、祭りが人心の爆発、燃焼の代行をしているわけだ。未来が無限定な学生なんて、考えてみれば毎日が祭りみたいなものじゃないか。

カーニバルに惹かれる気持は誰にもある。当然あるわけだが、カーニバルに惹かれる内部の暗黒を見つめることなしに、それを口にするのは、危険というよりむしろ甘えだと思うな。だから新左翼的な運動の凋落は必然でもあったと思う。もちろん、永遠のカーニバルという主題は、そう簡単に消えるものじゃない。永遠のカーニバルというのは、ユートピアの別名だからね。しかし絶対に不可能でなければ、ユートピアにだってなり得ないじゃないか。

『密会』の中でもちょっと触れたことだけど、僕は祭りに対してもある種の不信感がぬぐい切れないんだ。つまり、祭りがあれば、その外にもう一つ別の祭りがあって、誰かが見物してるんじゃないかと。祭りそのものが、見物されている見世物にすぎないんじゃないかという疑惑なんだな。カーニバルを思想として主張するほど、オポチュニストにはなりきれない。だから小説や舞台の上でも、カーニバルを追い求めたりは絶対にしたくない。

（一九七八年四月）

内的亡命の文学

文学の同時代性

――安部さんは先に、文芸雑誌『海』（一九七八年四月号）のインタビューで、主にご自分の近作に即して、文学観、演劇観等を語られたわけですけれども、今回はそのときの発言を補う意味で、もう少し視野を拡げ、世界文学全体の脈絡の中で、どのようにご自分のお仕事を考えておられるか、うかがいたいと思います。

はじめに、安部さんはとかく国際的な作家である、国際性を目指す作家であると評されるわけですが、同時代の文学のどのような流れに強く共感されるのですか。

安部　ひと昔前、僕らが子供の頃、「世界文学全集」とか「世界戯曲全集」といったものが出た時期があったね。僕らはそれを、中学の終りから、旧制高校のはじめぐらいの年代に、つまり十五、六歳の時期に読んだ。あれが僕らの文学観の根底を作ったように思う。当時の「全集」はいわゆる十九世紀文学が中心で、なかにわずか現代につながっていくもの、たしか新興文学というような言い方で、たとえば演劇で言えば、表現主義の作品などが入っていた。でも中心はやはり十九世紀文学で、しぜん十九世紀的世界文学の展望が、常識として刻み込まれてしまったわけだね。その後、どんな「世界文学全集」が出たか、よくは知らないけど、一般的な枠組と言うか、大衆的な読者を対象とした「全集」としては、戦前のそれを超えたことがなかったんじゃないかと思う。

ところが、ごく最近になって、現代文学、僕らの知らなかった作家の作品が「全集」や叢書の形で紹介され始めてきてる。それも、いままで日本では知られてなかったけれども、世界的には知られていたという作家ではなく、世界でもまだ十分には知り尽くされていない作家の作品まで紹介される傾向が、このところ急に出てきたような気がするんだ。その必然性を、出版する側が果してどこまで意識してるかは別にして、すごく重要なことだと思う。

つまり、十九世紀的なものが終って、この一世紀になされたさまざまな蓄積、その後のいろいろな成果が、やっとここに来て一つの既成事実になったということ。これは美術の世界ではもう完全に公認のものになっているわけだ。シュルレアリスムをはじめとする二十世紀のいろいろな芸術的主張が、すでに体制的権威にさえなっている。値段の上でも、ピカソの作品なんかとんでもない値段になってしまった。いまはむしろ、そういうものを壊して、さらに新しい方法を模索しようとする動きが主流になってきてるわけだね。ところが文学の場合、十九世紀的なものにとって代わって、二十世紀文学のピークを作っていくものが、散発的にはいろいろと紹介されても、全体的には摑めなかったような気がする。垣根越しになんとなくのぞいたり、風の噂で聞いたりしても、まとめて読むチャンスがなかなかなかった。僕らは翻訳でしか読めないから、翻訳されるものが散発的だと、なかなか総体を見通しにくい。それが最近、いろいろなものをまとめて読むチャンスがふえてきたわけで、美術の世界では既成の事実になっていたことが、ひと足遅れて文学の世界にも来たんだということ、本当に時代が変わってきてるんだなということを改めて感じさせられるわけだ。文学はもう十九世紀で終ったと考える人たちはいたし、いまでもいるだろうけど、人間が無傷で生き続けるという保証がどこにもないように、文学だって無傷ではありえない。だが、少なくとも現在人間が生き続けているように、文学もやはり生き続けていたんだよ。

その傾向は、最近とくにアメリカで強く現われはじめているような気がする。アメリカというところは非常に商業主義的な国で、本が売れなければ問題にされない。そのような土台の上で、しかもまず黒人文学のブームが来て、次にユダヤ人文学のブームが来た。そしてこれからは中南米文学の時代だなどと言われている。僕がそういう意見を最初に耳にしたのは、十五年ほど前、クノップ社の前の編集長のストラウス氏からだったんだ。彼は日本文学の紹介に大変に熱心だったけれども、日本文学だけに注目していたわけではなく、世界文学全体の見通しにつねに目をくばっていた。その彼が、いまや中南米文学に最も関心があると言うんだね。そのとき、僕はそれが何を意味してるのかよくわからずに、衣裳の流行のようにと言うか、なんとなく目新しいものを追っているなという感じしか、残念ながら持てなかったわけだ。ところが最近になって、中南米文学もやっとある程度まとめて翻訳、紹介されるようになってきた。実際に読んでみて、僕がストラウス氏から中南米文学と聞いたときに抱いた感じとはまったく違った印象を持つようになった。

率直に言って、中南米というのは、未開発国とか第三世界とか、少なくともそれに準ずる地域として扱われている。だから中南米文学には、何か近代が失ってしまったもの、近代以前のある素朴で健康なものがあって、それが評価されているんじゃないかという、ちょっと胡散臭いものを僕などは感じていたんだ。たとえば、もうかなり以前になるけれども、僕はアフリカ人によるアフリカの小説というものを読んだ記憶がある。ロンドンだったか、パリだったかで勉強した黒人作家だけど、アフリカに居住していて書いたもので、とても不思議な小説だった。それを読んだとき、僕はたしかに非常に面白いと思ったけど、その面白さは何と言うか、やはり大変めずらしいものを見た面白さなんだな。そこにはたしかに、近代以降失われた思考、発想が生なましく息づいていると思った。しかし、そうしたものは、いくら重要な意味を持つとしても、あくまでも補助手段としての重要さなんだ。だから、中南米文学についても、多少なりとも同じような先入観をもっていて、一種の先祖返りって言うか、そういう感じをどうしても拭いきれなかった。事実、中南米の人に会うとね、スペイン系の人であっても、自分たちはスペイン人じゃない、インディオの文化を伝統に持っているんだとしきりに言う。グアテマラの人だったら、自分たちはグアテマラ人である、メキシコだったら、メキシコ人であるというようなことを、ものすごく強調するんだ。

しかし、実際にその作品に当たってみると、まったく違う。中南米人が、われわれはグアテマラ人だ、メキシコ人だと言うのは、政治的な思想とか風潮の表現としてならよくわかる。つまり、中南米というものが国際的に背負っている宿命が、政治的にはどう現われるか、そのような面でのいろいろな政治的配慮であるとか、傾向をあらわすものとしてなら、非常によくわかる。でも文学そのものはまったく違うんだな。

中南米の文学というのは、まず第一に、あくまでもスペイン人のものであるということ。それから第二に、単なるスペイン人のものじゃなく、きわめて汎ヨーロッパ的なものだ、ということだろう。たとえば、ピカソなんかに代表されるいわゆる二十世紀美術が、一種の亡命芸術であって、パリに亡命した亡命スペイン人のものであったり、亡命した東ヨーロッパ人のものだったり、亡命ユダヤ人のものだったりする。それと同じような意味で、中南米文学は、亡命という形態をとったスペイン人の文学、スペイン文化なんだね。スペイン的なものと非常に拮抗し、対立するものを持ちながら、なおかつスペイン文化なんだ。ただ、あそこまで徹底的に中南米を略奪し、占領したスペイン人が、いまは頼れる故国も

ニューヨーク5

なくそこで定住して、しかも、今度は逆に先進国から迫害される立場に自分を置いたときに、もうアメリカの白人がインディアンに対するような優位の上に安住してはいられなくなる。政治的にはどうしてもあのような地域主義的な表現をとらざるをえない。

中南米は、革命と反革命が絶え間なく揺れ動くところだけど、革命にしても反革命にしても、作用と反作用みたいなもので、とにかくおそろしく政治的な風土なんだね。まあ知識階級はだいたいが革命派らしいね。やはり、スペインの反フランコの流れと密接に結びついていたからだろう。ところが、同時に、ナチスの亡命先はアルゼンチンということにもなるわけだ。だから、異様なまでに作用と反作用、革命と反革命が入り乱れて、ちょうど沸騰している釜みたいになっているわけで、発言はおのずと外を意識したものになりやすい。そこが、どうしても中南米文学が外に対して誤解を与える原因になるわけで、作家の発言や書く姿勢にもちょっとした政治的配慮がはたらいて、本音と建前の、その建前の部分が目立ってしまうところがあるんだね。しかし、そういうものを払いのけてみると、中南米文学というものはすでに中南米の地域的な文化を超えてしまっている。やはり亡命スペイン文化という非常に汎ヨーロッパ的なものが基底になっているんだ。だから、そこにはニヒリズムと原始信仰が微妙に絡み合った形をとっていて、亡命スペイン文化で汎ヨーロッパ化しているけども、そのヨーロッパからもまたさらに逃れて、しかもそこが十分近代化されてないという状況が知識階級の苦しみを増幅していく。その意味では、国境の概念、民族国家の概念を大きく変えた第二次大戦後のヨーロッパ以上に、本質的な意味でヨーロッパ的なんだ。だからこそ、ちょうどピカソなんかが美術の面で成し遂げたこと――それはヨーロッパで成し遂げたわけだけれども――が、文学の面では中南米に行って実を結んだんじゃないかと思われる。もっとも、いくら実を結んだところで、まだすぐには安心できないものがある、「実を結びました」と言い切れないもどかしさと苦しさがある。それだけに、まだまだ泡立ちつづけているわけだ。

そこで、さっきアメリカでは、黒人文学からユダヤ文学へ、そしていまや中南米文学へというコースが引かれたと言ったけれど、けっこう本質にせまった見方をしているんだね。そして、そういうコースが遅ればせながら承認された裏には、実は中南米文学というより、国境とか民族意識とかいうものの枠をはずしてしまった文学、いわば生まれつきのコスモポリタンの文学が世界的市民権を獲得しつつあるという事実を見るべきじゃないか。コスモポリタンの文学と言うと、一種の根なし草の文学、従ってきわめて特殊な、はみ出した例外者の文学ということになってしまうけど、そうではなく、国境を持たなくなったと言うより、持てなくなった意識あるいは文化の世界性、今日性が評価され始めたということだと思う。これは、中南米文学についてだけでなく、ユダヤ文学についても言えることだけど、要するに内的亡命者の文学の魅力に気づき始めたということなんだ。黒人文学の場合は、亡命と言うより強制収容だろうね。アメリカという国への強制収容の文学だ。それはアメリカ文学に非常に鋭い刃物を突きつけながら、やはり内的亡命者の文学に席を譲った感がある。おそらく黒人文学というものも、内的亡命者の文学として自覚し始めたときに、もう一度大きくジャンプすることになるんだろうね。

とにかく、中南米文学の魅力は、内的亡命者の文学であるということなんだ。普通の意味での国外亡命者なら、国が受け入れてくれる時期がくれば、母国に帰ることができる。しかし、中南米の人間には、そこが帰るところなんだ。その帰るところの上に立ちながら、なおかつ亡命を続けなければならないという宿命を背負っている。事実、中南米の人に会うと、グアテマラ人であるとか、メキシコ人であるとか、アルゼンチン人であるとか、いろいろ言うけれども、しかし、自分の国のことを言うより前に、まず中南米であるって言うよね。中南米というものを一つの国と見なせるなら話は簡単だけど、そうも言えないわけだ。つまり、彼らの中には、国境意識というものがすでにない。しかも、さっき言ったように、インディオに対する罪悪感からも逃れようがない。そういう二重のコンプレックスにつきまとわれているわけで、人間の生活の場として恵まれてるかどうか僕は知らないが、文学の土壌としてはおそろしく恵まれた状況にいる。だから、十九世紀以後いろんなところで行なわれてきた試みが、そこで実を結んだのだと思う。

さて、そういうものに接したあとで、日本文学の状況を見ると、なんとも空気の希薄な、タイムマシンで別の世界に行ったような感じにおそわれる。まったく同時代感が持てない。

軍艦島 1

しかし、だからと言って、僕が外国の文学を基準にし、外国の文学に惹かれ、それだけを自分の栄養にしてるかと言うと、けっしてそうではない。

中南米文学というものに接してまず何を感じたかと言うと、同時代性、つまり時代の共有感覚だね。地域とか土地ではなく、時代の共有感覚。それまでにも、もちろん、個々には非常に共感を感じる作家はいた。けれど、何かやはり民族的な文化の伝統、その作家のうしろにある文化の伝統っていうようなものによって隔てられてしまう感じがあった。でも中南米文学に接したときには、一挙に壁が取り払われるように、同時代性というものをごく身近に感じることができた。ちょっと小高い丘に上がった途端、その向うに遠景が拡がると同時に、自分がいままでは総体を見てなかったことに気付くことがあるね。地平線が見えてほっとすると同時に、見取図が改めてよく見えてくる感じ……そういうことなんだ。いわゆる国際性なんかとは違う。僕だって書くときには、やはりあくまでも日本での日々の出来事を素材に、自分の生理感覚だけをたよりに書いてるわけで、国際的なものを書くべきだなんて自分に命じたこともない。国際性があるなどと言われると、ちょっと嫌な気がするよ。でも中南米文学というものを含めた視野の上に立つと、自分がこうならざるを得なかった必然性もよくわかる。「世界文学」とか「国際性」とかいうカッコつきではなくて、文学そのものの見取図が改めてよく見えてきたということなんだ。

――安部さんはいま、中南米の作家にはいわば帰る場所がないということを言われましたね。しかし、これはよく中南米文学について言われることで、とくに「魔術的レアリスム」の創始者であるアストゥリアス、カルペンチエールにおいて典型的とされることですが、彼らは一九二〇～三〇年代にヨーロッパに渡り、シュルレアリスムの洗礼を受けた。そして、再び中南米に戻ってみると、そこにはまさに、シュルレアリスムが求めた驚異的なものが現実として横たわっていた。だから、中南米の現実、その土地に取り組むことが、そのままシュルレアリスムの実践でもあった……という言い方がされるのですが、このような見方についてはどう思われますか。

安部　そういう言い方はあまり信じられない。中南米の作家がシュルレアリスムをくぐったことは確かだろう。でも、中南米に戻ってみたら、シュルレアリスムがまさに現実としてそこにあったと言うのはね、中南米の作家がそう言っているのだとしたら、それはさっき僕が言った、政治的発言の一種なんだと思う。

いま名前が挙ったような作家を含めて、僕は中南米文学が大きな展望を開く鍵だと思うが、なかでもとくに、ガルシア・マルケス、あの作家がひと際ずば抜けた存在じゃないかという気がする。『海』（一九七九年二月号）のマルケス特集で彼に対するインタビューを読んで、これはなかなかいいインタビューだと思った。しかし、あの聞き手はたしかキューバ人だったね。僕はそのことが非常に影をおとしたインタビューだと思った。相当率直にガルシア・マルケスという人が出ていたと思うが、同時にどこか政治的配慮がはたらいているという感じもぬぐえなかった。

マルケスの場合も、その主題は、やはり都市なんだよ。中南米の土俗的なものを素材として使ってはいるけど、小説の本質はやはり都市なんだ。その点を抜きにして、彼の作品に書かれている中南米の貧しい田舎で起こる出来事がシュルレアリスム的な現実だなんて思ったら、それこそ転倒もいいとこで、そんな馬鹿な話はない。一見、土着的に見えるもの、あれは方法なんだよ。マルケスという人は、物語を構築する天性に恵まれた作家だけど、それに加えて、方法というものを厳密に追求している。それがうまくバランスを取って、時代を画する作品を作っていると思うんだ。長篇は『百年の孤独』しか読んでないけど、じつに驚嘆すべき作品だね。でも、あれを読んだとき、中南米の風土の特異性がけっこう有利なスパイスの役目をしているんじゃないかと、ちょっぴり首をかしげるところがあった。ところが、その後、やはり『海』の特集で短篇が三つ紹介されたね。あれを読んで、そうでないと確信をもつようになった。そんな地方性なんかはるかに乗り越えてしまった作家なんだ。あの濡れた砂漠みたいな不気味な風土、それはたぶん現実なんだろう。しかし、現実にあるからといって、誰が書いてもあの状況が浮び上がるわけじゃない。小説の舞台としての状況の設定、あれは方法としてはむしろ、非常にカフカに近い。彼はそれをきわめて前衛的な意識で構築し、練り上げていったに違いないんだ。でも、そんなこ

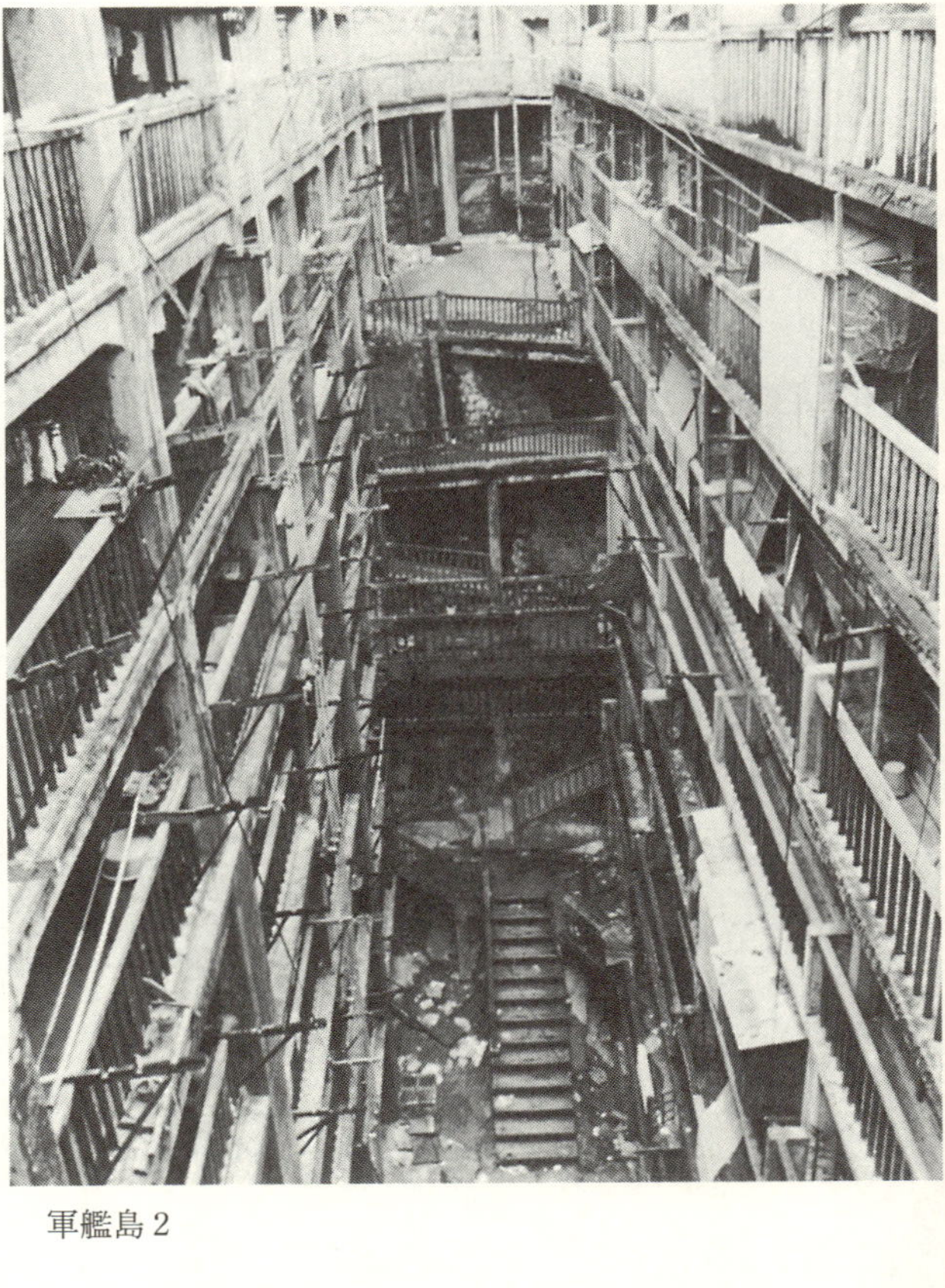

軍艦島 2

とを言うより、あのインタビューの発言のように、「祖母の語り口から学んだ」というような言い方をしたほうが、政治的なものの見方をする連中をなだめるには好都合じゃないか。

前にも言ったように、中南米の人に会うと、政治論がまず出てくる。だいたい、右と左を極端にすぱっと分ける傾向がある。しかも、当然右であるはずの立場の人が、発言はきわめて左翼的な発言をする。これはやはり中南米のちょっとした不思議だね。ナチスの残党が逃げこむのも中南米なら、トロツキストが逃げこむのも中南米なんだ。しかし、中南米知識人のその不思議さは何かと言えば、やはり空間的特殊性を突き崩した第二次大戦、というものを経験した時代感覚、その苦しみをすべて内側で体験し尽くした魂の不思議さだろう。だから、中南米文学はけっして前近代的なノスタルジーなんかじゃない。機械文明の極限から飛び出したような精神がやっとそこにたどり着いたわけだ。けっして、シュルレアリスムを体験して中南米に戻ってみると、そういう現実が転がってたっていうような単純なものではないはずなんだ。

——安部さんと中南米文学とのかかわりについて補足的にうかがいますと、これは中南米人ではありませんが、中南米で育ったフランスの詩人・作家に、ジュール・シュペルヴィエルがおりますね。彼はロートレアモンやラフォルグと同じく、ウルグアイのモンテビデオで生まれ、幼少時を過し、フランスで文学者になります。シュペルヴィエルは、カフカなどとともに、安部さんの初期の作品に影響を及ぼしたと言う人もおりますが、どのように思われますか。

安部　シュペルヴィエルは大好きだった。ただ、彼はいままで述べたような系列には入らないだろう。シュペルヴィエルをどんなふうに位置づけたらいいのか、僕にはよくわからない。あのファンタスティックな構造、あれはやはり、僕がポーを好きだったり、ルイス・キャロルを好きだったりするのと共通した要素かもしれないね。とにかく、言葉の力というものを非常によく知っている作家だと思う。でもシュペルヴィエルには、カフカのように、時代を飛び越えてしまうような力は別にないわけで、現在の中南米作家の問題を考えるときには、ちょっとはずれるだろう。ウルグアイやアルゼンチンというところは、中南米の他の地域とちょっと違って、独特の幻想文学を生んでいるらしいけど……。

シュペルヴィエルについては、あるメキシコ人から面白い話を聞いたことがあるんだ。この一族は大変な富豪で、銀行をはじめいろいろな事業を行なっているそうだけど、シュペルヴィエル銀行の娘という人が社交界の花形で、サロンの中心になっているらしい。ウルグアイやアルゼンチンの名士は、そこに顔出しできるということが大変な栄誉になるらしいんだね。ところが、おかしいのは、そこにチェ・ゲバラが賓客として来たそうで、シュペルヴィエル家の娘の最高の自慢は、チェ・ゲバラと握手したことなんだそうだ。その手をみんなに見せびらかすらしいよ。やはり中南米人の感覚だね。僕らが考える右翼や左翼とはちょっと違うんじゃないか。ゲバラはたしか、ヴェトナム戦争中に、第二、第三のヴェトナムをというようなことを言ったね。あれなんかも、思想としてよりは、何かわあっと熱狂して、闘牛を見ているような雰囲気で受けとめられたところがあるんじゃないか、とその人は言っていた。僕にそういう話をしてくれた人は、メキシコのいわゆる左翼で、トロツキーに近い立場の人なんだ。それから、これはまた別の話になるけど、あるとき、中南米の某軍事独裁国の大使という人に会ったことがある。軍事政権の国から来ていれば、思想的にはふつう右ということになるんだが、この人がまたキューバ大使館員とすごく仲がいい。そして本人は、極左じゃないかと思うくらい左翼的なことを言うんだよ。

だから、中南米ではたぶん、従来のような、とくに日本人が考えるような革新と保守の感覚というのは通用しないんだろうと思う。日本人は現実から出発した思想じゃなく、できあいの思想に身を固めすぎているんじゃないか。文学においても、できあいの評価、できあいの批評の方法に拘束されてて、現場から出発していない批評家が多いからね。中南米作家と政治のかかわりにしても、中南米をいわゆる第三世界と考えて、それが第三世界の作家の義務であるといったような議論がよくあるじゃないか。彼らの仕事をそういうところに閉じ込めようとするのは、まことに非文学的な態度で、たとえばマルケスを読んでその作品に本当に打たれていたら、とても口に出せる言葉じゃないはずだ。おそらくマル

軍艦島 3

ケスから何も文学的なものを受け取れなかったから、そういう発言が可能なんだね。しかしそれは、過去からの声だと僕は思う。未来に待ち構えている声ではなくて、後から追いかけてくる声なんだから、気にする必要のないものだと思う。中南米はいわば亡命者だけでつくったような国だから、それだけ苦しい道のりをたどらなければならないんだろうけど、そのことが逆に、文化的には、先進性を与えているような気がする。中南米文学を後進性でとらえるなんて、まったくいい気なものさ。

物語性と反物語性の衝動

——ところで、これはよく言われることですが、中南米文学の特徴の一つはバロック的であるということですね。多くの作品において、奔放な驚異的なイメージが溢れていて、ときには作家がどれほど抑制しているかわからなくなることすらあります。ところが、安部さんの作品は一般にきわめて抑制されており、その意味では反バロック的な面があるように思えます。この点に関連して、つけ加えてうかがいますと、昨年のインタビューで安部さんは芝居について語りながら、現代は相対的にデジタルなものが主導権を握っていると言われた。これはたしかに、芝居においては一般に依然として文学的要素がまさっていますから、そう言えるでしょうが、より全体的に見ますと、むしろアナログ的志向が優位に立ちつつあるとも言えるのではないか。とくに若い人たちの場合、活字よりもむしろ映像や音楽に向う傾向が顕著であって、アナログ的なものが支配的になりつつあるのではないかとも思うのですが、これらの点についてはどうお考えでしょうか。

安部　中南米文学が一般にバロック的であるということは、僕も言いたかったことだ。でも、バロック的なものはけっしてたんに奔放なものじゃない。むしろ抑制がきいていないと、バロック的なものは生まれない。たとえばゴチックなんかは、ルールがきちんと決まっていて、抑制が最初から準備されているね。ところが、バロック的なものを表現しようとしても、たとえばの話、酔っぱらって書けばいいというものではない。絶対に白面《しらふ》で、冴えていないと、バロック的なものは出来ないんだ。バロックというものは、受け手の側にはきわめて奔放な無限のイメージを与えるかもしれない。しかし、形のないものほど、それが表現であるときには凝縮した抑制がいるんだよ。中南米作家はたしかにバロック的だ。それは著しい特徴だと思う。しかし、ガルシア・マルケスなどにしても、作品にものすごく時間をかけているだろう。イメージを練り上げて、最終的にバロックとして表現するための抑制と集中は、実に大変なものだよ。その点では僕の書くものもけっこうバロック的なんだ。

　バロック的なものというのはね、デジタルなものが限界に達して、自己崩壊を起こしたとき生まれるもので、いわば気が狂ったロボットみたいなものなんだよ。デジタルなものが自分自身の限界に到達して、アナログに不可避的に道を譲る過程なんだ。その意味で、現代芸術の特徴がそこにあると言ってもいい。

重要なことは、現代では視覚的なもの、映像的なものが支配的だと言ったけれども、本当に支配的であるのかどうかを、逆に問いただしてみたい。むしろ、意外に、デジタルの代用品としてのアナログが多いんじゃないか。アナログの形をとっていても、実はきわめてデジタル的に利用されている面があるように思う。話をわかりやすくするために手近な例をとると、たとえば僕らが持ってる時計。最近はデジタル時計を持っている人がわりにいるけれども、そちらの方にはどっと行かないで、結構みんなアナログ時計を買うだろう。業界でも、デジタル時計は限界だと言う。なぜかと言うと、性能の問題ではなく、アナログ時計が使いやすいからなんだ。つまり、アナログ時計を純粋にアナログ的にだけ使っているのではなくて、デジタル的にも使うからなんだね。僕らがアナログ時計の文字盤を見て、何時何分というとき、これは明らかに、デジタル的に言っている。デジタルに翻訳しているわけだ。それなら、デジタル時計が便利かと言うと、そうとは限らない。文字盤を見て直感的に、そろそろ話を切り上げていい頃だとか、酒を飲む時間だと感じるのは、アナログ的に見るからなんだ。デジタル時計では、何時何分という数字は正確に出るけれども、漠然とまだ時間があるとか、もう遅いとかいう感覚はなかなか捉えにくい。つまり、アナログは連続であり、デジタルは不連続であって、アナログ時計はその両方を兼ねうる、

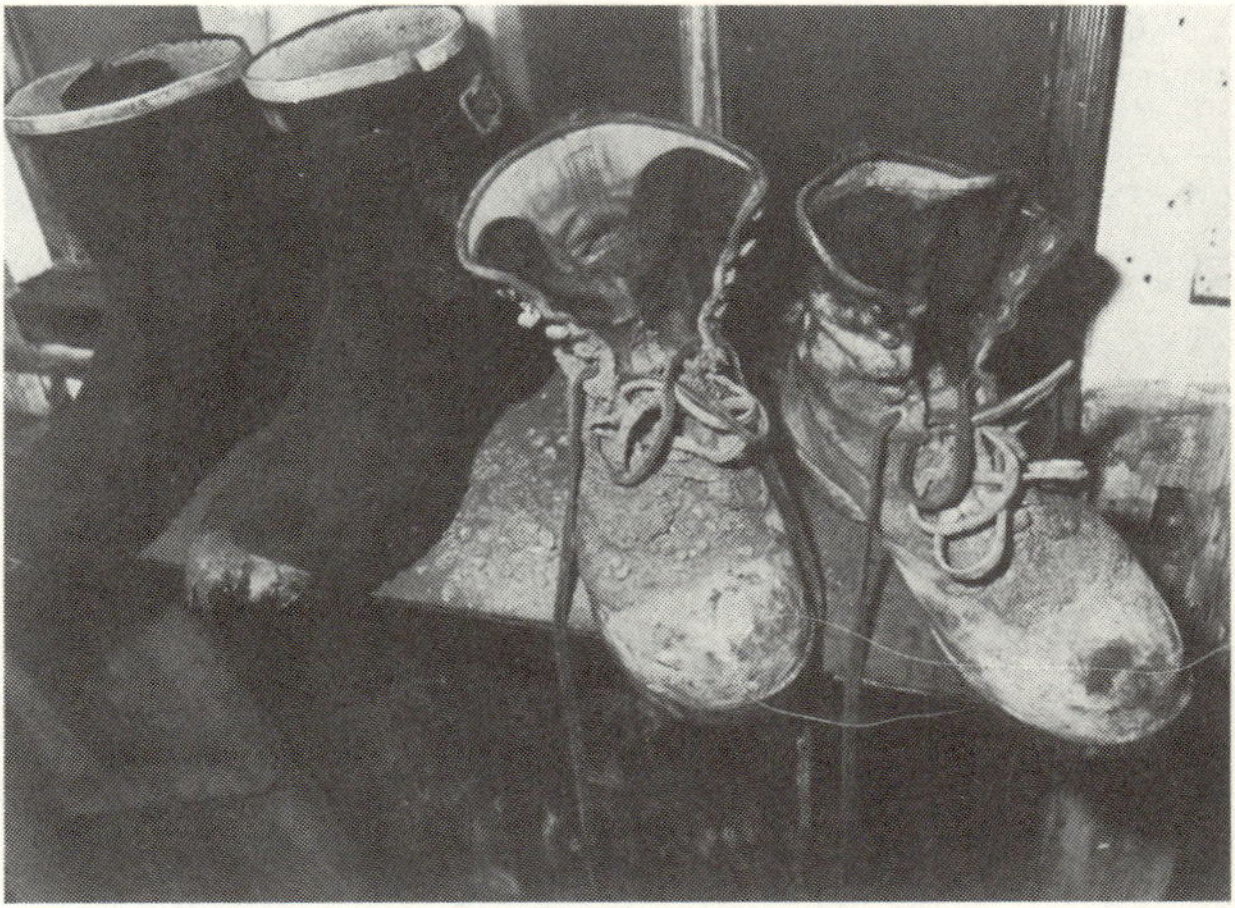

軍艦島 4

デジタルを代用しうるということなんだ。

同様に、いま僕らの周囲でいろいろな映像や音が氾濫しているのは事実だけど、それらが本当にアナログ的かというと、そうは言いきれない。むしろ、はっきり言語化し数量化できるものの代用として使われているケースが多いんだ。アナログ的なデジタル、擬似アナログの氾濫なんだね。

それに、角田〔忠信〕氏の研究によると、日本人は母音言語の特性によって、デジタルに傾きやすい、情緒的なものまでデジタルに傾きやすいということが指摘されている。これはある意味で、日本人を知的な民族にもしているわけで、日本人が数字や物理に強いというようなことも、デジタル的な文化の特徴なんだろう。でも、それが偏りすぎて、アナログで受け持つ部分が著しく閉塞していく危険があるんだ。

たとえば、日本のポスターのデザインはいま、世界的に非常に高い水準にある。ところが、デザインというものが本当にアナログ的なものかというと、あれはむしろデジタル的な要素を強く持っているから、ポスターの役割をする。つまり、きわめて言語化されやすいからアピールする力も強い。ただし、あくまでも限定されたアピールなんだね。劇画なども、むろんそうだ。あれは明白に擬似アナログで、本質はデジタルなものだよ。簡便になったデジタルにすぎない。それから、音についてもそうだ。たとえばロックをとっても、音よりボーカルの方が主導権を握っている。これは世界的にもそういう傾向があるけれども、ピンク・フロイドのような存在を考えた場合、これは明らかにボーカルの比重が音よりも軽い。彼らにはむしろ、シンセサイザーという新しい音の素材をこなして、新しいクラシックを作ろうという衝動がうかがえる。しかし、日本のニュー・ミュージックなどというのはなんのことはない、すべて歌詞なんだね。そこには、リズムやメロディーの新しい展開というものはなにも見られず、単にデジタルな流行にすぎないんだ。大体、日本の流行歌なるものはすべて、音楽にもかかわらずアナログではなく、デジタルなんだよ。「夜明け」とか「港」とか「かもめ」といった信号が媒介になっていて、メロディーはそれを強調する補助手段にすぎなくなっている。日本にはたして音楽があるのかどうかさえ、非常に疑わしいし、日本人はついに、心の中に音楽を持たないのではないかという不安さえ感じるわけだ。

文学というものは、言語というデジタルを通じていかに超デジタル的なものに到達するかという、自己矛盾の仕事なんだ。デジタルを通じて超デジタルに、つまり、最終的にその先のアナログに到達するための努力なんだね。そうすると、文学はものすごく苦しい作業でなければならない。だから、小説家は音楽家に非常にねたみを感じるんだよ。そのねたみの本質は何かというと、音楽家がストレートにアナログに到達できるのに小説家は苦しい廻り道をしなければならないからだ。ところが、音楽まで含めて、日本人がとかくデジタル化しやすい傾向があったら、文学がデジタルをみずから破壊する努力というものはむだになる。デジタルで止まってしまうんだ。だからかりに日本で、きわめてアナログ的なものが氾濫しはじめているのだとしたら、それは僕らの文学を疎外するどころか、むしろ非常に望ましい状況であると思う。ところが、氾濫しているのは、擬似アナログなんだ。われわれのいままで生い育った、あまりにもデジタル化された感覚を壊してくれるような、徹底的なアナログの展開ではないんだね。

僕が演劇をどうしても並行してやらざるをえなくなった背景には、そういう状況があった。擬似的なものではない本当のアナログによって自己を展開する部分が、日本文化の中で弱すぎたということなんだ。僕のつくる舞台が、一般に新劇と言われているものからかけ離れてしまうのも、狙いがそもそも別だからね。たしかに、アングラの連中も新劇に対立する。しかし、彼らのあの誇張された怨念の世界なんか、まさにデジタルそのものじゃないか。本当のバロックというものは、けっしてデジタルではない。日本人はとかく、崩壊しかけた、溶けかかった言語をバロックと思いがちなんだ。けれど、それはあくまでも崩壊しかかったデジタルにすぎない。バロックというのは、もっと徹底してアナログなものでなくてはいけないんだ。だから僕が舞台も並行してやらなければならなかったことについて、やってよかったとも思うけれど、同時にそこまで背負わなければならなかった負担の重さも感じるね。

このデジタル偏向の危険ということで、もう一つつけ加えると、フランス人も日本人と

軍艦島 5

は異なる意味で、デジタル偏向だね。ボリス・ヴィヤンなんかは、ジャズのプレーヤーでもあったように、かなりアナログ的な人間だけれども、彼がなかなか受け入れられなかったのも、けっきょくはそのせいだったんじゃないか。現代フランスの名だたる哲学者たちは、実に言葉の人という感じだけれども、言葉の人というのは、ロジックをどう操作するかで終始して、演繹一本で押しまくるようなところがある。帰納的じゃないんだ。たしかに力は感じるけれども、押し出ししか知らない相撲みたいな、あのデジタル的風土では、ボリス・ヴィヤンは生きられない、内的亡命者になるしかなかったのだろう。

——いま言われたことを、小説の問題に即してもう少しうかがいますと、言葉というデジタルを通じてデジタルを超えるということは、先に述べられた物語への衝動を通じて物語を超えるということと同じでしょうか。つまり、書く動機の本来の狙いにアナログ的なものがあるということでしょうか。

安部　いや、僕がデジタルというものを否定的な意味で使ったのは、それが日本人に過剰すぎるからでね、人間が言語化し数量化できる領域を拡大したということ、つまりアナログの世界からデジタルの世界に移行したということは、文化的には大変な進歩なんだよ。この波長はどれだけかというとき、アナログではだいたいこうだとしか答えられないけれども、デジタルではっきりと数値で答えられる。その差は大変なものであって、その意味で、デジタルは文化の精密さを保証するわけだ。デジタル的なものがなかったら、人間はすごく不安だろう。おびえの世界しかない。もしも、アナログだけの世界に僕らが放りこまれたら、あるのは臆病な動物の持っている絶え間ない警戒心と、たまらないおびえだけだと思う。そのような世界をどう理解し、自分がどこにいるのかを了解し、自分が次に何をすればよいかを判断することによって、はじめてそのおびえから脱出できるわけだ。そのために動物は、たとえば筋肉の機敏さだとか、目の鋭さだとか、特別に発達した嗅覚だとかを利用する。しかし、人間はデジタル能力を武器にするわけだ。世界を関係として、あるいは因果関係としてとらえるということはデジタル化だからね。その能力を使って、不安を克服する。だから、デジタルは人間にとってはなくてはならないもので、物語というものも、世界あるいは自然の中に放り出された人間が、その世界に自分がどう関係しているかを把握するためのデジタル化なんだよ。でもそこにとどまってはいられない。いったん物語が成立すれば、今度はさらに新しい別の世界へと脱出をこころみる。自分はいまここにポンと投げ出されているだけじゃない、もっと違うところにも投げ出されうる、あちらにも、こちらにも投げ出されうるんだという自由の意識ね。つまり、アナログ的なものをデジタル化し、そうすることによって、それを突き抜けた新しいアナログの領域を作り、その世界をさらにデジタル化し、それをまた突き抜けてまた別のアナログの世界を発見するという螺旋運動、それが人間の精神の展開だと思う。だから、どちらが欠けても展開が止まるんだ。でも物語の最初の衝動は、まずアナログからデジタルへのコースなんだ。それが、浅いところの何段階かで終ってしまったのが民話だろう。それを芸術にまで展開していくためには、いま言った螺旋運動を自分の作品の中に何重にも包括していかなければならない。そしていずれは無限の循環を繰り返すことになるのだと思う。でもさしあたり日本では、いくらアナログ的なものを氾濫させてもさせすぎることはない。過剰なのは擬似デジタルなんだ。アナログのふりをしたデジタルでまわりを閉ざしてしまう危険を感じるんだ。

――物語性と反物語の衝動、デジタルとアナログの無限の乗り越えの運動という意味では、そのことを強く意識して書かれたと言われる『密会』の中に、バロック的なものを見ることもできますね。

安部　バロック的な志向は、もしかすると、方法よりもむしろ資質なのかもしれない。たとえばマルケスやカルペンチエールなんか、生れつきのバロック人間だね。その人たちがバロック的だから、同時代の文学はすべてバロックでなければならないというものでもないだろう。そうではなく、バロック的な資質が時代に反応して、バロック的な作品を生んだ、と言うか、時代に対する一つの反響板として、自分の中のバロック的なものを選択し、作家になった、ということだと思う。僕自身について言えば、『密会』の場合、物語性と

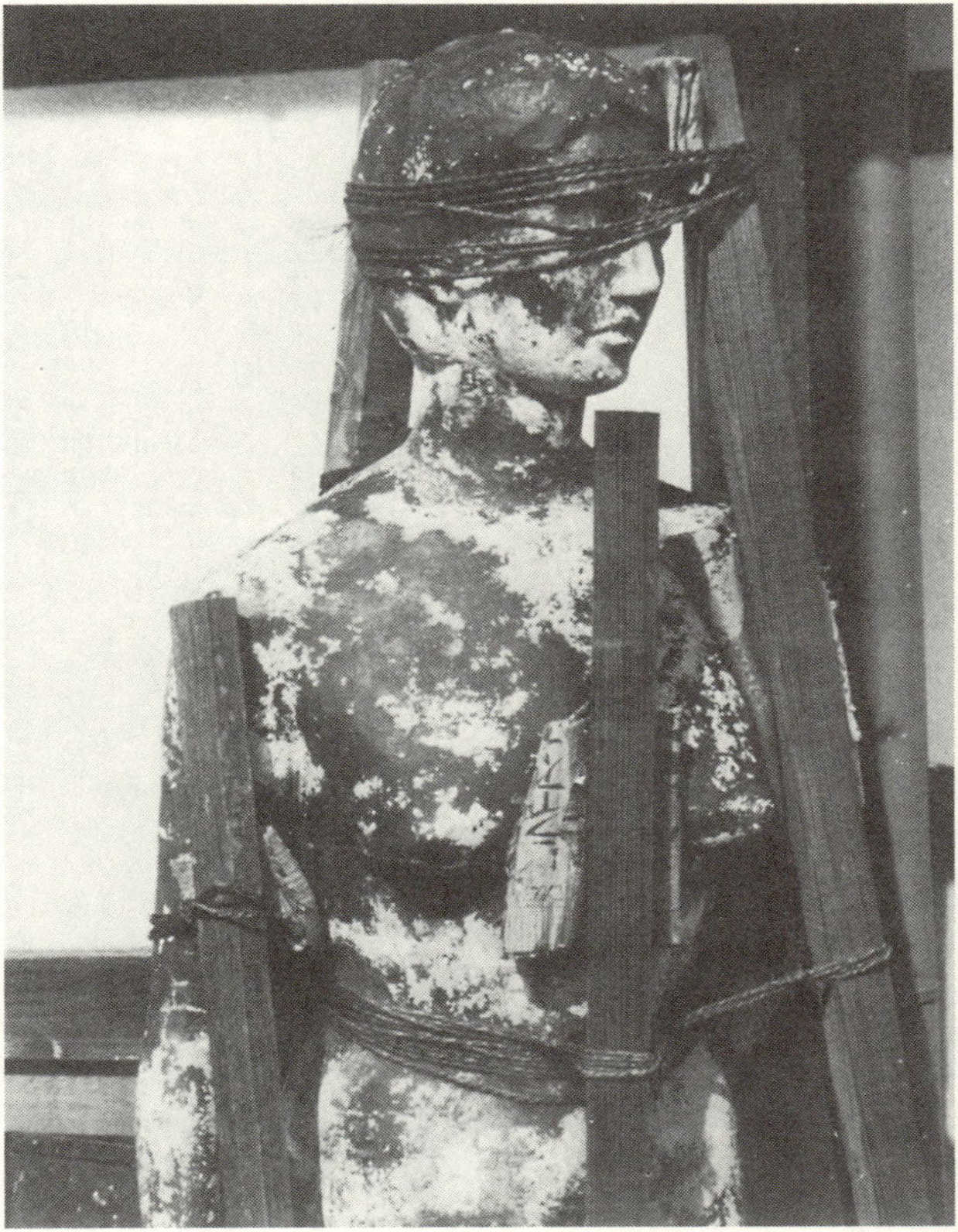

軍艦島 6

物語性を拒絶しようとする衝動は、作中に物語を書いている人物を設定することによって、みずから絶え間なく物語を崩壊するという形をとっている。そういう小説の構造にならざるをえなかった。そういう形で、デジタル的なものがつねにアナログ的なものに席を譲っていく。そして、デジタルからアナログへ、アナログからデジタルへという螺旋運動を、できるだけ急カーブを描いて、内部で絶えず反覆させていこうとして、方法を煮詰めていったわけだ。読者はあるいは読みづらかったかもしれない。読者にとって読みやすい作品をつくることも、もちろん必要なことだと思う。しかし、読みやすさのためだけで、方法は選べない。しかもなおかつ、「良き作者は良き読者である」という原則は永久に失われないからね。読みやすくはないにせよ、読むという作業をより効率よいものにしたいと作家は願う。なんとかそこにたどり着きたいという衝動にかりたてられて、また次の作品を書き始めてしまうんだよ。

神話的志向について

——その点を、ガルシア・マルケスに即してもう少しうかがいますと、彼は安部さんが引き合いに出されたインタビューで、中南米では、民衆の神話や民話、迷信や伝説が現実の一部をなしているということを言っています。つまり、神話や民話で語られるような超現実的な出来事が、そのまま生きられているような現実があるのではないかということですが、いかがでしょう。

安部　違うと思うな。マルケスの作品に描かれている世界は、あくまでも想像力の産物だよ。

神話というものを非現実的であるとか、超現実的であるとかいう解釈はね、これは現代人が勝手に下してる解釈であって、神話的な思考には本来、自然と人間、時間と人間、空間と人間といった関係を把握するのに役に立つ鍵がそれなりに隠されているものなんだ。神話も、結局のところ、自分が他者とどう関係しているかを把握する方法の一つだからね。ところが、そこにより理解しやすい方法、科学を媒介とした合理主義が導入されると、たちまち反現実になる。何千年も眠ってたミイラが、太陽の光にさらされた途端に粉々になってしまうのとそっくりさ。生きつづけられる神話なんてまずあり得ない。そんなことを本気で信じられる人間がいるとしたら、よほど楽天的な現代人だよ。そんな他愛ないものじゃないと思う。

たとえば、あの『百年の孤独』におじいさんが出てくるね、外の栗の木に縛られて、長い年月雨風に打たれ、たれ流しだが、全然死なないで座ってるじゃないか。しかも、死んで、透きとおって、誰にも見えないのに、まだ庭の栗の木の下に座っている……ああいう怖いイメージはね、あれはけっして伝承の中などにあるものじゃない。大変な想像力だよ。

それからまた、神父が骨と皮ばかりになって、長いこと喜捨を求めて歩いていると、一杯のチョコレートで体が地面から何センチか浮んでたっていうようなことをさらっと書いてのけているけど、もし伝承の中にかりにそうした発想があるとしても、ああいう形では絶対に文学の上に再生しえないね。

そういう発想がなぜ出て来えたのか。『不思議の国のアリス』もそうだ。アポリネールなどもときどきそういう発想を使う。でもアポリネールは、現象にこだわりすぎるな。ところがマルケスは、その現象を完全に手なずけて、自由自在な方法にしてしまっている。簡単に、もう誰も不思議がらない事実として。そして、これは「お婆さんの語り口だ」なんて言ってのける。でも、それを信じてしまったら、もう文学の方法なんかなくなってしまうじゃないか。僕はマルケスを読んで、改めて一つの時代を照射した力としてのカフカを感じた。もちろん、カフカとマルケスは、ひどく異質な世界に属する作家だけど、置かれた状況、さっき言った内的亡命という状況と、方法において、きわめて近い作家だと思う。

僕は満洲で育ったけど、子供の頃の環境は、いまの中南米よりある意味では遅れた世界だったかもしれない。そこでは、迷信なんかふんだんに生きてたさ。しかし文学などというものは、そういう迷信的なものに対する反発から生まれるもので、迷信にのめり込んだところからは生まれっこない。僕なんかより、おそらくはるかに苦しく、見通しの悪いところで生きていただろうと思われる魯迅が、やはりその点を強調してるね。中国の文学を読むとただ気が滅入るのみである、翻訳を読むことだけが文学に接する道だ、と。彼は中国の若い人に、ともかく翻訳小説を読んでほしいと言った。しかし、それなら魯迅は、ヨーロッパとか日本を舞台にして作品を書いたかというと、そんなことはない。やはりきわめて中国的な風土を素材として書いている。けっきょくは方法の問題なんだよ。同様に、いまの中南米の作家も、小説の方法として、中南米の現実を有効に取り入れているということだ。

あれはたしかカルペンチエールの『失われた足跡』だったかな、誰かが死んで、田舎の女たちが死体を前にして泣く場面がある。それをギリシア悲劇に見立ててひどく感動的に書いているけど、この「泣き女」の風習はけっこういろんな地方にあるんだね。僕も満洲時代、旧市街を歩いていて、たまたまどこかの葬式の場面にぶつかったことがある。塀に沿って、貧しい女たちがうずくまって、ずらっと並んでいてね、飯なんかもらって食ったり、タバコをふかしたりして、大声で雑談してるわけさ。そのうち、たぶん葬式の段取りだったのだろう、奥から男が出て来て、なにやら命令を下した。とたんに、それまで笑い声をたててた女たちが、すごい声で泣き出したんだよ。もう声も張りさけんばかりにね。――べつに悲しいから泣いているんじゃない、でかい声でうまく泣ける女が金で雇われていたんだな。でもやはり異様な光景で、ショック受けた。たいていの女は声だけで泣いていたけど、中には本当に涙を流しているものもいた。そのうち、これも段取りらしいけど、また誰かが来て合図をする。ぱっと泣きやんで笑ったり食ったりはじめるんだ。もちろんそういう光景を作家がどう扱おうと構わない。本当に泣いてたと書こうと、嘘の泣き声だったと書こうと、構わない。あとは料理のしかた、けっきょく方法の問題だからね。

——中南米の作家は一般に、小説の方法において、きわめて野心的ですね。なかんずく小説における時間の処理は大胆で、カルペンチエールのように、時間そのものを主題とした作家もおります。しかしその場合、それは作家の現実観、歴史観と深くかかわっているように思えます。つまり中南米においては、過去がたんなる過去としてではなく、現在と共存し、すべての時間が同時代的なものとしてとらえられるという認識があるように思えるのですが、いかがですか。

安部　過去と現在がけじめなく溶けあうというのは、社会の組織化が低い段階での特徴だね。組織化が緻密になり、複雑に構築されてくると、過去、現在、未来が明確に刻まれて、年単位から季節単位になり、月単位になり、週単位になり、日の単位になり、やがては秒単位で生きていくことになる。だから、狩猟民族と農耕民族とを較べると、農耕民族のほうがはるかに時間に対して敏感になっている。

しかし、作家の時間処理は、やはり方法の問題でしょう。その場合、過去も現在も入り混じるという発想は、下手をすると、白人優位の方法になりかねない。構造主義が植民地支配の方法だという批判があるらしいけど、それと似ているかもしれない。つまり、白人に対する土民という発想で、インディオの文化とか時間感覚に開放感、あるいはノスタルジーを感じるということじゃないかな。

でもマルケスの場合、ときどき時間が凝縮して消えてしまうような方法をとる。すごい絶望感でそれをとらえている。希望など見てはいない。逆に、そこにある異質の価値を発見しようなどという衝動があるときには、金の価値を知らない民族を使って金山を掘らせるような、怪しい、胡散臭いものを感じるわけだよ。だから、同じ方法と言っても、それが一体どういう形で表現されるかによって、まるきり違った意味を持ってくるように思う。

――いずれにせよ、今日の中南米文学はフォークロア礼讃などではないし、また彼らの作品が中南米の地域的固有性、あるいはその神話や民話や伝承に還元されてはならないということですね。

安部　そう、その手の還元は、大変な読み違いにつながると思う。ただし、いままではちょっと曖昧にしてきたけど、民話や伝承と神話は、まるで質の違うものなんだ。神話的構造というのは、普遍への接近と言うか、普遍を求める人間の衝動の投影だね。つまり、ギリシア神話であるとか、日本の神話であるとか、インディオの神話といった個々の神話の内容と、神話的構造というものは、これはちょっと別のことで、総体を把握したいという人間の衝動の投影としての神話性、あるいは神話的志向というものは、ガルシア・マルケスには十分ある。しかし、それはカフカにもあるし、おそらく、近代文学の中ではポーに一番あったのではないかと、僕は思う。だから、マルケスを考える場合、たんに中南米の枠の中だけでなく、地球的な文学の総体の中で見ないと、十分にはとらえられない。それこそ本当の意味での国際性なんだよ。彼は例のインタビューで、『百年の孤独』がアメリカでとてもよく読まれ、またアメリカでの評価が自分にとって最も満足のいくものであったと言っているけど、これは単なる現象論でなく、本当の意味での国際性が何であるかの、一つの鍵を与えるものだと思うね。アメリカはやはりヨーロッパ以上にそういう意味での国際性をはかる目安となる。もちろんアメリカかヨーロッパかは問題でない。ヨーロッパの中にも、アメリカ人以上に国際的なものを評価する能力の人はいるわけだし、アメリカの中にも、ヨーロッパ人以上にヨーロッパ的なものの優位性を信じて疑わない偏狭な連中がいるだろう。でも、内的亡命の精神を内的に理解し得る能力という意味で、やはり量的にはアメリカが目安になるということなんだ。またそういう理解に応じうる国際性という点で、マルケスという作家は一つの指標になる。内的亡命を続けていった魂の行きつくところという意味でね。

――たしかにアメリカという国は、安部さんがおっしゃったような意味で、中南米文学を評価し得る国ですね。たとえば、『海』に一部が紹介されたガルシア・マルケスの短篇集『エレンディラ』の英訳が出たのは昨年ですが、『タイム』はこれを編集者の推薦図書に挙げ、地域性を超えた同時代の文学の達成と評価しています。

安部　とにかくそういう評価ができる側面を持っているということ、これはやはりアメリカの強味だね。内的亡命を許容し、それを自分の財産に組み入れていく、思考の方法に組み入れていくということは、時代を成熟させていく上でとても重要なことだと思う。その結果、あるいはすべてが滅びるのかもしれないけど、当面とにかく重要なことだと思うんだ。

――ところで、中南米の作家には、一般に物語への意志も顕著に見られますね。たとえば『百年の孤独』には、形式において『千夜一夜物語』やラブレーに通じるものがありますね。

安部　それが神話構造じゃないかな。カフカなんかについても言えることでしょう。カフカは過去から断ち切れた作家だけど、なおかつ神話的だ。その逆が、自然主義文学だね。よく全体小説というような主張をする人がいるけど、けっきょく自然主義的方程式の積分値にすぎないいじゃないか。しかし、どんな自然主義文学よりも、『不思議の国のアリス』

のほうがはるかに全体を照射している。つまり、全体を限なく、落ちこぼれなく掬おうとするんじゃなく、ただ照射するだけなんだが、全体はむしろそういう形であらわれるんだね。それが神話構造であって、作家は無意識のうちにも摑まえたいと願っているものの正体なんだ。たとえば、ポーの小説。ポーの場合、何でもないような短篇の中にも全体を照射する力がこめられている。それは物語性というものの本質とも深くかかわっていて、『千夜一夜物語』とかセルバンテスの『ドン・キホーテ』が、いまだになぜ人類の文化の遺産として失われないのか、なぜ現代の中南米文学にも息づいているのかという問いに対する答えでもあると思う。全体小説というような発想からはまず生まれ得ないものなんだ。

中南米文学について、よく魔術的レアリスムという言い方がされる。マルケスについても、そう言われる。たしかに、魔術的レアリスムかもしれない。けっきょく神話構造というのは、レアリスムへの意思だからね。そこで、このレアリスムというものを、十九世紀後半のある一時期に、非常に限定したものにしてしまったという点で、自然主義の功罪の面だけを僕は言ったけども、功の面を言うと、自然主義が即物的な思考をうながした点は見のがせない。ところが、即物的なものにある程度以上接近してしまうと、いわゆる自然主義的な発想ではもう追いつけなくなってしまう。即物性は、むしろシュルレアリスムの運動の中で意識的に強調されることになる。事実の対立物としての即物性だね。科学的に証明され得ることと、即物性とはまったく違うことなんだ。そのへんにサルトルのような人の存在理由もあるわけで、要するに、ものがそこに在るということが、その本質に優先するというサルトルの発想は、たしかにその通りなんだ。ただ、サルトルはそのことを論じているけれども、小説では必ずしもそうなっていないような気がする。あまり即物的ではない。

ところがマルケスは、『百年の孤独』など一見ファンタスティックに見えるけれど、むしろすごく即物的だ。異様なまでに即物的だ。その即物性は、飲まず食わずでいたあげく軽くなって人が宙に浮んだり、あまりに人から黙殺されたために透明になってしまうということが、少しも矛盾しない。宙に浮くとか透明になるとかいうことは、いかに非現実的に見えても物質の現象だね。だから、マルケスはあくまでも物質の現象としてそうしたものをとらえているんで、即物的な感覚がなかったら、あの発想も出てこなかったはずだ。そこに彼の群を抜いた才能があるわけで、けっしてそれは伝承とか民話的なものではない。そのへんが誤解されると、マルケスだって単に偉大なる地方文化の貢献者にされてしまいかねない。

――神話構造というとき、安部さんはそこに説話あるいは物語への人間の根本的な衝動を見るわけですね。そのことを、安部さんはしばしば時間の空間化、経験の空間化という言葉で要約される。つまり、時間のサイクルを空間的なイメージに置きかえ、自分の経験していない空間の中で自分をなぞるのだ、と。そうしますと、民話というものは、そのようなものではないんでしょうか。

安部　民話も構造においてはたしかに時間の空間化だ。そこにはやはり、時間を空間化して自分を知る、鏡に映して自分を客体化するという、人間の根源衝動がある。しかも、たんにいま見えてる自分ではなく、歴史の流れの中にあるものとしての自分を鏡に映して見る、その鏡が民話なんだ。だから、僕は民話を否定しているわけじゃない、その構造に注目すべきであって、話の内容、話される出来事そのものはどうでもいいと言っているんだ。その根源衝動がずっと深まっていけば、いずれ神話構造に到達するはずだからね。よく民話の現代化などと言って、民話に出てくる話とか場面をいろいろと現代風にひねったりするけど、あれは人がよすぎると言うか、ちょっと無知すぎるよ。その意味で民話化という方法は、もはや使い道のない方法なんだ。

――安部さんのなかには、そのような物語への根本的な衝動と同時に、反物語への衝動が共存していて、それがせめぎ合っているとご自分でも言われますね。この反物語の衝動は先ほど言われた即物性の追求と深くかかわるものと思われますが、最新作の『密会』は構造上、そのせめぎ合いを十分意識して書かれたとも言っておられます。そうしますと、中南米文学に同時代性を感じると言うとき、そういう問題も含めて言っておられるのですか。

安部　僕が中南米作家に注目するのは、あまり好きになれない作家を含めて注目するので、全体として自分の予感してたものに具体的な地図を与えてくれたという気がするからだ。要するに、内的亡命の文学であるという点に尽きるわけだよ。
　物語性について言うなら、それは自己を総体として投射したいという欲望だろう。あるいは自分に希望の灯をともすための衝動かな。しかし実際には、そう希望するだけで、本当に灯がともったという確証はどこにもない。その確証のなさが、物語性に対する拒絶かな。だから現代の文学には物語性への衝動を通じて物語性を拒絶するという二重性がどうしても出てくる。ロブ＝グリエなんかもそのいい例かもしれない。『消しゴム』にしても『迷路にて』にしても、まさにミステリー的反ミステリーだからね。

——小説の構造の面で、安部さんはすでに昨年の『海』のインタビューで、『百年の孤独』の終り方に注目しておられましたね。一族の最後の者が百年前に書かれた予言書を解読して、まさにいま自分が滅びる瞬間に立ちいたるという結末。
安部　物語そのものが発見された文書の翻訳という形式をとるのは、騎士道小説の常套的なパターンだそうだけど、しかし、あの結末は大発明だよ。画期的だと思う。あの結末は、マルケス自身にしたって、ただ考えて出来たものじゃないだろう。方法を超えた一種の直感で、考え抜いたあげくにたどり着いた数学の新しい公理のようなものだ。もうだれも真似ができないし、一回きりのもので、完全にオリジナルだね。『百年の孤独』という作品は、あの結末がなくても見事なものだけど、あの最後の一ページでさらに大きな跳躍のバネをつけてる。まさに生きた構造だね。

あの終り方、一見、トリックにも見える。たしかに、ちょっとトリッキーで、下手をすると、落ちをひねった小わざになりかねない。僕もはじめは結末があまりに見事なので、それに酔わされてるんじゃないかという疑惑さえあった。でも他の短篇を読んで、そうではなく、本物の才能なんだっていうことが痛切にわかった。

作家というものは、ああいう発明を探すために、必死になる。その闘いが作家の仕事なんだ。でも周辺を見まわして、そこに到達するしないより、到達しようとする努力がすでに最初から希薄すぎることに、完全に絶望させられるね。

地域性を超えて

——話を本題の「内的亡命」に戻しますと、この言葉は安部さんがもう十年前に書かれた『内なる辺境』を思い出させます。そのとき安部さんは、同様の観点をユダヤ人の問題に即して語られたわけですが、ユダヤ人作家の中で、安部さんがとくに関心を寄せられている一人はマラマッドですね。それもやはり同時代性ということですか。

安部　いや、少しずれるようだ。多少前の世代に属する感じがある。作家によっては、たとえばカフカのように、時代を超えて、同時代を感じさせる人がいるけど、マラマッドにはさほど同時代性は感じられない。彼には非常に優れた素質と、ものを見る目に、とかく僕らが忘れがちな繊細な愛情というものがあると思う。むしろ、ドストエフスキーの現代版みたいなところがあって、たしかに一世代前のものではあるけれど、やはり見失っては困るものだろう。だから、マラマッドは方法の上でかなり異質だけど、好きなんだ。それと、やはり神話的構造。ユダヤ系の作家はまずみんなそうだね。フィリップ・ロスなんか、フィリップ・ロスにしても、そういう意味で僕は好きだ。フィリップ・ロスなんか、ソール・ベローにしても、若いときに書いた作品にはそういう要素がすくないけど、彼に会って聞いてみると、いまでは最もカフカに惹かれているらしい。

しかし、いま僕がユダヤ系の作家と言っているのは、年齢から言うと四、五十代以上の、アメリカですでに一時代を画したグループだ。アメリカではむしろ、ユダヤ系であってもなくても、これから出てくる作家の中に本当に同時代感覚をそなえた文学、アメリカという国を超えた世界文学というようなものが熟しつつあるんじゃないかという予感がする。ただそれほど読んだわけではないけど、ドナルド・バーセルミの短篇なんか面白かった。ただし、『死父』という長篇は、まだ方法が先に立っているという感じがする。しかし、全体的に見て、新しい予感をはらんでいることは事実だ。そういうアメリカでの変化も、最初に言ったように、かつての文学のたくさんの支流が、大きな世界文学という海に流れ込んでいく現象の一つとして理解すべきなんだろうね。

――英国人ですが、同じユダヤ系で、ハロルド・ピンターはいかがですか。安部さんはピンターの作品を翻訳上演なさっていますが。

安部　ピンターもいま言った流れの中に組み入れていい作家だろう。しかし、どちらかと言うとピンターは、マラマッドが好きなのと似ているかもしれない。たとえば、同じ劇作家でも、ベケット、イオネスコ、アラバールといった人と比べた場合、年齢にかかわらず、ピンターのほうが前の世代に属する感じを受けるんだ。

そう言えば、この人たちは文字どおりの亡命者だね。ベケットはアイルランド、イオネスコはルーマニア、アラバールはスペインからの亡命者だ。アラバールには、そういう点でも、中南米作家と体質的に非常に近いものを感じる。だから、パリが依然としてそういう亡命者を受け入れる構造を持っているということは、パリの誇りなのだろう。でもフランスという国には、たとえばボリス・ヴィヴィヤンをなかなか受け入れなかったような面もあるからね。ボリス・ヴィヤンヤンという作家も、僕はやはり現代というものの複雑さと特異性を一身に背負っていたと思う。と思う。フランスはいろいろな亡命者の血を受け入れた反面、ものすごく閉ざされた文化領域でもあるんだね。ボリス・ヴィヤンという人は、その閉ざされた文化領域の中から膿のように自分で流れ出してしまった異質な血のような存在だった。ボリス・ヴィヤンがどんなに絶望して死んでいったかを考えると、フランス文化にひそんでいる非常に醜い側面も感じざるをえない。だから、彼はパリのいわゆる亡命者とは全然違った意味で、フランスにおける内的亡命者だったと思う。あくまでもフランス人でいながら、みずから亡命したような感じを受けるわけで、とても同時代性を感じるんだ。

――そのほかの作家、あるいは文学についてはどうですか。

安部　何もかも列挙することはできないけど、一つ挙げれば、アイルランド文学かな。これも中南米文学と同じように、いままでは特殊な地域の、特異な文学という形で見られていた。しかし、むしろ現代文学の主流になる特徴を備えた文学として、あらためて見なおすべきじゃないかという気がする。

アイルランド系の作家には、ジョイスやベケットのように、自発的に国外に亡命した人が多く、もうそもそもが内的亡命を必然づけられているような存在なんだね。最近、フラン・オブライエンというアイルランド作家の『ドーキー古文書』という小説を読んだ。この作家の場合は、国外に出ないで、アイルランドにとどまりながら内的亡命をしている人で、実際に「ホームベイスド・エグザイル」と呼ばれているようだし、自分でも内的亡命者だということを言っているらしい。僕の読んだ作品も、内的亡命者独特のファンタジーとレアリスムの入り混った実に面白い小説なんだ。現に、ジェイムズ・ジョイスが出てくるんだよ、登場人物として。死んだはずのジョイスが生き延びていて、アイルランドのどこかの海岸の保養地でバーテンをしているんだ。それから、自転車人間というのが出てくる。自転車にまたがって長いこと暮していると、自転車と人間の分子が交換して、入れ替わってくるんだ。ある男はもう八〇パーセントぐらい自転車で、そいつがいつも乗ってる自転車は八〇パーセントがもうその男なんだ。その証拠にその自転車は、いつもどこかの食堂のドアのそばに立てかけてある。隙をねらって食おうとしてる自転車なんだな。警察署長は、自分の部下がかなり自転車化してきたのを気遣って、しじゅうタイヤをパンクさせる、長く乗せないようにね。……まあ、そうしたことがまことしやかに書かれているんだが、内的亡命ということが、そういう表現にずっしりした質感を与えているんだと思う。

これから「世界文学全集」といった企画を組むときには、もうたんに作家を国別では分けられないような気がする。国別作家の巻も何巻かあって、あとはぜんぶ国なし作家の巻というような全集でなければいけないのじゃないか。中南米文学に典型的に見られるように、「時代」以外には所属する場所のない作家たち、という視野を要求される時期がやっときてくれたという感じだね。

（一九七九年一月）

変貌する社会の人間関係

変化のモデル、日本

今日の題は、自分が小説を書く場合に、だいたいずっと一貫してテーマにしている問題です。それと同時に、もちろん皆さん日本にいて、日本のことについてよく研究していらっしゃってお分りのように、日本人が日本のことについて詳しいかというと、かならずしもそうではなく、日本人の見る日本というのはかえって非常に主観が混っていることが多い。だから、今日の僕の話も、あくまでも一個人の意見としてとっていただきたい。

これはだれもが認めることだと思いますけれども、日本という国は非常に短期間に急激な変化をしたという事実がありますね。生物学者が遺伝の研究をするときに、なるべく生活のサイクルの短い生物で研究するでしょう。たとえばショウジョウバエというのがいますね。小さいハエ。ああいうのは、僕は詳しくは知らないけど、一年に何回も子供を生むんじゃないですか。つまり、非常に短い期間に生まれてすぐ成長してしまうと。そういうことで、この生物は研究の対象としては非常にいい材料なのですが、日本という国も、それと似た意味で、社会の展開のモデルを研究するのに非常に適した国じゃないかというふうに思います。

日本の急激な変化のうちでもいちばん特徴的なのは、これは世界中どこでもある程度はいえることですけれども、農民と農民以外の人口の比率が急激に変化したということ。……日本という国は、たとえば二十年前をとってみても、ほとんどの日本人の感情、あるいは生活の基盤というものは非常に農民的だと考えられてきたし、日本人というのは上半身がいくら都会的な人間になっても、下半身は農民であるという考え方を、だれもが持っていたと思うんです。その構造が急激に変化した。もちろん二十年前も実質的には農民の比率が圧倒的多数ではなかったけれども、感覚的にそうだったわけですね。それが現在では都市人口が、つまり農民以外の人口が圧倒的にふえて、感覚的にも日本全体がある意味で都市化してしまったといえると思います。

しかし、これも歴史的にあらゆる時代にそうなんですけれども、現実はそこまで都市化していても、なおかつ都市というものに対しては、なにか非人間的なものとか、非常にいかがわしいもの、あるいは善と悪というふうに形式的に区分すれば悪に属するものとして考えられがちなわけですね。なぜ都市的なものに対してある警戒心、ないし敵意を持つのかというと、他者、他人というものと自分との関係が、都市化するにつれて非常に不安定な捉えにくいものに変わってくるということがあるからです。このことを農村的な心情からいうと、他者というものは危険なものだという前提が非常にはっきり、一般的にあるのですね。

たとえば日本語で「黄昏《たそがれ》」ということばがありますね。夕方のことです。黄昏の語源は、「誰そ彼」からきたらしい。「誰そ彼」というのは、あいつは何者だという意味ですね。ではなぜ夕暮れが黄昏かということなんですが、完全に暗くなって夜になると、まあ、昔は懐中電灯がなかったから、提灯を持って歩いてたわけです。だから、それを持って歩いてる人は、その人が自分の所在を明瞭にしているわけだから、だいたいそんなに悪いやつじゃないわけだな。泥棒が提灯持ってくるということはまずないわけですからね（笑）。一般的には、もしなんにも持たないで暗いところを歩いてる人がいたら、これは非常に危険な人物か、まあ、そうでない場合ももちろんあるでしょうが、だいたい危険な人物ということがすぐわかるわけです。それからもちろん明るいところでは、農村的な構造の社会では顔見ただけで、すぐに知ってる人かよその人かがわかる。

ところが、ちょうどその中間の、まだ明りはいらないけれども、だれか見分けがつかないという明るさの時間がいちばん危険だと。つまり、そういうとき歩いてるやつはよそ者かどうかもわからないし、知ってる人間かどうかとにかくわからないわけなんです。黄昏というと最近の日本では、歌謡曲にもよく出てくるように、非常にロマンチックなイメージを持つようになったんですが、しかし、本来黄昏どきというのは非常に危い。注意をしなければならない時間のことであり、それが語源的に「誰そ彼」の由来らしい。このことばも、時代が下ってきまして、警察が非常に発達してくる、それから道路には街灯がつく、というふうに社会が変化するにつれて、黄昏というもともとの意味がだんだん薄らいできました。これもやはり都市化現象に伴って、ことばの意味が変質した一例なんですけれども、本来の農村的構造の中では、知ってる人間と知らない人間というものが非常にはっきりと区分けされていた。つまり「よそ者」というものがきわめて明確な意味を持っていた時代があったということが、ある程度までいえると思うんです。

こういう現象は、農村的構造の中では多かれ少なかれ、どこでもあったことでしょう。たとえば、農村の中では一人の人間が一日に出会う人間の数というのはかなり限定されていますね。もっともこれは、同じように農業をしているところでも、非常に大きな地主がいて、農民が季節労働者である場合には、そういう感情はあまりないかもしれません。しかし、日本のように農民がその土地に定着している場合、村の中で、村のだれだれがどこで何をしているか、いまこの瞬間にだれがたぶん何をしているだろう、そういうことが隅から隅まで見える。それから村の外の人が来れば、それはたちどころに村中に知れ渡るというような状況ができる。

ところが、都市的な構造の中での生活というのは、これとまったく違いますね。一日の中でどれだけの人間に出会うか。たとえば電車の中なんかでは、ちょっと数えきれないほどの他人といつでも接触する。ぜんぜん関係のない他人と、電車なら電車という機関を共同で使用する。この共同で使用するということがなければ、電車というのはだいたい産業として成り立ちませんからね。まったく見知らぬ非常に多くの人間との接触が前提になって、そこに社会を構成すべく、非常に大量な輸送機関というものも発達する。それから会社に行く、事務所に行く、工場に行く。そこでもまた非常に大勢の見知らぬ他人との共同作業というものが行われるわけです。なにかをつくるにしても、同じ作業をしている何人かはお互いに顔見知りかもしれないけれども、その機械が次の工程に移ったとき、ぜんぜん知らない人がやっているわけです。一つの製品が仕上がるまでにまったく関係のない人間との目に見えない共同作業というものが、農村と違って都市の場合には——この場合都市という言い方よりも、工業社会といったほうがいいのかな——こういった関係が生まれてくるわけです。

こういった見知らぬ他者というか、未知の他者との関係についての、まあモラルというと大げさになりますけれども、完全な意味でのルールというものが、まだわれわれの中に発見されていないんじゃないか。逆に、そこになおかつ農村的構造にみられた人間関係をあてはめようとする。……農村的構造の歴史というものは、ほとんどの国にとってものすごく長い歴史なんで、ほとんどの文化が農村的な人間関係の上にしだいに積み重なってきたのですが、そうすると、つねに現在の状況のアナロジーをなにかの形で農村的構造に求めようとする傾向がみられます。しかし、じつはそのような傾向の中から、都市に住む人間の、ある意味ではストレスというか、苦しさが生まれてくるんじゃないか。

未知な他者への通路

たとえば日本では、ご承知のように、大きな企業の経営者が、企業内の人間関係のいろんなもつれとか、ある場合はノイローゼになったり、いろいろ神経症的な症状を呈する現象を防ぐために、工場あるいは会社の組織の中にいわゆる家族主義とかそういうような、なんらかの形で、農村的構造のおもちゃというか、まあ、まがい物を持ち込むというようなことを、よく実際におこなったり、書いたりしていますね。

しかし、こういったやり方はまったく滑稽なことで、第二次世界大戦に至るまでのプロセスを見ても、独裁者的なタイプの政治家のほとんどが、農民的な人間関係を道徳的に国家の規範として取り入れようと試みた例がいくつもあります。日本でも特に戦争中に、農民に対して特別な意味合いを持たせるようないろんなことばがありました。しかし、日本の場合にはもともとが非常に農村的構造ですから、そんなに農民を持ちあげる必要もなかったんだろうけれども、ドイツの場合には、ヒットラーが、最も秀れたアーリア族は北方のドイツ農民だということを、『わが闘争』の中に書いていますね。それから、スターリンがやはりとても農民好きだった。スターリンの文化政策、ないしは文化論というものがほとんど、いわゆる「母なる大地」という信仰にすがっていたという側面は、非常に重要じゃないかと思うんです。

なにか手に負えなくなると、必ず農民的なもので統一していこうとする。そして都市的なものはすべて精神病で、都市的な精神病にかかったものを治療するために農民的な構造ないしはモラルを持ってくる、というような風潮が、いつでも国家主義的なものと結びつくんですね。だから、僕は農民的なあるモラル、農民的な構造をよしとするような主張に出会うと、なにかこれは少し臭いなという感じを直感的に、体質的に感じてしまうんです。断わっておきますけれど、僕は、祖父の代までは農民でしたから、農民そのものに偏見を持っているわけじゃないですけれど。（笑）

それでは農民的なモラルに代わる、不特定でしかもぜんぜん知らない未知の他者というものとどういうふうに接触しなければならないのか。いったい他者とは何かという再発見ですね。それを積極的にしていかないと、われわれがいつか安定感を失ったときに、あるいは不安を生じ、農民的な構造を振り返る、そしてそこに郷愁を感じる、そういう状態にどうしても陥りがちだ。そこで、まあ、べつに解決を僕は見つけているわけではないし、ぜんぜんわかりませんけれども、なんとか未知の他者とは何か、それを発見する努力を文学の上でしたい、というわけです。見つかるかどうかわかりません。これはあるいは見つからないものかもしれないけれども、少なくとも未知な他者というものへの通路を探るという努力を、自分の仕事だというふうに考えているわけです。

話はだいたいそんなところですが、「都市」ということについて誤解のないように、説明しておきます。たとえばここは東京ですけれども、必ずしも東京とかニューヨークとかロンドンとか、そんなわかりきった大きな町のことを言っているのではなくて、いま僕は南米の文学に非常に興味があるんだけれども、たとえば『百年の孤独』を書いたガルシア・マルケスがある対談の中で、いまの中南米文学の問題点は何かという質問に対して、やはり「都市」という問題の自覚だというふうに答えているんです。マルケスを、コロンビアの作家であるとかどこの作家と規定することは、ぜんぜん意味がなくて、どこの作家でもいいんですけれども、だいたい舞台はたぶん中南米の、しかも非常に閉鎖された、むしろさっきの言い方を借りれば、農村的な構造を舞台に書いているわけです。けれども、実際に書く姿勢や方法は、まったく農村的な構造ではないんですね。ですから、彼自身もまさに都市的な課題の自覚であるというふうに答えているように、今日もある象徴的な意味で都市ということばを使ったんだということを、了解しておいていただきたい。

最後の締めくくりに日本のことに戻りますけれども、日本という国はほんとうに隅から隅まで都市化されてしまいましたが、あまり急激にその現象が広がり、実体化したために、そのための混乱が生じざるを得なかった――つまり農村的なものへのノスタルジーと都市的な現実との衝突が、ある意味では日本文化の特徴だといえるんじゃないかと思うんです。そのうえ日本人はサービス精神が旺盛すぎますから、日本について外国人と意見なんか交換するときは、だいたい自分の、農村的な部分を強調して話しがちなんですね。そのほうが相手が喜ぶと思うんじゃないかと思う。これはもちろん冗談ですけどね。（笑）

それ以上に困ったことは、現実はそこまで都市的なものに直面していながら、日本人同士の中でもけっこう農村的なもの、農民的なもの、そういうような発想で語るほうが受けるという現象が、現実にあるんです。僕はそういう日本の側面が大嫌いだし、とても困った国だと思いますね。ですから、最近はとても絶望的な気分で……。（笑）

あとは質問にしましょう。どうぞ。

〔質疑応答〕

質問者一　私があなたのいまの絶望を救ってあげられると思うのは、この問題は日本人の独特の問題ではなくて、たしかに都市化というのは世界中に汎濫しているのですが、私はもっと人間の本質的な問題として、人は一つの「部族」に属したい——私は部族ということばを使いますけれども、グループかもしれません——そういうものに属したいという所属願望があるんじゃないかと思うからです。それが日本の場合には、たとえば村というものので出てくるのかもしれない。ある意味で自己実現が、「部族」に属するということによってできるんじゃないか。私はバルセロナから来たんですけれど、現実に都市化の中で一つの部族が興りつつあるんじゃないですか。たとえば日本の場合には、現代では会社かもしれないし、読売ジャイアンツかもしれない。バルセロナの場合にはフットボールのグループかもしれません。なにか一つのグループというものができてくる。たとえば横浜の野球チームのマネージャーだったら、もしもそのチームが勝てば、うちに帰ってから妻とのセックスがうまくいくかもしれない。具体的に人間の本質としてなにかそういうものがあるんじゃないでしょうか。だから私は、この「部族」の問題は日本人がユニークであることによる日本人だけの問題であるのでなくて、どこにでもあると思う。たとえばある国ではそれが労働組合かもしれないのが、日本ではトヨタであったりするのです。

ところが、所属願望の中で一つ問題になるのは、その部族の領域というのはどこまで及ぶのかということです。第二次大戦中の日本では、日本政府が日本人全部一つの部族、大和民族のような形にしようとしたし、またフランコはスペインをそういうふうにしようとした。ところが、どこでスペインが終ってどこでポルトガルが始まるのかとか、たとえばどこで読売ジャイアンツが終ってどこから何になるのかという、その部族の境界線、自分がその部族のどこにいて、その部族がどこまで伸びているのか、ということなんですね。

安部　いま僕は新しい小説を書き始めてるところなんです。『志願囚人』という題です。いまの、所属願望を極端に煮つめていって、監獄の中においてみたらどうなるか。

所属ということは刑罰と非常に近いところがあるんです。農民的構造に所属するという願望は、いちばん普遍化しやすいんですけれども、今度はその所属から抜けると、必ず刑罰が待っているんですよ。別の所属がね。たとえば、日本でやくざというのがありますね。これは歴史的に見ると、農村からの離脱者で組織されたものなんです。つまり、離脱してまたどこかに所属する、離脱が別な所属につながっていくということは、これはたしかに現実にあることですね。

もちろん都市化されてもそういうことはあって、酒をたくさん飲んで自動車で走れば、これはルール、つまり車を運転する上でのルールから離脱したわけですからね。しかし、離脱すると必ず、たとえば酔っ払い運転で事故を起こした場合、日本の場合には交通刑務所というところに入れられるわけですね。

だけど、これは夢にすぎませんけど、なにかそういう形の所属を拒絶して、耐えることができないものか。それができないとしたら、なにかに所属することによって、人間は仲間をつくると同時に、必ず敵をつくるんですよね。しかし、仲間をつくれなくても敵をつくらないということが、いったい人間にはできないだろうか。もしできないとしたら、人間というのはやっぱりそんなに未来はないんじゃないか——。結局は、まあ、近代産業がものすごい大きな力を持って、産業社会が地球を支配し、その容れものとして国家というものが巨大な力を占めてくる。われわれが結局所属しているのは、国家なんですね。煮つめていえば。

質問者二　いまの関係、都市の観念に関して、人間が社会の中で一つの孤独感を感じているという関係なんですけれども、私の考えではそのことにも関連して、現在、日本に限らずすべての社会で、家族というものが一つの小さな社会のようになって、大きな社会よりもいっそう強調された形での社会というものをつくり出しているんじゃないかと思います。それが非常に重要な役目を果しているんじゃないかと思うんです。広い世界で見るのでなくて、非常に狭められた地平線の限られた中でのシステム、そういう核家族というものの中にあって、現代の若者が持っている関係というのは、所属の関係ではなくて、どうやってその小さな社会、特に直接的に家族という形でかかわってくる小さな社会の中での権力構造を扱っていくのか、ということなんです。

安部　家族というのは、たしかにいろんな意味で社会構造のミニチュアのようなものですから、当然現代をものすごく反映していると思います。だから、離婚もとても多くなったし、それから家出少年少女もとてもふえてきた。でも、懲りずにまた結婚する。僕はいつでも不思議だなあと思う、結婚してる僕もふくめてね。（笑）

現代の文学の中で家族というものを取りあげたものは、意外に多いのですが、ただ、それが陳腐な身辺雑記になるか、あるいは大きな社会的な問題までふくめた深い作品になるかは、どういう角度から家族というものにメスを入れるか、そのメスの入れ方でしょう。家族を捉えるか捉えないかではないと思いますね。

質問者三　安部さんはどうして家族というものを作品の中で扱わないんですか。作品の中ではいつでも、カップルは出てきたり、またはもう離婚している人だったり、独身者だったりするのですが、家族として扱わないというのはなにか意図的な問題があるのですか。

安部　そうでしたっけね（笑）。あんまり意識したことないんだけど……。自分ではちょっと気がつきませんでした。そのうち考えてみましょう。（笑）

質問者四　あなたは、人間関係というのは一つの絆ではあるにしても、奴隷的な関係であったり、縛られたりしたくない、アウトサイダーでいたいとおっしゃったように思うんですけれども、私たちの考えているインサイダーとアウトサイダーという境界がどこに決められているのか、また誰がその線を引いたのかということが、ときには問題になりませんか。

本質的に、たとえば、私―自我というものと、あなた、または外界というものを考えたときに、そこには状況によりインサイダーになり、アウトサイダーになるという問題ができあがるわけです。それはときとして人間対人間であるかもしれないし、人間対社会かもしれない。また人間対自然かもしれない。そういう中で新しいインサイダー、アウトサイダーという問題が生じないんですか。

安部　インサイダー、アウトサイダーを分けるのに、何が尺度になるのでしょう。誰がそれを分けるのかも問題になりますね。ですから、僕がほんとうに言いたかったのは、インサイダー、アウトサイダーというような分け方を超えた問題を見つけ出さないといけないんじゃないかということなんです。いかがでしょうか。

質問者五　未知なる他者とは何者かということが分るには、まず自分が何者かということを知る必要があると思う。また自分が分るためには、他者との問題においてしかそれをとらえることができません。いまのお話は、あなたがまわりの環境や社会から逃れ、孤立して自分を見つめ、その中から自分の文学を展開してゆこうとしていることをおっしゃりたいのでしょうか。そうなったら、生きるということから、それを書くということはどういうような意味があるのでしょうか。むしろ人間社会の中に属することによって、他者との問題をとらえ直す、そのことから人間の本質というものが出てくるように思うのですが。

安部　おっしゃるとおりで、人間は、無理に独房にでも入れられない限りは、社会に属しているわけで、属しているからこそ、社会からの離脱という発想も生まれてくるのです。

他者を自覚しないと、自分が何者かという問いもだいたい出てくるわけがないんで、実際には自己と他者というものは相関関係で、鶏と卵みたいなものですね。昔から鶏と卵というのはどっちが先かわからないという比喩に使われてきたけれども、生物学的には、卵が先に決っています。その程度に、やはり自己よりは他者のほうが先ですね。卵が他者で鶏が自己なんです。

自己を見つめるというのはとても深い意味があるように見えるけれども、鏡でもない限り自己はなかなか見つめられない。やはり他者というものを媒介にして、自己というものが意識されてくると思います。そして、鶏が卵を生まなければ、次の鶏は生まれてこないのですから――。

質問者一　ガルシア・マルケスの話が出ましたが、マルケスはコロンビアのことを書いていても実際はスペインにいるではないですか。コロンビアは現実として非常にひどい状況になっている。コロンビアが先ほどいった部族とか村とかいうものだとしたら、マルケスは確かに部族から出ているんだけれども、いまはバルセロナにいて、私の町なんですが、大変いい生活をしている。コロンビアでいろいろなことが起っているのにスペインにいるマルケスというのは、社会的にはゼロだと思うんですよ。

先ほど部族的なモラルは嫌いだと安部さんはおっしゃいましたが、安部さん自身だって自分の場所に閉じこもってそういっているのではないですか。もしも部族のモラルが嫌いだといっても、その部族のモラルがどんどん変り、現実に動いていくんです。

安部　マルケスがどこにいてもいいんじゃないんですか。彼はとかく政治的に理解されがちで、どうもそういった面をふくんだ批評になることが多いんですが、そういうことでなく、むしろ作品そのものから考えた方がいいんじゃないでしょうかね。マルケスが単に中南米出身の作家としてすぐれているばかりでなく、現代文学のトップに位置するあれだけの作品を書いているのであれば、どこに属してもかまわない。いま彼がどこにいるのか知りませんが、まあ、べつにコロンビアの作家じゃなくてもいいのではないかと思います。

（一九七九年九月二十五日　国際交流基金日本研究セミナー）

あとがき

書くことには集中があり、対話には挑発があり、談話には自由がある。この長時間インタビューは、さいわい塙嘉彦君という聞き手を得て、その二つの要素を兼ねそなえることが出来たように思う。

はさみ込みの写真は、とくに内容とは関係がない。本文が肉声による歩行だとすれば、写真は視線による歩行である。日頃のぼくの「目くばり」を感じとってもらえればありがたい。

最後の講演は国際交流基金でさまざまな国からの留学生を相手に行なったものだ。複眼的な立場が、かえって問題の所在にするどく焦点を合わせてくれたような気がするので、しめくくりに使うことにした。

昭和五十五年四月

安部公房

解説

ドナルド・キーン
篠田一士

I 「内なる辺境」解説

ドナルド・キーン

安部公房の文学をあまり好まないような評論家は、その国籍不明であることを非難し、安部氏が日本の作家としての義務を怠っているようにさまざまな文句を言う。確かに、安部文学には郷土愛のような要素が少なく、自分の経歴と関係がある満洲や北海道のことを書く場合でも、郷愁がなかなか起きて来ない。小説や戯曲に登場する人物は日本人らしいが、たいてい名前がない。名前があっても、S・カルマ氏やアルゴン君のような謎めいたものである。

安部氏もこの特徴を認めており、「登場人物の無名性は、ぼくの作品にとって、どうやら不可欠の条件らしいのである」と言明し、その通りである。

安部氏は自分の作品に登場する人物の無名性の意味を説明しないが、非日本的な人物であると思わせたいためではなかろう。『箱男』の主人公に名前がないが、日本人に違いないし、小説の場面は敦賀市であるらしい。が、安部氏が箱男に名前をつけたり、家庭的背景を描いたりして、また、敦賀の目抜き通りの店の様子を詳しく紹介したとすれば、まったく違った小説になっただろう。日本趣味を要求するような読者はその方の小説を喜ぶかも知れないが、安部氏の文学の狙いを無視する要求である。

『内なる辺境』の中で、安部氏は次のような二つの命題をあげる。

《カフカは、ユダヤ人の心で書いたが、それを超えて人類の魂に呼び掛けるものを持っていた。》

《トルストイは、ロシヤ人の心で書いたが、それを超えて人類の魂に呼び掛けるものを持っていた。》

安部氏は、「双生児のような」二つの命題に「微妙に色分けしているもの」を感じる。トルストイの場合、「大地信仰」のような思想が潜んでいるが、カフカの場合、「ユダヤ的なものと、都市的なものとの間には、深い結びつきがあるようだ」と。この区別に従うと、安部文学は「ユダヤ的」であり、紛れもない日本人でありながら、安部氏は「永遠の他国者」である。それは安部氏の満洲育ちに帰すべき現象であるかも知れないが、安部氏は、郷土愛ないし愛国心を反映する人の発言を疑い深く聞くことは事実である。

安部文学にはカフカの影響が濃いと指摘する評論家は何人もいるが、必ずしも「影響」と称すべきものではなかろう。もっと深い次元で安部氏とカフカとの間に繫がりがあり、仮に安部氏はカフカの文学を読んだことがなくても類似点がかなり多かったと思う。

まず、二人とも異端者であり、郷土愛を感じない代り、都会の中にさまよったり失踪したりする人間に非常な親近感を抱く。二人とも作品の登場人物は無名か、頭文字だけで呼ばれている。それはカフカが大いに安部氏に影響をおよぼした証拠にはならない。むしろ、二人ともが大都会の起居を共にしている無数の人間の根本的な無名性を認識したためであろう。そして二人ともが特別に普遍性を狙わなくても、この姿勢によってそれぞれの作品は普遍的となったのである。

ところが、安部氏はカフカの文学を知らないわけではない。一九五一年に安部氏が初めてヨーロッパを旅行したとき、プラハへ向った。着いてみると、「カフカの町だな、と、とっさにそう思った」と『東欧を行く』の中で記した。

『内なる辺境』で述べられているように、二回目のプラハ訪問のころは、チェコの自由化の直後であり、「ユダヤ人であり、カフカの研究家でもある、ゴールドシュテュカーが、チェコ作家同盟の議長に選ばれたというニュースに接して、ぼくは一瞬、かなり楽天的な明るい気分になったりしたものだ」。数年前に、同じチェコ人に会ったとき、「カフカが孤独であったように、その研究家もまた孤独なのだ」という印象を受け、「東欧圏におけるカフカとユダヤ人の運命を、そっくり暗示しているようにさえ思われたものである」。

確かに、カフカは孤独な都会人であったが、同様の孤独に悩まされている世界中の都会人と同胞の関係があった。

安部氏は、「ゴールドシュテュカー新議長の登場は、確実なカフカの復権であり、ユダヤ的なものとの実質的な和解」であると信じ、「新しい社会主義の時代が始まったのかもしれない、と、思わず心をはずませた」そうだが、間もなくゴールドシュテュカーが失脚してチェコの新しい社会主義が消滅した。これらの出来事が安部氏にどれほどの打撃を与えたか、想像するに難くない。一時的な楽天主義がニヒリズムに変り、地上の天国があり得ないという先天的な信念に変貌した。

しかし、この打撃は絶望に導かなかった。安部氏は依然として「異端」を信用しつづけることが出来、「異端」の毒によってのぞく世界は、覚醒の地獄なのであると知りながら、カフカと同様に、「大地信仰」という贋物の天国よりも「異端」がもたらす地獄の方がましだと思うようになった。カフカやプルーストやジョイスという同胞が「異端」の旗をひるがえしたことを思い出して、力になった。「今度は都市という内部の辺境から、国境を破壊する軍勢が立ち現れようとしているのかも知れない」と思えたからこそ、「絶望するのはまだ早い」という結論に達した。

『内なる辺境』に含まれている三つの論文を統一するテーマは正統と異端との対立である。安部氏は明かに異端派であるが、本物の異端でなければならない。ミリタリィ・ルックを喜んでいる青年たちに対しても同情的であるが、重大な条件がついている。「ぼくが苦々しく思ったのは、なにもミリタリィ・ルックの流行そのものに対してではなく、鉤十字の腕章で象徴されるような、美学的軍服が、あたかも現代における異端であり、青年の反抗心をくすぐる旗印になりうるかのような、馬鹿気た錯覚を植えつけた世間の側に対してだったのだ。ミリタリィ・ルックが流行する以上、怒れる若者たちの目には、平和が現代の大勢を支配している正統派として映っていたということになる」。

スザン・ソンタグという女流批評家が最近アメリカの青年たちがナチスの軍服に魅せられている現象を分析する論文を発表したが、安部氏と同様に、ナチスのスマートな軍服と作業着に似ているアメリカの軍服を対照し、ファシズムとエロチシズムの結び付きについて論じている。

ソンタグによると、アメリカの大学でファシズムの歴史や、吸血行為を含めた魔術についての講義に非常な人気があるそうである。無論、ナチスの軍服から一種の性的な刺戟を受ける学生たちは、ナチスの理想を是認するどころか、予備知識はまったくなくて、サド・マゾヒズムの流行のお蔭で、ナチスの真似をすることがエロチックに思われるようになった。安部氏も、「毒物に対する嗜好は、たしかに現代の一般的傾向であるようだ」と書いた。サド・マゾヒズムは一種の異端であるが、安部氏が支持するような異端と意味が全然違う。

ファシズムは極端に国家や国境や「母なる大地」を尊ぶ思想であり、その点では正統派であるので、現代の青年たちがナチスの軍服等を着たがっていても、本物の異端ではない。本物の異端は、安部氏が論証するように、流行のようなケチなものではなく、人類の長い歴史の最も古いところまで溯るものである。

人間には移動本能と定着の意志という矛盾する二つの性行があり、前者は国境を無視し、「内なる辺境」しか認めないかわり、後者は「母なる大地」の思想が心に浸透しているので、「地平線の彼方、父なるものへの、深い畏怖と憧れの思い」をもって、縄張りを定めたり、しまいに辺境ないし国境を確立したりする。「母なる大地」という観念は当然のこととして「地方主義……都会嫌い……標準語反対論……民話主義者……県人会……郷土料理店……方言研究会……愛国心教育」等を生じるが、「父なるもの」には「非国民、売国奴、拝外主義者、コスモポリタン、根無し草、等々」の汚名を着せる。

安部氏はこの論文集の中では中国の文化大革命に言及しないが、私は安部氏の文章を読みながら、何回もユダヤ系の中国歴史の専門家であったジョセフ・レベンソン教授の『革命とコスモポリタニズム』という本を思い出した。レベンソン氏は「文化大革命には地方尊重的な文化精神があった。指導者によれば、世間ずれした人たちは、自分の文化のために人民と分離されていて、世界中のコスモポリタン仲間の同族関係のために、中国の民族とも分離されていた。それは専門家や専門家的な知識は国境を認めないからだ」と言う。専門家が中国の「根無しのコスモポリタン」として非難された理由は、根のあるものは農民であり、普遍的である自然科学を専門にする人たちは、外国の専門家と関係を求めるコスモポリタンになりがちであったためである。「先紅後専」というスローガンを掲げて専門家たちの地位を下げようとした。しかし、コスモポリタン派の一番の犠牲者は、西洋の文学や芸術を専門にしていた人たちであった。彼らはナチス時代のユダヤ人によく似た存在であった。なくもがなのような人間と思われ、現在隠れているだろうが、レベンソン氏は、中国がいずれそのうちまたコスモポリタンの思潮に乗るだろうと予言する。

安部氏も罵られたコスモポリタニズムの勝利を期待しているようである。期待するばかりでなく、自分の仕事の一つの重大な要素であるように思われている。「せめて、一切の『正統信仰』を拒否し、内なる辺境に向って内的亡命をはかるくらいは、同時代を意識した作家にとっての義務ではあるまいか」と書くのだが、安部氏自身はその義務を立派に果している。

［一九七五年七月］

（日本文学研究者）

II　方法としての都市設計

篠田一士

まず、この本〔『都市への回路』〕の内訳を記しておくと、三部から成り、「都市への回路」「内的亡命の文学」「変貌する社会の人間関係」に分かれる。最後の短いものは、在日の外国人留学生を相手に行われた講演と質疑応答の速記だが、本書の大半を占める、前の二部は、亡くなった本誌〔『海』〕の前編集長、塙嘉彦氏が聞き手になって、安部公房の文学、とりわけ、ここ十年ほどの文学活動の内実にさまざまな局面から照明をあてたもので、最初の「都市への回路」と題する部分は、すでに本誌の一九七八年四月号に発表されている。

このふたつのインタビューの記録は、内容が大変充実していて、無駄な重複がなく、読み物としても、なかなか面白い。スピーカーの安部氏が、大胆率直に自説をくりひろげたためだといえば、それまでのことかもしれないが、スピーカーにこれだけしゃべらせるためには、聞き手が相手の文学の全貌に通じ、しかも、ときには、本人さえも自覚しないような創造の内裏に通じていなくてはならない。塙氏がインタビュアーとしての任によく堪え、その深部から安部文学の多彩な局面を、作者みずからの口から、目くばりよく一覧させたことは、並々ならぬ才能と努力の成果で、あらためて氏の早世が惜しまれる。

ついでながら、最近はこうしたインタビューが多くなり、そのかわり、長い間文芸誌の呼び物記事のように目されてきた座談会が影をひそめてきた。早い話が、「すばる」では、毎月相手の作家をかえて、菊田均氏が連載インタビューをつづけているし、「文学界」は、「自作案内」の欄をもうけ、おりおりの評判作を取りあげ、作者の解説的インタビュー記事を載せている。今月は加賀乙彦氏がインタビュアーになって、遠藤周作氏から『侍』について、いろいろきいている。

雑誌の編集者としては、問題の作家、作品について、一般読者相手に少しでもひろく、深く宣伝広告したいという啓蒙的な意図から編みだした記事かもしれないが、実情は、かならずしもそれだけではあるまい。たとえば、一昔まえまでならば、いわゆる文壇一般に共通するような問題が、そのときどきあるというか、つくられ、それをめぐって、四人、五人の論者が一堂に会し、甲論乙駁、ああでもない、こうでもないと、かまびすしい一時を過し、それが記事になり、また、文壇的話題として、ふたたび増幅的論議をよび、ついには、現在の文学では、これが問題なのだといった、いわゆる情況判断が行われていたのである。

ところが、ここ十年来、この種のめざましい論議はおこらず、従って、それを行う場も必要でなくなった。論争がなくて文壇は無風というのが現下の通り相場になっているけれども、問題がなくなったわけではない。むしろ、その気になれば、問題になりうる材料はいくらでもあるように思うが、旧習に則り、然るべき人材をあつめて、論議をたたかわせてみても、はたして、どれだけの意味合いがあるのかといった危惧の方が先立ってしまう。

つまり、一口でいえば、文学の価値の多元化が、この十年来日本の文学創造のなかに生じ、これを一元化することがまったく不可能になったという判断を、深浅それぞれ、だれもがこれを拒むことができないようになってきたというのが、今日の一般状況なのである。具体的にいえば、かつて「私小説」について、賛否それぞれ、はっきりした意見をもった論者が、議論の過程において、険しく対立することはあっても、最終的には、当の「私小説」作家の眼差しの立派さといったことで、めでたく意見の一致を見、四海波おだやかに治まるといったことは、座談会では、ほとんど日常茶飯事だったが、いまはそうはゆかない。澄みきった眼差しの立派さよりも、書かれた作品そのもののテクストの良し悪しが問題で、その論議の背景には、論者ひとりひとりの個々の文学的経験が控え、それに培われた判断が、意識、無意識のうちに前面に押しだされているのである。しかも、かつて平野謙氏から「近頃の若い批評家ばら」と指さされた、現在活躍中の批評家たちのなかには、早くから文壇的旧習にはなじまず、それぞれ独自の文学経験をひそかに積み重ねてきた経歴の持主が少なくないことは、いま一度顧みておいていい事実だろう。

「群像」の創作合評や「文芸」の読書鼎談、あるいは、「文学界」の対談時評などは、旧来の座談会形式を踏襲しているもののごとくだが、内容が十年まえにくらべると、ずいぶん変ったものになってきているのも、やはり、文学価値の多元化の現状の証しのひとつといっていい。議論がおそろしく細かくなり、ときには、なにもここまですることもあるまいと呆れるほどだが、実情は、具体に即し、ひとつひとつ説明しなければ、たがいに話が通じないということだろう。別の言い方をすれば、眼差しの立派さなどを口にしてみても、文学の批評にはならないことを、だれもが否応なく認めざるをえなくなってきているのである。

本題から離れ、いたずらに一般的な情勢論にふけっているように読めるかもしれないが、ぼく自身は、かならずしもそういう積りではない。たとえば、安部氏は本書の主題として、表題通り、現実世界の都市化に対応すべく、いかにして文学創造のなかで、新しい方法を生みだすかということを、委細をつくしながら、同時に歯切れよく語りつづけているが、この都市化に先行し、これと対立するもの、すなわち、農村的構造についても、簡潔ながら、本質をついた考察をおろそかにしていない。

農村の中では一人の人間が一日に出会う人間の数というのはかなり限定されていますね。(中略)日本のように農民がその土地に定着している場合、村の中で、村のだれだれがどこで何をしているか、いまこの瞬間にだれがたぶん何をしているだろう、そういうことが隅から隅まで見える。それから村の外の人が来れば、それはたちどころに村中に知れ渡るというような状況ができる。

旧来の座談会形式が成りたち、それなりに活発な批評の機能、あるいは文学的意味合いをもちえたのは、文壇というよりも、文学そのもの、そして、その創造の生成過程が、すべて農村的構造のなかで行われていたことによることは、自然主義文学から「私小説」への移行を思いかえせば、安部氏の農村論がたんなるアナロジーとしてではなく、そのまま、旧来の文壇、いや、文学創造の分析になりうることを、大方の読者は納得せざるをえないのである。

それならば、この農村的構造に対して、現在、われわれが直面し、日一日と、否応なくそのなかにのめりこんでゆかざるをえない都市化の世界における人間関係はどうかといえば、安部氏の分析は、これまた明快、かつ、生々しい現実感をもつ。「一日の中でどれだけの人間に出会うか。たとえば電車の中なんかでは、ちょっと数えきれないほどの他人といつでも接触する。ぜんぜん関係のない他人と、電車なら電車という機関を共同で使用する。（中略）まったく見知らぬ非常に多くの人間との接触が前提になって、そこに社会を構成すべく、非常に大量な輸送機関というものも発達する」というわけで、こうした人間が、会社へ行き、事務所へ行き、工場へ行けば、また、そこでは、よくは知らない他人といっしょに、その過程の全容も見通すことができないような、広大にして複雑な共同作業のごくごく一部を分担することになる。

こういった見知らぬ他者というか、未知の他者との関係についての、まあモラルというと大げさになりますけれども、完全な意味でのルールというものが、まだわれわれの中に発見されていないんじゃないか。

ここに、都市化の現在における文学創造いかにあるべきかという、このインタビュー記録の主題の出発点があることはいうまでもない。ここからさきはアナロジーで言うのだが、現下の日本文学も、また、「私小説」に具現された農村的構造の崩壊のあとを受け、他者と他者との出会いが常態となりつつある都市的構造のなかへ、否応なく組みこまれようとしている。純文学と大衆小説、詩と小説、演劇と小説、文学と美術、文学と音楽、あるいは、文学と写真……という風に、いずれも未知の他者と他者との出会いであって、それらは、また、ひとつの大いなる共同の探究を行わなくてはならない。

つまり、話を冒頭へもどすならば、現在、文学について、もっとも効率よく語ろうとするならば、ひとりの作家について、その文業の内裏まで十分調べたうえで、当の本人から考えなり意見なりをひきだすのがなによりということになる。すなわち、インタビュー形式による対談だが、まあ、文学を素材に他者意識の文学的実演といったらどうだろうか。もう一度平野謙の名前を持ちだすが、平野氏は座談会の記録は半分しか信用しない、あるいは責任がもてないと言い、みずからの批評文のなかで、滅多と利用しなかった。座談会そのものの存在理由は十分認め、自分でも好んで出席された気配があった氏であればこそ、座談会における言説が、その折り折りの即興性にひきまわされ、話者の胸中にあるものとは、かなり違った言辞がたがいに飛びかう実情をよく承知していたのであろう。

インタビューの場合にだって、聞き手とのあいだに、なにがしかの即興性が生れ、その微風にのって、ときには、自分でも思わぬ言葉を口にすることもないではなかろうが、それも、自分ひとりが語り手である場合なら、すぐさま軌道修正もできるはずである。すなわち、インタビュー記事をまったき作品として扱うことは無理だとしても、それに準ずるものと考えることには、なんの躊躇もいらない。事実、この『都市への回路』を読みながら、そこには、場あたりの即興性にもてあそばれる、いわゆる断片化された肉声なるものとはまったく質を異にし、粗っぽくはあるが、あきらかに、ひとつの構造に組み立てられた批評の言葉を読みとるのは、決してぼくひとりではあるまい。

従って、いまさら、信用しない、責任がもてないなどといった配慮もすっかり忘れて、ぼくは安部氏の言葉をなんの気兼ねもなく、引用する。

たしかにそうだね。人間の大多数が廃棄物のような人生を送っているせいだろうか。それとも廃棄物になるための人生かな。とにかく廃棄物に言いようのない身近なものを感じるんだ。人間である以上、まず廃棄物の尊厳を言うべきじゃないかという気さえする。

子供のときからあった感覚のような気もするな。人間は廃棄物となって、消えてゆく以外には存在を許されないという、ちょっと仏教的になるけど。とにかく廃棄物に対するシンパシイは強いんだ。だから、ものが人から見捨てられて存在する、つまり廃棄物として存在しているのに、それをまるで存在してないものの如く扱うのがひどく不愉快でね。で、その廃棄物というものにひどく惹かれてしまう。

それに、廃棄物が廃棄物でなくなるときというのがあってね。たとえば、ものすごく危機的状況。満洲で育ったこと、とくに終戦体験と関係があるかな。あれは廃棄物がなかった時代だったよ、いや全部が廃棄物的だったというべきかな。

最近になってその廃棄物がまた尊厳を回復しはじめたような気がするんだ。やはり都市化現象の一つだろうね。農村社会では、廃棄物というのはほとんど目立たない。自然がまだ優勢だから、廃棄物は全部そこに還元されてゆくという、循環の思想が成り立っている。廃棄物が自然に還元するのは、復権ではないからね。自然は廃棄物殺しさ。農村は失業者さえ許さないからね。都市の中では、人間を含めて廃棄物が絶え間なく再生産されつづける。都市で写真をとろうと思えば、必然的に被写体は廃棄物ということだろう。

廃棄物としての人間こそ、都市化しつつある現代世界における存在の基本だという安部氏の認識は、もちろん、ここ十年来の氏の文学活動、あるいは、演劇活動に一貫していて、あらためて、『箱男』や『密会』、さらに『友達』や『水中都市』のさまざまなデタージュを思いだしながら、それぞれの作品の成果について、いろいろと再考、三考をさせてくれる。だが、それだけではない。月並みな言い方になるけれども、文明論として、実に鋭い切っ先を遮二無二突きだしたところがあって、切れ味もさることながら、その勇しさがなんとも頼もしく、まず、それに感心してしまう。

都市的なものが社会構造の中で、もはや付随的な従属的なものではなく、むしろ本質的なのだと認めなければ世界も把めないという認識もはっきり根づきはじめた。いまさら「前近代的なものを否定的媒介にして」とか何とか、格好いいことを言ってみたって、歌としてはいいかもしれないが、現実にはそんなもの何の機能も持ちうるわけない。そんな怨念どろどろ思想は、しょせん一握りのエリートの優越感にすぎず、滅びの歌にすぎない。年齢的に見ても、文化的管理職なんだよ。その文化的管理職が持つ発言力は今のところ決して小さくはない。しかし、別に目くじらたてて反対しようとも思わない。文化的管理職と分った以上、停年退職も間近だろうからね。うん、これはなかなか名文句だよ。(笑)

安部氏の論難には特定の相手がいるらしいが、劇壇のことに疎いぼくなんかが、とかくの言辞を弄することもできないまま、かえって、これを、演劇界といわず、文壇、論壇にまでひろげ、そこに共通する一般的な情況に対する厳しい批判として、大ざっぱに賛意を表する。大ざっぱというのは、いい加減ということではなく、安部氏自身の批判が大ざっぱだから、それ以上に立入って、くわしく賛否をつまびらかにすることができないからである。こういうところが、正規の文章とちがってインタビュー記事の不便なところだが、それだけではない。安部公房という作家は、だれにもまして既往にとらわれず、前向き前向きと、ひた押しに創造作業をすすめてきたし、いまもなお、そうである以上、過去に属し、あるいは、過去に化しつつある事柄についての批評になると、本筋は通っているものの、細目の具体に関しては要領を得ないところがあって、賛意も本筋だけということにならざるをえないのである。

安部公房の文業を、名実ともに日本の前衛文学とよぶことには、だれしも異存はあるまい。それを前提にしたうえで言うのだが、過去半世紀にわたってくりひろげられ、安部氏において、ひとつのめざましい結実をみた昭和の前衛文学は、一度として伝統的なものと真正面から直面したことがない。前衛が、つねに伝統的なものとディアレクティークな絡み合いをしながら、新しい局面をきりひらいてゆくというのは、ヨーロッパ文学において、われわれがつとに看取してきたところだが、こうした、ギリギリの対決情況を、日本の近代、現代の文学創造のなかに見出すことは大変むずかしい。

なぜそうかといえば、なによりもまず考えられることは、伝統といわないまでも、伝統的なものがなんであるかということが、はっきり見定められていないことによる。つまり、見定めようにも、この一世紀、たえまなく、つぎつぎと欧米舶載の外来文物の応接に追われ、その余裕もないまま、伝統的なものと直面できるほどの視界の明澄さももちえなかった事情は、たしかな事実だが、同時にまた、われわれの前衛をつくりだした感性と思考の触媒となったものが、ほかならぬ西洋渡来の外来品であったことも、それ以上に厳たる事実だからである。日本の文化創造には、醇乎《じゅんこ》たる伝統もありえず、また、それに対立し、それを否定しながら、新しい創造物を生みだしてゆくディアレクティークは不必要で、あらゆるものを雑然と吸収し、同化してゆくのが、われわれの文明の本然のあり方だとする加藤周一氏の唱える、いわゆる雑種文化論という考え方もあるが、はたして現在の加藤氏が、二十年まえの自説をそのまま主張しつづけるかどうか、一度きいてみたい。

安部氏は農村的構造と都市的構造を対比させ、そこに過去と現在、あるいは未来との異相を強調しつづけるが、伝統、もしくは伝統的なものには一切考慮を払わない。いや、こういった言葉さえ、一度として口にしないのである。

ここで、安部氏が青春期などを満洲の地で過ごしたという伝記的な事実をもちだし、なにかれと言い立てれば、事柄は案外うまく説明ができるかもしれない。だが、それはあくまで皮相にすぎず、文学創造の内実とはなんの関わりももたない。いま、ぼくは「過去と現在、あるいは未来」という言い方をしたけれども、安部氏の場合には、過去と現在が、それぞれ異った時間のなかで、なにがしかの実体をもち、それらが対立、あるいは融和するということはありえない。あるのは、過ぎ去ったものと、いまあるもの、あるいは、ありうるもので、もっと、あからさまにいえば、文学者安部公房は過ぎ去ったものには、なんの価値も認めず、また、いまあるものにさえ、それほどの関心はもたない。つまり、ありうるものだけが、彼にとっては唯一無二の創造の場であって、いささか奇抜な言い方になるけれども、未来のなかにみずからの伝統を発見、いや発明しているのが、安部氏の文学創造の基本なのである。もちろん、「伝統」という言葉は、氏にとってありえない。かわりに「方法」というキーワードが、安部文学の鉛錘《えんすい》となって、そこに実現された未来都市を夢み、活気づけるのである。ここに、その「方法」の模範的な用例を引用してみようか。

マルケスの場合も、その主題は、やはり都市なんだよ。中南米の土俗的なものを素材として使ってはいるけど、小説の本質はやはり都市なんだ。その点を抜きにして、彼の作品に書かれている中南米の貧しい田舎で起こる出来事がシュルレアリスム的な現実だなんて思ったら、それこそ転倒もいいとこで、そんな馬鹿な話はない。一見、土着的に見えるもの、あれは方法なんだよ。マルケスという人は、物語を構築する天性に恵まれた作家だけど、それに加えて、方法というものを厳密に追求している。それがうまくバランスを取って、時代を画する作品を作っていると思うんだ。長篇は『百年の孤独』しか読んでないけど、じつに驚嘆すべき作品だね。でも、あれを読んだとき、中南米の風土の特異性がけっこう有利なスパイスの役目をしているんじゃないかと、ちょっぴり首をかしげるところがあった。ところが、（中略）そうでないと確信をもつようになった。そんな地方性なんかはるかに乗り越えてしまった作家なんだ。あの濡れた砂漠みたいな不気味な風土、それはたぶん現実なんだろう。しかし、現実にあるからといって、誰が書いてもあの状況が浮び上がるわけじゃない。小説の舞台としての状況の設定、あれは方法としてはむしろ、非常にカフカに近い。彼はそれをきわめて前衛的な意識で構築し、練り上げていったに違いないんだ。

『海』一九八〇年九月号

（しのだ・はじめ　文芸評論家）

底本・初出一覧

『内なる辺境』　一九七一年十一月　中央公論社刊／一九七五年七月　中公文庫

ミリタリィ・ルック　『中央公論』一九六八年八月号

異端のパスポート　『中央公論』一九六八年九月号

内なる辺境　『中央公論』一九六八年十一月号・十二月号

〈チェコ問題と人間解放〉『読売新聞』一九六八年八月二十九日

鎖を解かれた言葉たち　『中央公論』一九六八年十月号

続・内なる辺境　安部公房の講演と「鞄」試演の会／一九六九年八月十七日・十八日

『都市への回路』　一九八〇年六月　中央公論社刊

都市への回路　『海』一九七八年四月号

内的亡命の文学　インタビュー／一九七九年一月

変貌する社会の人間関係　『国際交流』二二号（一九八〇年一月）

編集付記

一、本書は『内なる辺境』（中公文庫）に関連作品三編を増補し、『都市への回路』と合わせて一冊にしたものである。

一、刊行にあたり、新潮社版『安部公房全集』を参照し、明らかな誤植と思われる箇所は訂正し、難読と思われる語には新たにルビを付した。

一、本文中、今日の人権意識に照らして不適切な語句や表現が見受けられるが、著者が故人であること、刊行当時の時代背景と作品の文化的価値に鑑みて、原文のままとした。

中公文庫

内《うち》なる辺境《へんきょう》／都市《とし》への回路《かいろ》

2019年4月25日　初版発行
2024年5月30日　再版発行

著　者　安部《あべ》 公房《こうぼう》

発行者　安部 順一

発行所　中央公論新社
〒100-8152　東京都千代田区大手町1-7-1
電話　販売 03-5299-1730　編集 03-5299-1890
URL https://www.chuko.co.jp/

DTP　ハンズ・ミケ
印　刷　三晃印刷
製　本　小泉製本

Printed in Japan　ISBN978-4-12-206437-9 C1195

定価はカバーに表示してあります。落丁本・乱丁本はお手数ですが小社販売部宛お送り下さい。送料小社負担にてお取り替えいたします。

各書目の下段の数字はISBNコードです。978-4-12が省略してあります。

中公文庫既刊より

あ-18-3
榎本武揚
安部公房
旧幕臣を率いて軍を起こしながら、明治新政府に降伏した榎本武揚。彼は時代の先駆者なのか、裏切者か。維新の奇才のナゾを追う長篇。〈解説〉ドナルド・キーン
201684-2

み-9-15
文章読本 新装版
三島由紀夫
あらゆる様式の文章・技巧の面白さ美しさを、該博な知識と豊富な実例と実作の経験から詳細に解明した万人必読の書。人名・作品名索引付。〈解説〉野口武彦
206860-5

み-9-11
小説読本
三島由紀夫
作家を志す人々のために「小説とは何か」を解き明かし、自ら実践する小説作法を披瀝する、三島由紀夫による小説指南の書。〈解説〉平野啓一郎
206302-0

み-9-12
古典文学読本
三島由紀夫
「日本文学小史」をはじめ、独自の美意識によって古今集や能、葉隠まで古典の魅力を綴った秀抜なエッセイを初集成。文庫オリジナル。〈解説〉富岡幸一郎
206323-5

み-9-9
作家論 新装版
三島由紀夫
森鷗外、谷崎潤一郎、川端康成ら作家15人の詩精神と美意識を解明。『太陽と鉄』と共に「批評の仕事の二本の柱」と自認する書。〈解説〉関川夏央
206259-7

み-9-14
太陽と鉄・私の遍歴時代
三島由紀夫
三島文学の本質を明かす自伝的作品二編に、自死直前のロングインタビュー「三島由紀夫最後の言葉」（聞き手・古林尚）を併録した決定版。〈解説〉佐伯彰一
206823-0

み-9-10
荒野より 新装版
三島由紀夫
不気味な青年の訪れを綴った短編「荒野より」、東京五輪観戦記「オリンピック」など、〈楯の会〉結成前の心境を綴った作品集。〈解説〉猪瀬直樹
206265-8

キ-3-1
日本との出会い
ドナルド・キーン
篠田一士 訳

ラフカディオ・ハーン以来最大の日本文学者といわれる著者が、日本文壇の巨匠たちとの心温まる交遊を通じて描く稀有の自叙伝。〈解説〉吉田健一

200224-1

キ-3-33
ドナルド・キーン自伝 増補新版
ドナルド・キーン
角地幸男 訳

日本文学を世界に紹介してきた著者。ブルックリンの少年時代から、日本国籍取得まで、三島由紀夫ら作家たちとの交遊など、秘話満載で綴った決定版自叙伝。

206730-1

キ-3-11
日本語の美
ドナルド・キーン

愛してやまない〝第二の祖国〟日本。その特質を内と外から独自の視点で捉え、卓抜な日本語とユーモアで綴る味わい深い日本文化論。〈解説〉大岡 信

203572-0

キ-3-13
私の大事な場所
ドナルド・キーン

はじめて日本を訪れたときから六〇年。ヨーロッパに憧れていたニューヨークの少年にとって、いつしか日本は第二の故郷となった。自伝的エッセイ集。

205353-3

し-6-46
日本人と日本文化〈対談〉
司馬遼太郎
ドナルド・キーン

日本文化の誕生から日本人のモラルや美意識にいたる〈双方の体温で感じとった日本文化〉を縦横に語りあいながら、世界的視野で日本人の姿を見定める。

202664-3

し-6-42
世界のなかの日本 十六世紀まで遡って見る
司馬遼太郎
ドナルド・キーン

近松や勝海舟、夏目漱石たち江戸・明治人のことばと文学、モラルと思想、世界との関りから日本人の特質を説き、世界の一員としての日本を考えてゆく。

202510-3

お-2-12
大岡昇平 歴史小説集成
大岡 昇平

「挙兵」「吉村虎太郎」など長篇『天誅組』に連なる作品群ほか、「高杉晋作」「竜馬殺し」「将門記」など戦争小説としての歴史小説全10編。〈解説〉川村 湊

206352-5

よ-17-14
吉行淳之介娼婦小説集成
吉行淳之介

赤線地帯の疲労が心と身体に降り積もり、街から抜け出せなくなる繊細な神経の女たち。「赤線の娼婦」を描いた全十篇に自作に関するエッセイを加えた決定版。

205969-6

各書目の下段の数字はISBNコードです。978－4－12が省略してあります。

や-1-2
安岡章太郎 戦争小説集成
安岡章太郎
軍隊生活の滑稽と悲惨を巧みに描いた長篇「遁走」ほか、短篇五編を含む文庫オリジナル作品集。巻末に開高健との対談「戦争文学と暴力をめぐって」を併録。
206596-3

よ-13-13
少女架刑 吉村昭自選初期短篇集Ⅰ
吉村 昭
歴史小説で知られる著者の文学的原点を示す初期作品集（全二巻）。「鉄橋」「星と葬礼」等一九五二年から六〇年までの七編とエッセイ「遠い道程」を収録。
206654-0

よ-13-14
透明標本 吉村昭自選初期短篇集Ⅱ
吉 村 昭
死の影が色濃い初期作品から芥川賞候補となった表題作、太宰治賞受賞作「星への旅」ほか一九六一年から六六年の七編を収める。〈解説〉荒川洋治
206655-7

よ-5-9
わが人生処方
吉田 健一
独特の人生観を綴った洒脱な文章から名篇「余生の文学」まで。大人の風格漂う人生と読書をめぐる随想集。吉田暁子・松浦寿輝対談を併録。文庫オリジナル。
206421-8

ふ-22-4
編集者冥利の生活
古山高麗雄
安岡章太郎「悪い仲間」のモデル、『季刊藝術』の同人として知られた芥川賞作家の自伝的エッセイ＆交友録。表題作ほか初収録作品多数。〈解説〉荻原魚雷
206630-4

ウ-8-1
国のない男
カート・ヴォネガット
金原瑞人 訳
戦後アメリカを代表する作家・ヴォネガットの、シニカルな現代社会批判が炸裂する遺作エッセイ。この世界で生きる我々に託された最後の希望の書。〈解説〉巽 孝之
206374-7

ウ-6-3
アウトサイダー（上）
コリン・ウィルソン
中村保男 訳
ヘミングウェイ、サルトル、ニーチェら「アウトサイダー」を通して、現代人特有の病とその脱出法を探求し、全世界で話題を呼んだ著者25歳の処女作。
205738-8

ウ-6-4
アウトサイダー（下）
コリン・ウィルソン
中村保男 訳
「アウトサイダー」たちを通して、現代人特有の病とその脱出法を探求した名著。下巻ではドストエフスキーの登場人物、アラビアのロレンスらを分析。
205739-5